なあ海賊
パチ…
何だ女王
もしかしたら
この差し入れは
差し入れた人物に
とっては嫌がらせの
つもりなのかな?
もしかしなくても
そうなんじゃないか?

クラッシュ・ブレイズ

オディールの騎士

茅田砂胡
Sunako Kayata

C★NOVELS Fantasia

口絵
挿画　鈴木理華
DTP　ハンズ・ミケ

1

惑星バラムンディのパールビーチは名前の通り、白い砂浜と青い海、珊瑚礁《さんごしょう》が魅力の保養地である。

ケリーは砂浜のビーチチェアにゆったりと身体を伸ばして、くつろいでいた。

朝から海に出たり入ったりだから、当然水着で、左の手首には腕輪をしている。

こんな場面ではよくある装身具にしか見えないが、その左手首から突然、けたたましい声が響いた。

「ケリー！　わたし、休暇を取るわ！」

「は？」

灼熱《しゃくねつ》の太陽の下で、うとうとしていたケリーは、思わず身体を起こした。

「どうした、ダイアン？」

ダイアナは今、バラムンディの軌道上にいる。

人間なら誰しも休暇は必要だが、彼女は宇宙船の感応頭脳だ。身体を休める必要はない。

その代わり、宇宙船のくせにと言ったら何だが、向上心も人一倍のダイアナは自分の船体を改良することにかけては時間も金も惜しまない。

またそれかと思ったが、それにしては声の調子が尋常《じんじょう》ではなかった。

「一身上の都合によるのよ！」

説明する間も惜しいようで、通信が切れる。

「おい！」

答えはない。ということは簡易のこの通信機では通じない場所――恐らく他星系に跳躍したのだろう。

呆気《あっけ》に取られたが、そこは長いつきあいである。問《と》い質《ただ》す無駄を悟って、再び寝転がった。

日頃、宇宙船の操縦席の窓越しにしか太陽を拝むことのない身には、うだるような熱が心地いい。

「お客さま、お飲み物はいかがですか？」

このビーチはホテル・オランピアの専用なので、こうしたサービスもしてくれる。

「ああ、もらおうか」

果実を使った甘いカクテルなど、普段はほとんど口にしないが、こんな場所では最高に美味《うま》い。

たっぷりと大きなグラスに、砕いた氷がきらきら光っているのが美しい。陽光の下が似合う飲み物で、夜に呑《の》むものではないなとつくづく思う。

喉《のど》に染み渡る甘味と酸味が心地よかった。

ケリーは横になっていてもひときわ目立つ長身で、見せかけではない引き締まった筋肉に覆《おお》われた体軀《たいく》、サングラスを掛けていても隠せない端整な顔立ちをしている。しかも二脚並んだ隣のチェアは空っぽだ。

こんな男が暇そうに酒杯を傾けていたら、それは女性を引きつける磁石以外の何物でもない。

少し前から物色していたのだろう。通りかかった若い女性が二人、笑顔で話しかけてきた。

「暇そうね」

「一人なの？」

二人とも背が高く、抜群のプロポーションだった。

しかも、恐ろしく大胆な水着を着ている。

その際どさたるや、ほとんど身体を隠せておらず、全裸《ぜんら》で歩いているようにも見えるほどだ。

もともと、このホテルには若い富裕層が多い。

おかげでビーチは大胆な水着の品評会だが、その中でもとりわけ目立つ二人だった。浜辺の男性陣の眼を釘付けにしているが、ケリーは無造作に答えた。

「女房が戻ってくるまではな」

二人はますます眼の色を変えた。獲物を見定めた女豹《めひょう》のような、じっくり品定めするような視線は『舌なめずりしている』というのがぴったりだ。

一人は空のビーチチェアにさりげなく腰を下ろし、もう一人は大胆にもケリーの横にしなだれかかって、左手の腕輪に手を触れさえした。

「これで話していたのが奥さん？」

「いや、今のは仕事仲間さ。──女房はあっちだ」

ケリーが示したほうを見て、女性たちは絶句した。

長い髪を絞りながら海から上がって来た人がいる。

ずば抜けて背が高く、胸と腰は量感豊かに張って、胴《どう》は見事にくびれている。真っ赤なビキニは二人の女性のそれに比べれば遥かに多く肌を隠しているが、鍛《きた》え上げられた身体であることは一目でわかる。

ややもすると、腹筋が割れて見えるくらいだ。

その身体には、二人の女性のように強引に肉体を見せつけるような押しつけがましさはない。しかし、そこにいるだけで他を圧倒する気魄《きはく》に満ちている。

夫が若い美女二人を侍《はべ》らせているという状況にも拘《かか》わらず、ジャスミンは笑って声を掛けた。

「お邪魔かな？」

「さあ、どうかな」

ケリーが曖昧《あいまい》に答える前に、二人の女性は慌《あわ》てて立ち上がり、そそくさと離れていったのである。

ジャスミンは肩をすくめて言った。

「邪魔するつもりはなかったのに」

「つれないねえ」

空いたビーチチェアに腰を下ろし、ジャスミンはちょうど通りかかった給仕係に飲み物を注文した。

その際、腰の水着を何気なく引っ張った。

「こんな頼りない生地ではちょっと不安だったが、意外に泳げるものだな」

「そりゃあ、あんたに着せるんだ。一応泳げるのを選んださ。今の彼女たちみたいな水着で泳いだら、えらいことになるぜ」

「あれはそもそも水着と言っていいものなのかな。小さな切れっ端に見えない紐《ひも》がついているだけで、背中から見たら丸裸《まるはだか》だぞ」

「前から見てもほとんど真っ裸だ」

ジャスミンにビキニを勧めたのはケリーである。

ジャスミン自身は泳ぐのに適した競泳用の水着がいいと主張したが、こんなビーチでそれはあんまり色気がないだろうと、ケリーが止めたのだ。

身長は桁外《けたはず》れでも、贅肉《ぜいにく》のまったくついていない抜群のプロポーションだから、何を着ても似合う。

ジャスミンはビキニの善し悪しなどわからないと言うので、ケリーが何着か見立ててやったのである。

ジャスミンが運ばれてきた飲み物を口にすると、ケリーはのんびりと言い出した。

「ダイアンも休暇を取るそうだ」

「また船体《じぶん》の改良《ヴァージョン・アップ》か？」

「いや、何か様子が変だったな。ものすごい勢いですっ飛んでったぜ」

宇宙船に置いてきぼりにされる操縦者も珍しいが、彼女に限って言うなら、こうしたことは初めてではないので、ジャスミンも落ち着き払ったものだった。

「では、ダイアナが戻ってくるまで島流しだな」

「その分、気合いを入れて遊ぶとしようぜ」

もともと当分のんびりするつもりだったし、昨日、地上に降りたばかりだから、見所は満載だ。

二人は午後には素潜りで珊瑚礁の美しさを楽しみ、夕焼けが辺りを染めるまで浜でごろごろしていた。

陽が暮れると、豪華な食事と、質の高いショウを見物した後、賭博場《とばくじょう》に赴《おもむ》いた。

ここには大きなホテルごとに賭博場がある。

賭博を罪悪とする国もあるが、バラムンディでは完全に合法だし、こうした場所では楽しまなくては損だ。オランピアの賭博場は広く、開放的な空間で、大勢の人で賑《にぎ》わっていた。若いカップルもいれば、明らかに未成年の姿もある。

未成年に遊ばせるのは禁止されているが、場内を見学する程度なら咎《とが》められないらしい。

「からっとしたもんだな」

ケリーが言うと、ジャスミンも笑った。

「さすが観光地だな。わたしの知っている賭場《とば》とは大違いだ」

「ご同様さ」

ケリーの知っている賭場はもっと薄暗く、もっといかがわしい雰囲気で、もっと殺気立っていた。

それがここでは本当に健全な遊びである。

一口に賭博といっても様々な種類があるもので、二人が見たことのない機械や遊技台も並んでいる。

珍しそうに辺りを眺《なが》める様は『おのぼりさん』と思われても不思議ではないが、二人とも総帥時代は市井《しせい》の人々に混ざって賭事《かけごと》に興じるなど、もってのほかであったから、却《かえ》って新鮮に映るのだ。

賭博場の奥に黒いアーチに囲まれた、ひっそりとした一角があった。入口には黒服の従業員が控え、重厚な赤い垂れ幕で遮《さえぎ》られて、奥が見えないようになっている。

近づくと、黒服がやんわりと制止してきた。

「恐れ入ります。こちらはＶＩＰ階《フロア》にお泊まりのお客さま専用でございます」

二人は顔を見合わせた。

「それなら入れるはずだな」

「ああ。７１６号室に泊まってる者だ」

黒服は手元の端末を調べて、すぐに頭を下げた。

「ミスタ・アンド、ミセス・クーアでございますね。失礼致しました。どうぞ、お入りください」

ＶＩＰ階《フロア》に部屋を取ったのは単に用心のためだ。総帥時代は、ホテルに泊まる時は最上階を丸ごと借り切るのも普通だったが、今そんなことをしたら却って目立ってしまう。

ＶＩＰ階《フロア》と言っても、新婚旅行の夫婦がちょっと贅沢《ぜいたく》しようと思えば泊まれる金額の部屋も多いから、ここも結構、若い人の姿で賑わっていた。

カードテーブル、ルーレット台、スロットなど、設備は一般用のフロアと変わらない。

違うところがあるとすれば雰囲気だろう。内装は重厚感があり、無料で提供される飲み物も明らかに格《ランク》が違う。それを運ぶ女性たちも水準《レヴェル》が高い。

服装も凝《こ》ったもので、物腰も優雅である。

それに見合う分だけ相場《レート》も高い。

二人はカードゲームでしばらく遊び、ほどほどに勝って引き上げようとした。その時、先程とは別の黒服の従業員が慇懃《いんぎん》な口調で話しかけてきた。

「お客さま。少し、よろしいでしょうか」

「どうかしたか?」

「いえ、このフロアの奥には貴賓室《きひんしつ》がございまして、そちらのお客さまが、是非《ぜひ》いらしていただきたいとおっしゃっているのですが……」

「会いたいってことか?」

「はい。よろしければ、ご一緒に遊技《ゲーム》をと……」

唐突《とうとつ》な誘いだが、二人は驚かなかった。

以前なら、こんな誘い文句は常のことだった。

クーア財閥総帥とお近づきになろうとする人間は跡を絶たなかったからである。

二人とも今では『ただの人』だが、ジャスミンとケリーが一緒にいたら、いやでも眼を引く。ここにいる間も、かなりの人が振り返っていたくらいだ。

「どうする?」

「どうせ暇だしな。つきあってみるか?」

「そうだな」

すると、黒服がさらに慇懃に言ってきた。

「申し訳ありませんが、ご主人さまお一人で……」

二人はちらっと眼と眼を見交わした。

ジャスミンがからかうような口調で尋ねる。

「そのお客さまというのは女性かな?」

彼は申し訳なさそうにするだけで答えなかったが、ジャスミンは小さく笑うと、ケリーを肘《ひじ》でつついて、「行ってこい」と、あっさり送り出した。

夫婦だとわかっていながら夫だけを呼び出す太い神経の持ち主の顔を拝んでこいという意味である。

それを知っているからケリーも苦笑した。

「薄情な女房だぜ……」

「寛大《かんだい》と言ってほしいな。ところで、ここには一杯呑めるところはあるかな?」

「あちらにバーがございます」

「じゃあ、わたしはそこで呑んでる」

「すぐ戻るから、おとなしくしてろよ」

言い置いて、ケリーは黒服についていった。

VIPしか入れない賭博場のさらに奥に、立派な木製の扉があった。その中が貴賓室かと思ったら、現れたのは通路だった。細く曲がりくねった通路を進むと、途中で幾重にも枝分かれして扉が見えない。

客同士が顔を合わせず、それぞれの部屋に行けるようにとの配慮だろう。

つまり、貴賓室は一つではないということだ。

そうなれば客の『格《ランク》』によって、使える部屋も決まってくると思っていい。

「こちらでございます」

黒服が立ち止まったのは、顔が映るほどの光沢を放つ、漆黒《しっこく》の扉の前だった。

迂闊《うかつ》に触ったら指紋だらけになりそうな代物だが、ぴかぴかに磨《みが》き上げられている。取っ手のない扉はケリーがその前に立つと、音もなく開いた。

中は意外にこぢんまりとしていた。

カードやルーレットで遊べる大きな机が真ん中に置かれているだけの殺風景な部屋だが、天井や壁は最高級の素材でつくられ、机の周りの椅子や絨毯《じゅうたん》、部屋の片隅にさりげなく佇《たたず》む酒杯を載せたテーブルワゴンに至るまで超一流の品物が揃《そろ》えられている。

男女合わせて七、八人が座っていた。

どの顔も若い。みんな二十代の前半に見える。

服装や雰囲気から察するに、育ちのいい金持ちのお坊ちゃん・お嬢ちゃんといったところだ。

「やあ。どうぞ、座ってください」

男の一人が言っても、ケリーは動かなかった。

立ったまま呆《あき》れたように問いかけた。

「俺は何で呼ばれたのかな？」

「もちろん、これですよ」

男は両手を広げてカードテーブルを示し、金色に輝くチップの山を押し出しながら言ったのである。

「ぼくたちは地元の人間でしてね。他から来た方に楽しんでもらいたいと思っているんです。どうです、これで一ゲーム？」

そのチップはバラムンディの通貨に直せば、一枚十万の高額チップである。それが五十枚、無造作に積み上げられている。一般市民の年収分に相当する。金持ちの道楽息子といってしまえばそれまでだが、ケリーは顔をしかめた。

「あいにく、そんなに持ち合わせがないんでね」

「心配なさらないで。負けた時は、わたくしに少しつきあっていただければいいのです」

ケリーは訝《いぶか》しげに、割り込んだ声の主を見た。

女房持ちと知りながら誘いを掛けるくらいだから、厚化粧の老婦人か、巨大な宝石で飾った中年女性を想像していたが、意外にもほっそりと色白で、長い黒髪と赤い唇《くちびる》、ひどく冷めた眼が印象的だった。

気位の高そうな美しい顔だ。

一見地味に見える黒のスーツは最高級の黒繻子《サテン》で、白シャツの前を大きく開けている。真っ白な胸肌と首に掛かる大粒のダイヤモンドが眼を引いた。

居並ぶ顔ぶれの中でもひときわ若く見える顔だが、この声の主が場の中心であることは間違いない。

チップを張った男の態度もそれを裏付けている。

「勝ったら、このチップはあなたのもの。負けたら彼女につきあってもらう。どっちに転んだところで損はしない話でしょう」

他の男女も囃《はや》すように言ってきた。

「難しく考えないでほしいな。これはただのゲームなんだから」

「誰を選ぶかは女王さまの気分次第でね」

「今夜はあなたってわけ。とっても運がいいのね」

「宝くじに当たったようなものだと思えばいいのよ。さあ、座って。始めましょう」

それでもケリーは動こうとしなかった。

「何で俺に眼をつけた？」

女性の一人が机の端末を指さした。

監視装置に連動しているようで、ＶＩＰフロアの様子が鮮明に映し出されている。

場の中心である黒髪の女性がこれで相手を物色し、ケリーに白羽の矢を立てたらしい。

まさか客が監視装置を覗《のぞ》けるとは思わなかった。

RIKA.S

それが知りたくて出向いてきたようなものなので、これで用件は済んだことになる。

「女房を待たせてるんでね。帰らせてもらうぜ」

この台詞《せりふ》を、臆《おく》したと思ったのか、黒髪の女性を除く全員がくすくす笑い出した。

「そんなに奥さんが恐いの？」

「腰が引けるのもわかるわ。最初はみんな、そんなうまい話があるはずないって疑うの。あたしたちは楽しみたいだけなのに」

「そのとおり、ぼくたちはゲームがしたいだけだ。何も裏はない。むしろ感謝してほしいくらいだな。こんな好機《チャンス》を棒に振るつもりかい？」

ケリーは冷たい眼で若者たちを見た。

「何が好機《チャンス》なのか、俺にはさっぱりわからないぜ。自分で稼いだわけでもないこんな大金を子どもから巻き上げるのも、子どもの火遊びの相手をするのも、ただの犯罪だろうが。後味が悪いだけだ」

一同、白けた顔つきになった。

黒髪の女性が無表情で言ってくる。

「わたくしを子どもだとおっしゃるの？」

「そうさ。歳を言ってみろ。化粧でごまかしてるが、まだ未成年だろう」

「わたくしは法的には既に成人です」

男の一人が得意げに説明する。

「彼女は飛び級で大学に進学して博士号も持ってる。ここの法律で、ちゃんと成人と認められてるんだよ。賭博場で遊んでも何も問題ない」

「このお嬢ちゃんの親もそう思ってるのか？」

「もちろんさ。このホテル・オランピアのオーナー、ゴーチェ・ラロッシュその人だからね」

「オディールは彼の一人娘なのよ」

「だから女王さま。安心した？」

安心どころか、呆れ果てたケリーだった。

開いた口がふさがらないとはこのことだ。

「わたくしはあなたが気に入りました」

依然として感情のない声でオディールが言う。

「だから、わたくしのために時間を割《さ》いていただきたいわ。そんなに無茶なお願いではないはずです」

「親が親なら、娘も娘だな。そんな無茶な言い分は久しぶりに聞いたぜ」

　吐き捨てるように言ってケリーは踵《きびす》を返したが、扉の前に立っても扉が開かない。

　女性たちの悪戯《いたずら》っぽい笑い声がした。

「だめだめ、逃がさないから」

「奥さんのことなら心配いらないわ。きっと適当に相手を見つけるわよ」

　他の声が止むのを待って、オディールが言う。

「どうぞ、お掛けになって」

　ケリーは素っ気なく言った。

「扉を開けろ」

「無粋なことをおっしゃるのね。ここは賭博場です。ゲームを楽しむ場所なのに、あなたはこんな些細《ささい》な冒険すらなさらないの？」

「そうさ。賭事は楽しむためにやるもんだ。こんなゲームじゃ、俺はちっとも楽しめない」

「金額が不足ですか。――それとも、わたくしではお気に召しませんか？」

「未成年はお断りだと言ったはずだ。たとえ法的に成人でも、身体は立派な子どもだからな」

「わたくしの年齢が足らないから？　そんなに法に触れることが心配なの。存外、肝《きも》の小さな方ね」

「そうさ。安全第一の大人なんだよ。お嬢ちゃんの眼鏡違いってことだ。――だから帰るぜ」

「許しません」

　毅然《きぜん》とした口調だった。

「わたくしにここまで言わせておいて背を向ける？　そんなことは許せません」

　取り巻きの男たちもしたり顔で頷《うなず》いている。

「女王さまの言うとおりだね。ここに来たからには一回はゲームに参加してもらわないと」

　確かに彼らにとって、オディールは女王のような存在なのだろう。

そしてまた彼らの理屈では、こうも頑固《がんこ》に彼らの申し出を拒否するケリーが理解できないのだ。

「奥さんを裏切りたくないなら、勝てばいいのよ」

「そうよ。そうすれば、大金が手に入るんだから。持って帰れば奥さんも喜ぶわ」

ケリーはため息を吐《つ》くと、ゆっくりと踵を返してカードテーブルに近寄った。

オディールを含めた一同は、ケリーがやっとその気になったと思っただろうが、彼はこれ以上こんな茶番につきあうつもりはなかったのである。

椅子には座らずに、テーブルを回って、チップを載せた男の頭を無造作に摑《つか》んで机に叩きつけた。

悲鳴が上がった。

ケリーは面倒くさそうに、しかし、実に素早く、背後から男の腕を取って容赦《ようしゃ》なく捻《ひね》り上げた。

無粋な男の悲鳴と泣き声が盛大に響き渡る。

釣られた女たちが怯《おび》えて悲鳴を上げる。

もちろん男たちも絶叫した。

「け、警備員を呼べ！」

貴賓室からの緊急の呼び出しとあって、たちまち二人の警備員がやって来た。

ケリーは逃げたりしなかった。

男の腕を放してやり、悠然《ゆうぜん》とそこにいた。

警備員が駆けつけた時、そこには顔面蒼白《そうはく》の若い男女が数人と、腕を押さえて痛みに泣く男が一人。

そして他の誰より落ち着き払った男が一人という、奇妙な構図ができあがっていたのである。

警備員に状況が理解できなくても当然だった。

「何事ですか？」

腕を捻られた男が涙でぐしゃぐしゃになった顔でケリーを睨《にら》みつける。

「そ、そいつを警察に突き出せ！　この俺に暴力を振るったんだ！　腕を……腕を折りやがった！」

しかし、二人の警備員はケリーの視線を正面から受け止めて、どうにも納得できずに首を傾《かし》げた。

乱暴狼藉《ろうぜき》を働いたにしては雰囲気が静かすぎる。

物憂《ものう》げな表情は呆れているようであり、困惑しているようですらある。その男は警備員に苦笑すると、やれやれと首を振ってみせた。

「この坊やはちょっと頭がおかしいらしい。自分でひっくり返ったくせに、人のせいにしてるんだよ」

「う、嘘《うそ》をつくな！」

「おまえのほうこそ、頭は大丈夫か。俺はおまえの腕を見てやっただけだぜ。運良く折れちゃいないが、一応、病院で見てもらったほうがいい」

「こ、こいつ、よくもそんな白々しい！　みんなも見てただろう！　言ってやれよ！」

男は仲間たちに眼をやったが、彼らは一様に口をつぐんでいた。ケリーがこの男に乱暴を働いたのは全員が見届けたことなのに、誰も何も言わない。

言えないのだ。

ケリーは強張《こわば》った顔のオディールに眼を向けると、心底不思議そうに問いかけたのである。

「なあ、お嬢ちゃん。俺は何かしたか？」

オディールの白い顔がなお白くなっていた。

未成年でも、こんな悪い遊びに興じる不良娘でも、その声に籠《こ》められた凄《すご》みは感じ取れたらしい。

これ以上、俺に関わるなと。

本当に腕をへし折られたいのかと。

遅ればせながら、腕を捻られた本人にも、それはわかったらしい。先程までの剣幕が急に衰えた。

全員が気まずそうに沈黙する。オディール一人が、かろうじて平静を保って警備員に言った。

「いいえ。何も。——下がってくれて結構です」

二人が一礼して部屋を出て行く。

無論、ケリーも彼らに続いて部屋を出た。すると、急ぎ足でやって来た相手にばったり出くわした。

身体は大きいが、まだ高校生くらいの少年である。

その少年はケリーを見て驚いたように眼を見張り、ぶっきらぼうに尋ねてきた。

「今、その部屋から出てきたんですか？」

「眼は開いてるんだろう。そういう坊やのほうこそ、未成年がこんなところで何をしてる？」

「坊やじゃありません。ライナス・キーガンです」

——オディールは？」

「坊やはあのお嬢ちゃんの何だ？」

「ライナス・キーガンです」

むっとした顔つきで頑固に訂正してくる。

本当は『子ども扱いするなよ』と言いたそうだが、目上の相手に敬語で話すだけの分別はあるらしい。

そして少年は意外な言葉でケリーの質問に答えた。

「ぼくはオディールの雑用係みたいなものです」

そんなものまで侍らせているのかと呆れ返ったが、ライナスの顔を見直せば、なかなか整った、気概《きがい》を感じさせる顔立ちをしている。

あの部屋にいた取り巻き連中とは明らかに違う。

同年代の少女に喜んで尻尾を振るような性格には見えない。となると、『女王さま』には逆らえずに、仕方なくやっているのかもしれない。

そうした事情に首を突っ込むつもりはないので、嘆息《たんそく》しながら通り過ぎようとしたケリーの背中に、少年が不意に声を掛けてきた。

「あの……！」

「何だ？」

呼び止めておきながら躊躇《ためら》っている。

ケリーが視線で促《うなが》しても、言いにくいことなのか、なかなか口を開こうとしない。

「女房を待たせてるんだ。話があるなら早く言え」

この言葉が引き金になった。ライナスは意を決し、思いきったように言ったのである。

「奥さんは悪くないんです」

「なに？」

「奥さんには何も非はありません。だから奥さんを叱《しか》ったりしないでください」

少年の顔はありありと心配と不安を訴えているが、ケリーにはまったく意味がわからない。

「何の話だ？」

当然の疑問だが、少年は答えなかった。

複雑な顔でケリーを見つめると、軽く頭を下げて、少女の待つ貴賓室へ消えていった。

ジャスミンは教えられたバーに行ってみた。

磨き上げられたカウンターに、使い込まれた味の止まり木。重厚な雰囲気で、バーテンダーの背後に並ぶ酒瓶《さかびん》の数も膨大《ぼうだい》なものだ。

初老のバーテンダーは、入って来たジャスミンを、軽く目礼しただけで迎え、それも気に入った。

止まり木に座ると、まだ何も頼んでいないのに、すっとカクテル・グラスが差し出された。

「あちらのお客さまからです」

三十がらみの男が笑っている。

女に声を掛けるのが使命と言わんばかりの色男だ。

成功率の高さを物語るように、表情にも物腰にもさりげない余裕と自信がみなぎっている。

「隣へ行ってもいいかな？」

返事を待たずに立ち上がって、ジャスミンの隣に腰を下ろしてきた。こちらに拒否しようという気を起こさせない自然な仕草はさすがである。

ジャスミンは躊躇いがちに言った。

「夫を待っているんだが……」

「一杯だけおごらせてくれないか。そのカクテルはパールビーチの名物で他じゃ滅多に呑めないんだ」

カクテル・グラスを満たしているのは色鮮やかなピンクとオレンジの、いかにも甘ったるい味が想像できそうな液体だったので、ジャスミンは苦笑した。

「甘いのはあんまり得意じゃない」

「そりゃあいい。だったらなおさら呑んでほしいな。きっと気に入る」

男があまりにも自信たっぷりの笑顔で言うので、ジャスミンも根負けして肩をすくめた。

「そこまで言うなら、ご厚意に甘えよう」

ぐずぐずしていてはぬるくなってしまう。それはせっかくつくってくれたバーテンダーに申し訳ない。

果物の甘味は感じるものの、意外にもすっきりと酸味の利《き》いた味わいで、少しもくどくはない。

「ほう……確かに口に合う」

「だろう？　この果実酒が特徴で、バラムンディの地酒なんだ」

「なるほど。だからここでしか呑めないのか」

口当たりの良さに比べて、相当アルコール度数の高いカクテルである。ショートカクテルといえども一杯呑み干しただけで酔いが回りそうな代物だが、ジャスミンはあっという間に空けてしまった。

バーテンダーが控えめに尋ねてくる。

「おかわりをおつくりしますか？」

「いや、せっかくだから、わたしからもこの紳士に一杯ご馳走《ちそう》したい。こんな場所で頼むのは場違いで悪いんだが、トリオンファンを。——できるか？」

冷静沈着のバーテンダーは意外そうな表情になり、すぐに微笑して頷いた。

ジャスミンも笑みを返した。

「ありがたい。——同じものをわたしにも」

やがて出されたのは琥珀色《こはくいろ》のショートカクテルで、一口含んだだけで、男は眼を白黒させた。

「……こいつは厳しいな。がつんと来るぜ」

「そうだろう。別名はエースというんだ」

ジャスミンはそのカクテルを慎重に味わっていた。さっきのカクテルのように一息に空けたりはせず、少しずつ喉に流し込むようにしている。

「へえ、何の第一人者《エース》なんだい？」

「知りたければもう一口」

男が恐る恐るジャスミンに倣《なら》うと、ジャスミンもグラスに口をつけて言った。

「撃墜王という意味だ。一口で失速、一杯呑み干す頃には、下手《へた》をすれば地面に沈んでる」

カクテルにつけるにしては物騒な名称である。

ジャスミンは感心したようにバーテンダーを見て、軽くグラスを掲げてみせた。

「さすがに玄人《プロ》は違うな。昔呑んでいたのと違って、ずいぶんうまい」

バーテンダーが微笑《ほほえ》みながら尋ねてくる。

「お客さまがお呑みになっていたのは、どのようなものでしたか？」

「口から火を噴きそうな代物だったぞ。でなければ意味がないからな。比べると、こいつは品がいい。これなら普通に店で出せそうだ」

「さて、それはどうでしょう。一般のお客さまにはなかなかお出ししにくいものですから」

男が怪訝《けげん》な様子で尋ねてくる。

「店で出せないって？」

「知りたいか」

「もちろん」

「それならもう一口」

女性（？）にこう言われては引き下がれない。

男は無理をして、もう一口、カクテルを含んだが、明らかに顔色が変わっている。

同じように酒杯を傾けながらジャスミンのほうは平然としたものだ。

「こいつをつくったのは本職じゃない。素人《しろうと》なのさ。だからつくり方も適当で、味は二の次だった」

「何のために、そんなものを？」

「質問する時はもう一口」

「じゃあ、きみもだ」

お互い相手を見つめながら、ゆっくりとグラスを口元に運ぶ。

「呑み比べに使ってたんだ」

「素人のつくったカクテルで？」

「そうさ。アルコール度数の高い酒ばかりを適当に混ぜて試してみて、一番強力だったのがこれなんだ。何がいいって、比較的少ない酒量で決着がつくのさ。呑み過ぎは厳禁だったからな」

「待った。それはどういう……」

「質問する時は――」

「わかったよ」

そんなふうに男はかろうじて一杯を呑み干したが、そこまでが限界だった。

撃墜王の名に恥じない威力に屈して、ばったりとカウンターに突っ伏したのである。

ジャスミンは慌てず騒がず男の脈を診てやった。

急性アルコール中毒の可能性を考慮したからだが、その心配はない。単に酔い潰《つぶ》れただけだと判断して、つまらなそうに手を放した。

「一人でこれを呑んでも楽しくないんだがな……」

ぼやいているところへ、ケリーがやって来たので、ジャスミンは喜んでバーテンダーに声を掛けた。

「おかわりだ。この男にも同じものを」

ケリーはケリーで、カウンターに潰れている男を怪訝な眼で見やった。

「なんだい、こちらさんは？」

「おごってもらったんだ。お返しに一杯おごったら、寝られてしまった。代わりにつきあえ」

「何を呑ませたんだよ」

「トリオンファン」

「初めて聞くぜ。——カクテルか？」

「ああ。地域限定みたいなものだからな。頼んではみたが、まさか本当に出てくるとは思わなかった」

バーテンダーが微笑して話しかけてくる。

「わたしも、これをご注文される女性のお客さまがいらっしゃるとは思いませんでした」

やがて出されたカクテルを一口含んで、ケリーも眼を丸くした。舌を焼きそうな強烈な味わいである。強さも相当なもので、酒に慣れていない人間なら一口でぶっ倒れそうな代物だ。

「何だ、こりゃあ？」

「軍時代の思い出かな。基地でよく呑んだ」

「はん？」

「これを初めてつくったのは本物の撃墜王たちだ。軍では喧嘩《けんか》は御法度《ごはっと》だからな。特によその部隊とは。模擬演習で決着がつかなかった時や、相手から何か聞き出したい時は、必ずこいつの出番になるのさ」

「呑み比べで勝負をつけようってのか」

顔をしかめつつも、ケリーは強烈な味わいが気に入ったようで、もう一口含んでいる。

「白黒つけるのはいいとして、よその部隊の秘密を酒で聞き出すのはまずいだろう」

「そんな深刻なものじゃない。わたしが見た中で、もっとも白熱した勝負と言ったら、とある部隊の、美人看護兵の連絡先を教えるか教えないかだった。すごかったぞ。二人で十五杯は空けたんだから」

「これをか？　人間じゃねえな」

「まったくだ。ああなると意地だと思った」

二杯目に取り掛かったばかりのジャスミンも少し酔ったようで、目元がほんのり染まっている。

「あんたは何杯くらいいけるんだ？」

「試したことはないな。危険だから、一般市民には呑ませるなっていう暗黙の了解ができてた」

ケリーはカウンターに突っ伏している男を見た。

「こちらさんは一般人だろうに」

「そこが不思議なんだが、こちらはどうも最初から、わたしを酔わせて潰すつもりだったらしい」

「あんたを酔い潰す？」

ケリーは眼を剝《む》いて、独《ひと》り言《ご》ちた。

「おっそろしいことを考える奴だな……」

「最初におごってくれたカクテルも、一般女性なら、まず呑み干せないような強さだった。あんなものを呑ませるのは下心があるからだろう」

「よりにもよって、何であんたに眼をつけるんだ。そんなに特殊な趣味には見えないが……」

仮にも自分の妻に対してあまりに失礼な感想だが、ジャスミンも不思議そうに頷いたのである。

「そうなんだ。何のつもりだったのかな。見た目も悪くないし、普通に『いい女』が好きそうなのに」

「ま、世の中には物好きが多いからな。俺なんざ、その最たるもんだ」

ケリーは笑って、バーテンダーに話しかけた。

「軍にいたことがあるのか？」

「いいえ。このレシピはお客さまから教わりました。退役された方たちでしたが、その時は材料が揃わず、後日あらためてお越しいただいたのです」

「わざわざつくってくれと言ってきたわけか？」

「はい。そのお二人は旧交を温めようと久しぶりに顔を合わせたのですが、些細なことから言い争いになってしまい、お互い引くに引けなくなったようで、決着をつけたいからこれをつくってくれと」

ジャスミンが小さく吹き出した。

「それでその老紳士お二人の勝負はどうなった？」

「一杯呑み干したところで引き分けでした」

「そりゃあいい」

ジャスミンは声高に笑っているが、ケリーはふと引っかかるものを覚えて、酔い潰れた男を見た。

もしジャスミンがごく普通の女性だったら。

連邦軍で鍛えられた酒豪でなかったら。

ケリーがこのバーに顔を出した時、どんな状態になっていただろう。ジャスミンはすっかり酒に酔い、この男といちゃいちゃしている——と自分の眼には映るような場面が展開していたかもしれない。

あの少年はまさかその光景を予測して、奥さんを叱るなと言ったのだろうか。

どうにもわけがわからなかった。

2

翌日、ジャスミンとケリーは朝から車を飛ばして隣のマリーナに向かった。

二人とも泳ぎは得意だが、それはあくまで訓練の一環として身につけたものだ。波乗り《サーフィン》や帆船《ヨット》という遊びにも通じる競技は一度も経験したことがない。

いい機会なので挑戦してみることにしたのである。

前もって予約してあったので、早朝にも拘《かか》わらず、すぐに職員が応対してくれた。

ケリーは一人乗りの帆船《ヨット》、ジャスミンは沖へ出るボードを希望していたので、二人はここで別れた。

種目によってそれぞれの活動場所が違っていて、重ならないようになっているのである。

ジャスミンの指導員《インストラクター》は二十代半ばとまだ若く、まばらな髭《ひげ》が似合っていない童顔の青年だったが、海で鍛《きた》えられた身体は見事に引き締まり、肌もよく焼けている。人なつこい笑顔で名乗ってきた。

「ぼくはダヴィ・フィールズ。ダヴィでいいですよ。ボードは初めてですか?」

「ああ。やったことがないんだ」

「大丈夫。初めての人でもほとんど立てますから」

ジャスミンはまず浜で基礎の動きを軽く練習して、装備を調えて、推進機関《エンジン》付きのボートで海に出た。

「ここにはお一人でいらしたんですか?」

「いや、夫とだ。今はヨットの講習を受けてる」

「ご夫婦なのに別行動を?」

ダヴィが不思議そうに問い返すのはもっともだが、ジャスミンも笑い返した。

「わたしも夫も初心者だからな。何かを教わる時は一対一《マンツーマン》のほうが圧倒的に効率がいい。習ったことをお互いに教え合えば、手間が省《はぶ》けて一石二鳥だ」

この言い分にダヴィは吹き出しそうになった。

そう簡単に上達できれば苦労はしないと言いたいのだろう。客の機嫌を損ねないよう、口にするのは避けたものの、口元が微妙な笑いに歪《ゆが》んでいる。

「ご主人はどんな人です？」

「共和宇宙一の船乗りで、宇宙で一番いい男だぞ」

今度こそダヴィの眼が丸くなった。

船が所定の位置に着き、いざ水に入る段になって、ジャスミンは基本的なことで文句を言った。

「この靴《くつ》は——板に固定しないとだめなのか？」

「ええ。落ちた時に危険ですから」

「固定しない板もあったと思うが……」

「ありますけど、それはもっと上級者向けです」

「困ったな。泳ぎには自信があるのに、こんな板が足にくっついていたら泳げないじゃないか」

「泳がなくていいんですよ。救命胴衣《どうい》もつけてるし、浮いててくれれば、すぐ拾いますから」

船《ボート》で引っ張って水上をすべるこのスポーツは、立つだけならそれほど難しくない。二回ほど試せば、初心者の女性でも、たいていは立てるようになる。

ただし、中にはどうしても立てない人もいるので、ダヴィはジャスミンを説得して、最初は無理をせず、足が固定された板で始めたのだ。

ところが、船《ボート》が走り始めて、ロープが張られると、ジャスミンはあっさり水の上に立ち上がった。

しかも持ち手を片手で握ったり、持ち替えたり、体重を移動させたりして、きれいに蛇行《だこう》しながら、危なげなく水上を走っている。それどころか、少し慣れてくると、波を利用してジャンプまで披露《ひろう》してみせたので、ダヴィは呆気《あっけ》に取られたようだった。

「信じられない！　初めてでこんなにできるなんて。もしかして——トランポリンの経験が？」

「それなら何度かやったことがある」

訓練で——とはジャスミンは言わなかった。

もともと運動神経と勘の良さは並はずれている上、ダヴィの指導も的確だったので、ジャスミンは見る間に上達し、ダヴィはつくづく感心して首を振った。

「誰に話してもあなたが初心者だなんて信じないな。これじゃあ、ぼくの出る幕がない」

「とんでもない。ぜひお手本を見せてもらいたいな。上達するには上級者の実演を見るのが一番だ」

もっともな話なので、ダヴィは船《ボート》の速度と動きを自動で設定すると、自ら水に入った。

初心者用にゆっくり走っていた先程とは桁違《けたちが》いの速度で船《ボート》が走り始める。波に乗ったダヴィは豪快なジャンプを次々に決めていった。すばらしい高さで、水面から五、六メートルは飛んでいるだろう。

長年、厳しい練習を積んだと一目でわかる動きに、ジャスミンはお世辞抜きに感心した。

「去年の大会では入賞してるんです。今年は優勝を狙ってるんですけどね」

「素人目《しろうとめ》にもきみの技術はかなりのものだと思うが、それでも優勝できないのか？」

子どもっぽさの残るダヴィの顔に苦笑が浮かんだ。

「技術で言うなら一位と二位ってほんのちょっとの差なんですよ。負け惜しみに聞こえるだろうけど」

「いいや、よくわかる。いつだってそのちょっとの差が致命的で、越えられない壁なんだ」

「ミズは何かの選手だったんですか？」

「いや、運動競技は一度もやったことがない」

「もったいないなあ！　今からでも始めればすぐにボードの一流選手になれますよ」

二人はこの時、船《ボート》を止めて休憩していた。

すると、けたたましい音を立てながらウォータークラフトが二台、近づいてきた。

基本的に一人乗りで、ハンドルで船体を操作し、高速で水上を走って遊ぶ乗り物である。この二台は別に競走していたわけではなかったようで、速度を落として声を掛けてきた。

「よう、ダヴィ！　調子良さそうじゃないか」

「だけど、いいのか。さっき見たら、シャロンの奴、すごくいい男と一緒だったぜ」

ダヴィは硬い声で言い返した。

「シャロンは仕事中だぞ。——ぼくもだ」

二人の男はそこで初めて、ジャスミンがダヴィの客だと気づいたようだった。スタッフと思い込んでいたらしく、驚いた顔で言ってきた。

「まだ指導員の仕事をしてるのか？」

「余裕だな。大会はもうじきだっていうのに」

「いいから、さっさと行けよ」

二人をすげなく追い払って、ダヴィは謝った。

「すみません。この辺は知り合いが多くて……」

「わたしはかまわないが、大会が近いなら指導員の仕事をしている場合じゃないんじゃないか」

「ええ。ですから、そのためにも稼がないと。参加するだけでも費用が結構かかるんです」

「誰でも参加できるわけじゃないのか？」

「観光客向けのお祭りならもちろん無料ですけど」

ダヴィが出場を予定しているのは国際大会の出場権もかかっている、国内屈指の等級戦《ランキング》だという。

一方、ケリーについた指導員《インストラクター》も若かった。


ドレイクと名乗った彼はまだ二十代だろう。

背が高く、鍛えた身体つきで、何よりすばらしい美男子である。通りかかる人が彼を振り返って見るほどだったが、その彼よりケリーは遥かに背が高く、男ぶりもよく、鍛えられた身体つきをしていたので、ドレイクは軽い驚きを示した。

「ずいぶん鍛えているようですけど、お仕事は何をされてるんです？」

「船乗りだ。といっても宇宙のほうだがな」

「ヨットの経験は？」

「ない」

推進機関《エンジン》のない船も、海上を走る船も初めてだと言うと、ドレイクは自信ありげに頷《うなず》いた。

「最初はだいぶ勝手が違うと思いますが、一時間も走ればすぐに慣れますよ」

微笑しながら、興味を隠せない様子で、ケリーをちらちら観察している。その視線に苦笑を浮かべて、ケリーは困ったように頭を掻《か》いた。

「俺も二つほど質問があるんだが……」

「何です？」

「気を悪くせんでくれよ。あんた、同性愛者か？」

ドレイクは声を失ったが、弁明はしなかった。

やや硬い表情で、潔《いさぎよ》く言ってきた。

「……わかりますか？」

「不本意ながら、野郎に熱っぽい眼で見られるのは初めてじゃないんでね」

「でしょうね」

素直に頷いて、ドレイクは諦《あきら》めたように言った。

「指導員を代わったほうがよさそうだな。誰か他に手の空いている人間がいないか訊《き》いてきます」

「待てよ。そこで二つ目の質問だが、あんた、俺に迫る気はあるのか？」

「ぼくの仕事はあなたにヨットを教えることです。口説《くど》くことじゃない」

「了解。それなら問題ない」

ケリーがあっさり言ったので、ドレイクはむしろ拍子抜けしたようだった。

「いいんですか？」

「そりゃあ、こっちの台詞《せりふ》だ。俺はあんたになびくつもりはないし、意識もしない。ちょっとでも妙な素振りを見せたらその男前の顔を粉砕する程度には実力行使に訴えるぜ。それでもいいか」

顔の形を変えてやるというのは紛《まぎ》れもない本気で、ケリーは言ったことはやる人間である。ドレイクはその本気を感じ取れないほど愚《おろ》かな男ではなかった。

口元は微笑しながらも眼は真面目に頷いた。

「肝《きも》に銘じておきます」

ヨットは、船室《キャビン》のないボートに帆を張っただけの、至って簡単な構造で、予想以上に小型だった。

体格のいい二人が乗ったら、それだけで転覆《てんぷく》してしまいそうに見える。一人ないしは二人乗りだから、この大きさで充分なのだろう。

船に乗り込む前に、ドレイクは笑顔で言った。

「あなたは海に愛されていますね。今日はいい風が吹いてる」

ケリーにはほとんど感じられない程度の風だが、このくらいの微風が初心者の練習には最適だそうだ。

救命胴衣をつけて船に乗ると、足下がぐらついた。推進機関《エンジン》付きの船には何度か乗ったことがあるが、比較にならないくらい不安定な乗り心地である。

ドレイクが操作すると、船は桟橋《さんばし》を離れた。推進機関《エンジン》を持たない船だから、全然音がしない。すうっと動き出したかと思うと、船が大きく傾き、風を受けて一気に走り出した。

ケリーは思わず声を上げていた。

もっと速い乗り物はいくらでもあるが、それとは乗った時に受ける感覚がまったく違う。

一言で言うなら爽快《そうかい》につきる。

強い風を感じながら、意外なほど静かで、船体が波を切るかすかな水音まで聞き取れる。

沖に出ると、周囲は海だけだ。遠くに同型の船がちらほら見えるが、眼に入るものはその帆の白さと、空と海の青さだけである。

「マリーナの位置がわかりますか?」

「あっちだろう」

ケリーが正確に陸地を指したので、彼は感心した。

「あなたは方向感覚もいい」

「でなきゃ船乗りはやってられんぜ」

「宇宙船乗りでしょう? こう言ったら何だけど、方向を読むのも進むのも機械任せにしている人が、こんなに勘がいいとは思わなかった」

「宇宙にだって風も吹けば、嵐もあるんだぜ。全部感応頭脳任せで、操縦者が何もしなくていいのは、安全な航路しか飛ばない定期便くらいだ」

「あなたは違う?」

「ああ。宇宙ジェットや原始太陽系を突っ切るには船任せじゃどうしようもないからな」

ドレイクは今度は不思議そうな顔になった。

「ぼくは宇宙船は素人だけど、そんな危険な宙域は飛ぼうとしても飛べないはずでは?」

ケリーはにやっと笑って言った。

「あんたはどうなんだ。今日はちょうどいい風だが、波が立つほどの強風だったら、出航を諦めるか？」

ドレイクも笑った。

「初心者は乗せられませんが、そういう時は強風に備えた練習をしますよ。——実際のレースでは何が起こるかわかりませんからね」

「レースって、公式のか？」

「ええ。これでも選手権保持者《タイトルホルダー》なんですよ。あまり大きな大会じゃありませんが……」

だから今年はもう一段上の大会を狙っていると、彼は控えめに付け加えた。

レース当日、どんな風が吹いてくれるかは誰にもわからない。完全に自然任せだから、レース自体が中止されることもある。一日がかりで行われる競技では予期しない突風が吹くこともざらにあるという。

一人乗りの場合、緊急事態にいかに慌《あわ》てず冷静に対処するかが勝敗の分かれ目だとドレイクは続けた。

「頼れるのは自分だけですから」

「その点、俺には頼れる相棒がいるが、俺は一日で終わるレースをやってるわけじゃないからな」

「ずっと宇宙に？　——そっちに移って」

ドレイクが急に指示を出した。ケリーはすぐさま船縁《ふなべり》を移動する。

「ああ。もうずいぶん前からだ」

風力だけを頼りに動く船——それもこんな小さい船は細かい操作が必要になる。

重心移動もその一つだ。

時には船体からのけぞるように身体を乗り出して、船が転覆しないように平衡《へいこう》を保ったりする。

原始的だが、それだけにおもしろかった。

身体の大きな二人が狭い船の上で忙《せわ》しく、素早く動くのはなかなか大変な作業だったが、ドレイクは優秀な指導員だった。重心移動の他にも、帆の操作、ロープの結び方など、わかりやすく教えてくれた。

ケリーは初心者とは思えないほど飲み込みがよく、

抜群に反応のいい生徒だったのでドレイクも喜んだ。

教えがいがあると判断したのだろう。

「ここへはお一人でいらしたんですか？」

「いや、女房がボードの練習をしてるはずだ。俺も女房も初心者なんでな」

ダヴィと同じく、ドレイクも怪訝《けげん》な顔になった。

夫婦で来て、二人ともマリンスポーツの初心者で、それなのに別行動とは妙な話だからである。

「奥さんはヨットには興味がないのかな」

「そうでもないと思うぜ。俺が操作を覚えて女房に教えることになってるんだ」

午前中いっぱい船を走らせると、ドレイクは一度、桟橋に船を戻した。

陸に上がると、二人は救命胴衣の代わりに上着を引っかけて、昼食を取りに向かった。

この浜には水着で入れる食堂がいくつもあるが、ドレイクは観光客向けの店ではなく、地元の人間がよく利用する小さな店にケリーを案内した。

すると、店の入口で、指導員と一緒にやってきたジャスミンとばったり出くわした。

「よう、女王。そっちはどんな具合だ」

「かなり慣れたと思うぞ。——おまえは？」

とても夫婦の会話とは思えないが、この二人には普通のやりとりである。

そしてジャスミンはめざとく、隣にいるダヴィが気まずそうな顔をしたのに気づいていた。

見ればケリーと一緒にいる男も何やら複雑な顔をしているので、ジャスミンは率直に尋ねたのである。

「どうした、ダヴィ？」

「えっ？」

「こちらは、きみの知り合いじゃないのか」

ダヴィは面食らった。動揺を隠せない顔だ。

そんなダヴィの様子を見て、ケリーも同じことをドレイクに訊いたのである。

「気の回し過ぎだったら悪いが、ひょっとしてこの若いのは、ただの知り合いじゃないのかな？」

ジャスミンがやんわりとドレイクに話しかける。

「わたしはジャスミン・クーア。——もしかして、そちらのお名前はシャロンというのかな」

ダヴィはますます気まずい顔になり、ドレイクは観念して名乗ったのである。

「シャロン・ドレイクです」

「なるほどなあ。そういうことか」

ジャスミンは笑って、ケリーに説明した。

「このお二人は恋人同士らしい。シャロンがすごくいい男と一緒にいるけど、放っておいていいのかと、ダヴィの友達がわざわざ知らせに来たんだ。確かにおまえじゃあ、お友達が心配するのも無理はない」

ケリーも吹き出した。

「そいつは悪いことをしたな。——けどな、ダヴィ。心配しなくても俺にはそっちの趣味はないし、この女王さまだけで手一杯なんだよ」

「ちょうどいい、一緒に食事にしよう」

屈託《くったく》なく同じ食卓に着こうと誘うジャスミンに、ダヴィがなぜかため息を吐《つ》いた。

「シャロン。だめだよ。この人たちじゃあ……」

ドレイクも苦い顔で頷いたのである。

「同感だ。最初から無理がある」

ケリーとジャスミンには意味がわからなかった。

不思議そうにそれぞれの指導員を見た。

「何の話だ？」

ダヴィとドレイクが困ったように顔を見合わせて、ドレイクが思いきったように言ってくる。

「あんまり愉快《ゆかい》な話じゃないんですが……」

少々面倒な話になりそうだと察したジャスミンが切実に訴えた。

「では、その前に食事にしないか。腹ぺこなんだ。それと、楽しくない話は食後までお預けにしよう。——ここは何が美味《おい》しいのかな」

同性のカップルより、何やら深刻そうな事情より、明らかに食べるほうに意識が向いている。

そこで四人は席に着き、料理を注文した。

海辺だから魚料理が一般的だが、意外に肉料理もおすすめだという。男性陣が食べるのは当然として、ジャスミンは彼ら以上の料理を平らげた。

食後には南国の果物を使った飲み物を味わいつつ、ジャスミンとケリーは話を聞く姿勢になった。

「正直なところ、ぼくたちにもあまり詳しいことはわからないんですが……」

前置きした上で、ドレイクは説明し始めた。

「お二人の知り合いだという人に頼まれたんです。あなたたちと——お二人とではなく、お一人ずつと——仲良くしてくれと」

「そりゃまた、謎な頼みごとだな」

「ぼくたちもそう思いました。どういうことなのか訊き返したら、つまり……」

やって来たのはドレイクと同年代の男で、レッドフォードと名乗った。彼は、ジャスミンとケリーがそれぞれの競技の講習を予約したことを知っていて、協力してくれないかと持ちかけてきたという。

彼が言うには、友人のクーア夫妻は、最近あまりうまく行っていない。もともと仲のいい二人だから、喧嘩《けんか》をしたわけではなく、一種の倦怠期《けんたいき》だという。

そこで、二人にいい意味での刺激を与えるために一肌脱いでくれないかというのである。

ダヴィも急いで言った。

「言いたいことはわかるんですよ。倦怠期の二人に、ちょっと焼《や》き餅《もち》を焼かせるっていうのは——狙いも合ってると思います。たいていの女の人はご主人が男に言い寄られてたら、ご主人を取り戻そうとして俄然《がぜん》、張り切るでしょう。——特にそれがシャロンみたいないい男だったら」

ドレイクも頷いた。

「ご主人だって、奥さんが若い男と親しそうにしていたら、まだ奥さんを愛していれば、焦《あせ》るはずです。ましてダヴィは可愛いから」

ケリーが苦笑しながら注意する。

「二人とも、惚気《のろけ》るのは後にしてくれ」

ところが、ジャスミンまでが真顔で言った。

「間違ってないだろう？　ダヴィは可愛いし、この彼氏は誰が見たっていい男だと思うぞ。おまえには引けを取るとしてもだ」

「あんたもだ、女王。茶々を入れるんじゃねえよ。話がちっとも進まないぜ」

苦笑しきりのケリーである。

レッドフォードはこの頼みを引き受けてくれたら、謝礼をすると言ったそうだ。それもかなりの額だ。

成功したら、さらに倍額を支払うという。

「実を言うと、ここでちょっと怪《あや》しいと思いました。友人夫婦のためにどうしてそこまでするのかって」

加えて、具体的にどんな状況を成功というのかと質問すると、二人が相手に嫉妬《しっと》して喧嘩したらだと答えてきた。この点を特に強調したという。

「肝心《かんじん》なのは喧嘩させることだと彼は言いました。もしかしたら、不倫をでっち上げて、離婚に有利な材料にするつもりなのかなとも疑ったんですけど、それならどちらか一人に接触すればいいはずだし、変なことを頼むなと思ったんです」

それでも引き受けたのは報酬に惹《ひ》かれたからだ。

必要以上の好意を寄せて相手に誤解させるだけで、何も本当に浮気を仕掛けるわけではない。むしろ、夫妻のためになることだからと自らに言い聞かせて、ドレイクはケリーの、ダヴィはジャスミンの指導を引き受けて、『仲良く』なろうとした。

昼食時にはここで顔を合わせるのも、二人の間で打ち合わせてあったことだ。

しかし、ドレイクは苦笑しながら首を振った。

「ご主人と話している間も何か変だと思いましたが、奥さんに会ってすぐにわかりました。どう見たって、お二人は倦怠期なんかじゃない」

ダヴィも同意した。

「倦怠期の夫婦が別行動するのはまだわかるけど、ミズはボードを覚えてご主人に教えるって言うし、ご主人をべた褒《ぼ》めするし、すごく態度が大きいし」

「最後のは余計だ」

ジャスミンが素早く釘を刺し、ダヴィは反射的に小さくなった。

「すみません。とにかく、これで焼き餅を焼かせる必要がどこにあるのかって感じですよね」

ケリーは不思議そうに尋ねた。

「話はわかったが、前金まで受け取ったんだろう。何で俺たちにあっさり白状したんだ？」

二人はまた顔を見合わせて、真剣に言ってきた。

「ミスタ・クーア。こう見えても、ぼくたちは人を見る眼はあるつもりなんです」

「最初はおもしろそうだと思ったんですよ。だけど、実際に会ってみたら話が違いすぎる」

「レッドフォードは、あなたたちの友人なんかじゃないんでしょう」

「ああ、全然知らん。聞いたこともない名前だ」

「あなたたちに打ち明けたのは、勝手な話ですけど、保身のためです。レッドフォードの狙いが何なのかわかりませんが、彼はでたらめを言ってこの依頼をしてきた。それがわかった以上、彼の思惑通りには動けません。自分の知らないうちによからぬ企みに荷担させられているかもしれないんですから。あの前金も返さないと……」

淡々とした表情ながらドレイクは残念そうに言い、ダヴィが心配そうにそんな恋人を窺《うかが》っている。

「ずいぶん用心深いんだな。受け取った前金くらいもらっておけばいいだろうに」

ケリーの提案を、ドレイクはきっぱり否定した。

「ぼくもダヴィも大きな大会を控えているんです。おかしなことに巻き込まれるわけにはいきません」

ジャスミンが首を捻《ひね》って、率直な感想を述べる。

「さっぱりわけがわからないな。きみたちみたいな可愛い子ならわたしは喜んで仲良くなるのに。何でこの男と喧嘩になるんだ？　その理屈がわからん」

「そりゃあ、あんたには理解できんだろう」

笑って言ったものの、ケリーも疑問に思っていた。

レッドフォードなる男が何者で、何が狙いなのか、まるで見当がつかなかったからだ。

「俺たちを喧嘩させて何の得があるんだか……？」

「わたしたちは一昨日ここに降りたばかりなんだぞ。誰かと間違えてるんじゃないか」

しばらく不思議がっていたものの、ジャスミンはあっさり割り切った。

「まあいい。考えても始まらない。ダヴィは優秀な指導員だからな。わたしとしてはきみと知り合えて素直に喜んでるんだ」

ダヴィも熱心に頷いた。

「ぼくだってあなたみたいに教えがいのある生徒は初めてです。一週間でプロ試験を受けられますよ」

ドレイクも真顔で続けた。

「ご主人の勘の良さも相当なものだよ。すぐにでもC級免許《ライセンス》を取れるんじゃないかな」

「そいつあ嬉《うれ》しいね」

ケリーは笑ってドレイクに尋ねた。

「あんた、レッドフォードから受け取った金は何に使うつもりだった。借金でもあるのか？」

「競技用の船をつくりたかったんです。その費用に充てるつもりでした」

横からダヴィが身を乗り出して説明する。

「規格が合っていれば、製造社《メーカー》や船種は自由の出場枠があるんですよ。もちろん自作でもかまいません。シャロンの設計する船はすごく性能がいいんです。ただ、製作費が半端じゃなくて……」

「どのくらいかかるんだ？」

ドレイクが半ば諦めの口調で数字を言った。

確かに、若い彼にはかなりの負担になる金額だ。

「じゃあ、よければ、そいつは俺が用立てよう」

ケリーが言うと、二人とも呆気に取られた。

ダヴィはすぐに大きな喜びを満面に浮かべたが、ドレイクの端正な顔は逆に険《けわ》しくなった。

「ミスタ・クーア。誤解しないでください。ぼくはそんなつもりでこの話をしたわけじゃないんです。

第一、あなたにお世話になる理由がありません」

「そっちこそ誤解するなよ。同情で言うんじゃない。俺はあんたに投資するって言ってるんだ」

ドレイクにとっては大金でも、ケリーにとってはたいした額ではない。

「──それは、とてもありがたい申し出ですけど、あなたには利点《メリット》がないでしょう。帆や船体に広告を入れることは禁止されてるんです」

「そんなつもりはない。利点《メリット》を言うなら、あんたを応援したい。あんたが自分の船で優勝するところを見てみたいってだけだが、それじゃあだめか？」

ジャスミンも笑って言った。

「それなら、ダヴィの参加費用はわたしが出そう。今年は優勝を狙ってるんだろう」

今度はダヴィの口が驚きにぽかんと丸くなる。

ケリーはそんな彼をなだめるように笑いかけた。

「気にするなよ。才能のある若いのを応援するのは、俺たちの趣味みたいなもんだ」

二人が本気で言っているのがわかったのだろう、ドレイクとダヴィの顔に微笑が広がった。

「ありがとうございます！」

「本当に……何て言ったらいいか……感謝します」

「それより確認するが、あんたたちが頼まれたのは俺たちを誘惑することだけか？」

「というと？」

「たとえば、女房を手込めにしろ──なんてことは、頼まれなかったのかってことさ」

彼らにとっては完全に予想外の質問だったようで、ドレイクは呆《あき》れ顔になった。

「そんなことだったら最初から引き受けませんよ。ぼくはダヴィを犯罪者にするつもりはありません」

そのダヴィも逃げ腰になりながら言ってきた。

「ミスタ・クーア。正直に言いますけど、ぼくにはこの奥さんを組み敷く自信が全然ないです」

ジャスミンがにやりと笑って言う。

「組み敷いてくれればわたしは楽しいんだがな」

すかさずケリーがからかった。

「なんだ、あんた、そういう趣味かよ」

「たまには若い男の子と絡《から》むのも新鮮でいいだろう。――それよりも、シャロン。夫には手を出すなよ。その時はわたしが相手になるからな」

意味ありげに笑いながら、両手の指をぽきぽきと鳴らしてみせる。

ドレイクは深く頭《こうべ》を垂れて、本日二度目の台詞を言う羽目になった。

「肝に銘じておきます」


ジャスミンとケリーはその後も存分に海で遊び、駐車場に預けた車に戻る頃にはレッドフォードなる謎の人物のことも忘れかけていた。

しかし、車を取り出して、鍵を解除しようとしたケリーはぴたりと手を止めた。

不自然な様子に気づいてジャスミンが訊く。

「どうした？」

「中をいじった形跡がある」

ジャスミンも顔色を変えた。咄嗟《とっさ》にしゃがみ込み、車の外部をざっと点検して立ち上がった。

「こっちは何ともないぞ」

昔なら、自分たちには命を狙われる理由が山ほどあったが、今は違う。どこにでもいるただの人だ。

（と、本人たちは固く信じている）。

「こんな観光地で無差別爆弾テロもないだろう」

「すると、車上荒らしか？」

それも変な話だった。今時の車の鍵はそう簡単に解除はできない。専門の道具と知識が必要になる。

加えて、いかに観光地といえども、貴重品を車に入れっぱなしにする人間も滅多にいない。

開放的なビーチにもちゃんと保管庫《セキュリティ・ボックス》があり、たいていの客はそこに貴重品を預ける。もちろん、二人ともそうしている。

手間暇と危険の大きさに比べて、非常に実入りの少ない犯罪なのだ。

誰かが車の鍵を開けたのは間違いないが、すぐに扉を開けて調べるのも危険である。ケリーが外から睨《にら》んでいると、車内で何か動くのが見えた。

ケリーは驚いて言ったのである。

「女王、見てみろ」

覗き込んだジャスミンも眼を見張った。

座席の下から這《は》い上がってきたものがある。

一つや二つではない。うじゃうじゃ出てきた。

黄色と緑の派手な色合いの蛇《へび》に、オレンジと黒の体長十五センチほどの蠍《さそり》、足は赤で、胴体は赤と白の斑《まだら》模様の蜘蛛《くも》が車内を這い回っている。

この異様な光景には二人とも絶句した。

ただし、二人が驚いたのはその姿形にではない。

こんな生き物がいつの間にか車に紛れ込んでいたからでもない。それらに見覚えがあったからだ。

「ロータスの毒蛇と毒蠍じゃないか！」

「蜘蛛もだぜ。名前はキャンディ・スパイダー」

その名の通り、派手な飴玉《あめだま》の包装紙に足が生えて歩いているような姿である。

「見たことがある。こいつも毒蜘蛛だったな」

「そうだ。どれもバラムンディにはいないはずだぜ。何でここに？」

しかも、よりによって自分たちが借りた車の中に。

さすがに面食らって真剣に首を捻ったが、二人が悩んだのはそこまでだった。

「こいつを逃す手はないぞ」

ケリーが笑って言えば、ジャスミンも嬉々《きき》として言ったのである。

「ちょっと待ってろ。何か容器《いれもの》をもらってくる」

「一つじゃ足らないぜ。手袋もだ」

駆け出したジャスミンは管理事務所に掛け合って、食材用の密封包装《パック》と手袋を借りて戻ってきた。

その間にケリーは大急ぎで服を着て素肌を隠し、トランクに無造作に突っ込んでいた靴も履《は》いていた。

戻ってきたジャスミンも同じく身支度《みじたく》を整える。

「あんた、蜘蛛と蛇とどっちが得意だ？」

「節足動物は下手《へた》をすると握り潰《つぶ》しそうだからな。長いほうがいい」

「じゃあ、長いのを頼む。俺が摑《つか》み損ねた奴もだ。一匹でも逃がしたら騒ぎになるから気をつけろよ」

「わかった」

　ジャスミンが保管庫に預けていた銃を構える。

　手袋を塡《は》めたケリーは扉を開けて、車内に素早く手を伸ばした。片っ端から蜘蛛と蝎を摑み取っては包装《パック》に放り込んで封をする。

　そんなケリーの手を逃れた蛇が外に這い出したが、ジャスミンがすかさず頭を撃ち抜いて仕留めた。

　用があるのは首から下なのだ。蛇の頭は潰しても問題はない。蜘蛛や蝎も何匹か逃げ出してきたが、それは潰さないように苦労しながらすくい上げて、別の包装《パック》に放り込む。

　そうやって二人が捕まえたのは蛇が三匹、蜘蛛と蝎は合わせて十五匹もいた。

　それらを全部密封包装《パック》に閉じ込めると、ケリーは満足げに言ったのである。

「これで後は白蟹《しろがに》がいりゃあ完璧《かんぺき》なんだが……」

「知ってる。やっぱり毒のある蟹だろう」

「そうだ。あいつがいればなあ……」

　残念そうにケリーが言った、まさにその時だ。

　今まで車内に隠れていたらしい、白っぽい大きな蟹が眼の前を横切ったのである。

　二人は同時に叫んだ。

「いた！」

　ジャスミンは一撃で仕留めるべく銃を向けたが、ケリーが絶叫してそれを止めたのである。

「撃つな！　身が飛び散る！」

「そんなものは掃除すればいいだろう！」

「何言ってる！　身が肝心なんだぞ！　ばらばらにしちまってどうするんだ！」

「いいだろう！　もともと捨てるんだから！」

　ケリーが眼を剝《む》いた。ものすごい剣幕で叫んだ。

「馬鹿野郎！　毒吹き白棘蟹《しろとげがに》の身を捨てるだと⁉

そこが一番うまいんじゃねえか!」

ジャスミンも負けじと叫んだ。

「何を言ってるんだ! こいつは毒を吹くんだぞ! 身は捨てるしかないだろうが!」

「信じられねえ馬鹿女だな! 蜘蛛だって蝎だって毒持ちだけど、ちゃんと食用だぞ!」

「毒の種類が違うだろう! 白蟹で食べられるのは足だけだ!」

「毒嚢《どくのう》を取り除けば問題ない! とにかく撃つな! ご馳走《ちそう》が台無しだ!」

「撃たなきゃそのご馳走が逃げるぞ!」

二人が大声で喚《わめ》き合っているところへ、折悪しく車を取りに中年の夫婦がやってきた。

人の好さそうな夫婦はとんだところに出くわして、息を呑《の》んで立ちつくしたのである。

無理もない。恐ろしく身体の大きな男女が大声で怒鳴《どな》り合い、しかも女性は片手に銃まで握っている。

夫は思わず妻を抱き寄せ、妻は青ざめた顔で夫に囁《ささや》いた。

「あなた、警察に連絡を……」

ホテルの従業員——それも一流ホテルの従業員というものは、客のどんな無茶な注文にも応えるべく努めなければならない。

ホテル・オランピアにしても同様だが、この日のドアマンは運が悪かったというよりなかった。

宵《よい》の口《くち》に、一昨日から泊まっている大柄《おおがら》な夫婦が保冷箱《クーラー・ボックス》を抱えて尋ねてきたのだ。

「近くに火が使えるところはないかな?」

ここは海水浴場が有名だが、少し足を伸ばせば釣りの名所もある。釣果《ちょうか》があったのだろうと思い、ドアマンは笑顔で頷いた。

「よろしければ、当ホテルの厨房《ちゅうぼう》で承ります」

すると、夫妻は顔を見合わせた。

躊躇《ためら》っているようだった。

「この辺で取れる魚の調理法は心得ておりますから、

お任せください」

ドアマンは自信たっぷりに請け合ったが、夫妻はますます妙な顔になった。

夫が躊躇いがちに保冷箱《クーラー・ボックス》を開けて言う。

「魚じゃなくて、こういうものなんだが……」

食材用の密封包装《パック》は透明で、中身が見えるようになっている。ドアマンは長年の経験と意地と誇りに懸けて取り乱しはしなかったが、一気に青ざめた。

今度は妻が申し訳なさそうに言ってくる。

「確かにホテルで調理してくれればありがたいが、まさかこれをここの厨房には持ち込めないだろう。——もう死んでるが、毒もあるし……」

ドアマンはさらに青くなった。

宿泊客が（ホテルの料理を食べたせいではないにせよ）食中毒など、あってはならない事態である。

「お、お客さま。それを……召し上がるので？」

妻が笑顔で頷いた。

「大丈夫。ちゃんと調理すれば問題ない。調理法は夫が知ってるしな」

「見た目は悪いが、これがめちゃくちゃうまいんだ。まさかこんなところでお目にかかれるとはね」

「せっかく親切な人が差し入れてくれた食材なのに、無駄にしたらもったいない」

「鮮度のいいうちに料理したいんだよ。調理器より直火で焼きたいんだが、どこかに設備はないかな」

ドアマンは懸命《けんめい》に自制心と戦いながら、なるべく慇懃《いんぎん》に答えたのである。

「——ビーチに、バーベキューの設備がございます。そちらでよろしければ……」

「ありがたい」

「飲み物を頼む。強いのがいいな」

注文を受けた給仕係が飲み物を運んでいく頃にはぶつ切りの蛇と蜘蛛と蝎はきれいに鉄板に並べられ、蟹もちゃんと解体されていた。

殻《から》つきの身も、足ともども頃合いに焼き上がって、辺りには香ばしい匂いが立ちこめている。

ジャスミンは他の食材は喜んで口に入れていたが、白蟹の身を食べることには、珍しくもまだちょっと尻込みしていた。日頃は剛胆《ごうたん》すぎるほど剛胆な彼女らしくもない態度に、ケリーは呆れて言ったものだ。

「そんなに信用できないなら毒味してやろうか」

「別に信じてないわけじゃない」

「だったらさっさと食え。焦《こ》げちまうぞ」

「わかってる」

真剣な顔で、向きになって言い返す。

火傷《やけど》しないように熱い殻を取り、身から出た汁を慎重にすすって、ジャスミンは顔を輝かせた。

「うまい……！」

「ほら見ろ。白蟹の身を食わないなんて罰当たりもいいところだ」

今度は蟹の身を口に入れて、ジャスミンは至福の表情を浮かべた。

「……いや、こいつは、実にうまい！　迂闊《うかつ》だった。今まで足しか食べたことがなかったからなあ」

「あんたらしくもない不手際じゃねえか」

「同感だ。――最初にロータスでこれを食べた時、絶対に身は食べるなと言われたんだ。現地の人間の言うことだから信用したのに……」

ジャスミンは大いに悔《くや》しがっている。

「大損した気分だ。現地の話じゃあ、身は片端から捨てられてたんだぞ」

「俺の知ってる地元の奴が聞いたら、無限の呪いを掛けそうな暴挙だぜ」

給仕係は二人が夢中で食べている『ご馳走』からさりげなく眼を逸《そ》らして、飲み物を置いて下がった。

ジャスミンもケリーも久しく口にしていなかった野趣あふれるご馳走を、たらふく平らげたのである。

放り込まれた『食材』はかなりの量があったが、二人にはちょうどよかった。満足するまで食べて、食後の一杯をゆっくり楽しむ。

幸せな気分で、並んでビーチチェアに寝そべって星を眺《なが》めながら、ジャスミンは夫に話しかけた。

「なあ、海賊」

「何だ」

「もしかしたらこの差し入れは、差し入れた人物にとっては、嫌がらせのつもりなのかな?」

いかにもジャスミンらしい感想である。

ケリーは苦笑して答えた。

「もしかしなくてもそうなんじゃないか」

「わからんなあ。今のところ実害はないからいいが、おまえ、こんな差し入れをされる心当たりは?」

「あるとしたらあれくらいだ」

「昨日の女の子か?」

「ああ。気位の高そうなお嬢ちゃんだったからな。逆恨《さかうら》みしてもおかしくない」

恥を掻かされた仕返しをすることも考えられるが、ジャスミンは不思議そうに言った。

「しかし、時間が合わないだろう」

この差し入れがオディールの仕業《しわざ》なら、ダヴィとドレイクに話を持ちかけたのも彼女だと考えるのが自然だが、二人の話では、レッドフォードと名乗る不審人物が近づいてきたのは昨日の昼だという。

ケリーがオディールを袖《そで》にする半日も前の話だ。

「第一、ふられたからってここまでするか?」

「そうなんだよな。その点は認めざるを得ないが、この星に降りて誰かに恨まれた覚えがあるとしたら、あのお嬢ちゃんだけだぜ」

何を思ったか、ジャスミンはくつくつ笑い出した。

「もし本当にその子の仕業で、おまえに袖にされたことを恨んでやったんだとしたら、ずいぶんとまあ、可愛い真似をするもんだ」

「笑ってる場合かよ。いくら食用でも毒持ちだぞ」

「あれだけわんさか放り込めば、いくら何でも何かいることくらい、車に乗る前に気がつくさ。だから、やっぱり実害はない」

「そう言い切れるのはあんたくらいだ」

実害がないと言えばその通りである。

むしろ思わぬところで懐かしい味を口にできたし、

非常においしかったのも確かだが、だからといって気持ちのいいものではない。

星の瞬《またた》く夜空を見上げて、ケリーは嘆息《たんそく》した。

「こんな時はダイアンがいないのが痛いな」

彼女なら、誰が自分たちの車に細工をしたのかもたちまち調べてくれるだろうに。

それができないとなれば地道に行くしかない。

「あの雑用係の坊やを捜して、話を聞いてみるか」

「ダイアナがいないのに?」

「そいつを言うなよ」

ライナス・キーガンという名前がわかっていれば、ダイアナならバラムンディ全域に一斉検索を掛けて、たちまち素性と居場所を特定してくれるだろうが、ケリーにそんな芸当はできない。

「少なくとも俺はあの坊やの顔を見てる。もう一度、会えばわかるさ。明日にでも当たってみる」

「じゃあ、わたしはボードに乗りに行く。ダヴィが一人で乗っても大丈夫だと保証してくれたからな」

「薄情な女房だな。俺一人に働かせる気かよ」

「しょうがないだろう。わたしはお嬢ちゃんの顔もその少年の顔も見てないんだ。役には立たないぞ」

「結局、俺が貧乏くじを引くんだな」

ぼやいても仕方がない。

明日も別行動になりそうだった。

3

ダイアナは大いに怒っていた。

人生（?）の一大事とばかりに駆けつけてきたら、全然話にならないのだ。

宇宙船の感応頭脳である彼女には、他のどんな船よりも速く巧みに飛ぶという至上命題がある。

今回、ダイアナが強引に休暇を取ったのは、ある画期的な技術が開発されたと聞いたからだ。

宇宙には通信波を通す無数の中継点が存在する。

その中継点に船体が跳躍できる《門》《ゲート》としての性質を持たせることに成功したというもので、もしこれが事実なら宇宙船の行動範囲は飛躍的に広がる。

現在も《門》《ゲート》を飛ぶダイアナにとってはまさに死活問題である。一刻も早くその技術を入手すべく、操縦者を置き去りにしてまで飛び出したというのに、その技術の発案者はあっけらかんと言ったのだ。

「あれは間違いだったみたいだよ」

彼の語るたどたどしい説明を聞いて、ダイアナは映像にすぎない柳眉《りゅうび》をきりきり逆立て、それでも口調だけは平静を保って問いかけた。

「つまり、あなたが特別なことをしたわけではなく、中継点の性質によるものだというわけ？」

「うん。向こうもそんなことを言ってたね」

通話の相手は、今回の画期的な発見をしたとして、中央政府の秘密機関に狙われていた天才だ。ただし、天才によくあるタイプで、専門分野以外はさっぱりわからず、興味もないという人物である。

しかし、彼の説明だけでは不十分だとダイアナは即座に判断した。中継点はあくまで中継点であって、《門》《ゲート》ではないのだ。

もともと《門》《ゲート》の性質を持っていた中継点が、今まで《門》として機能していなかったというなら、なぜ今になって急に《門》として動き出したのか、確かめる必要がある。

「いいわ。こっちで調べるから、今までに不自然な動きをした中継点の資料をよこしなさい」

いやだと言ったら成層圏から狙撃してやるつもりだったが、相手はあっさり資料を転送してきた。

六ヶ所の座標と移動した先が記されている。

その中で、ダイアナはカンプネン宙域の中継点に注目した。

宇宙ジェットや重力異常が多発する危険な宙域で、ダイアナもまだ飛んだことはない。

周辺宙域の詳しい資料を要求し、実際に現地まで行ってみると言うと、彼は眼を輝かせた。

「行くの？　それはありがたいや。だったら現場の写真を撮って送ってくれないかな」

「あらあら、ちゃっかりしてること」

文句は言ったものの、持ちつ持たれつだ。資料の礼として、ダイアナは写真を送ることを約束すると、方向転換した。

現在地からカンプネン宙域はかなり遠い。

一度戻って、ケリーと合流すべきかとも考えたが、その時間が惜しかった。

バラムンディは風光明媚《ふうこうめいび》な惑星で、遊ぶところもたくさんある。しばらく二人で楽しんでもらうのも悪くはないだろうと判断すると、ダイアナはショウ駆動機関《ドライヴ》を作動させた。

ホテル・オランピアには二つのロビーがある。

一つは一般客用、もう一つはＶＩＰ専用だ。

一般客用が家族連れでごった返しているのに対し、こちらはゆったりと広く、落ち着いた雰囲気であり、集まる人たちの服装や物腰もひと味違う。

ケリーは場所に合わせ、いくらか身なりを整えて、ロビーで調べものをしていた。携帯端末を操作する手を止めて周囲に意識を向けると、他の客の会話が自然と耳に入ってくる。

「ラロッシュはさすがにやり手だな」

「ああ、娘の結婚が決まったとか聞いたが、相手は政治家か？」

「もちろんだ。それも大物だぞ。次期大統領候補のデリンジャー上院議員の長男だそうだ」

「ほう。そりゃあ申し分ない」

「議員にとってもラロッシュと血縁関係になるのは願ってもない話だろう」

「息子が政界に打って出る時には、絶好の支援者になってくれるからな」

そんな話を小耳に挟みつつ、ケリーは携帯端末に意識を戻した。調べているのはまさに今の話題の主、ゴーチェ・ラロッシュについてである。

二十ものカジノとホテルを有するカジノ王として、バラムンディではよく知られた事業家だ。政界ともつながりが深く、現在の大統領とも懇意《こんい》の仲だが、自ら政界に乗り出すことは考えていないようである。代わりに娘を若い政治家と結婚させて、その後ろ《うし》盾《だて》として存在を誇示するつもりらしい。

新聞を検索すると、顔写真もすぐに見つかった。四十六歳。意志の強そうな四角い顔立ちに太い眉《まゆ》、炯々《けいけい》と光る眼差し、高い鼻が際だっている。

見るからに一筋縄ではいかない雰囲気の人物だ。

この顔は男盛りの自信に満ち、高い知性と品位に加えて度胸も備えている。ただし、度量はいささか疑問だった。どんなに長いつきあいでも、どんなに恩義のある相手でも、役に立たなくなったら、問答無用で切り捨てる。しかも自分を侮辱する相手には容赦《ようしゃ》しない。そんな無慈悲《むじひ》な印象を受ける顔だ。

私生活では十年前に妻と死別し、家族は一人娘のオディールのみ。その娘については、携帯端末ではほとんど何も出てこない。

ケリーは端末をしまって立ち上がった。

そろそろ昼時である。一般客の集まる階《フロア》に下りて、何か腹に入れようと思ったのだ。途中、ＶＩＰ階の中では比較的若い給仕係を摑《つか》まえて訊いてみる。

「この間、下のカジノでオーナーの娘さんを見たが、いつも来てるのかい」

砕けた口調で言ったせいか、相手は笑顔で頷《うなず》いた。

「はい。今は学校が夏休みですから、よくお見えになるようですよ」

「そうか。ここのカジノはまだ……？」

「はい。午後四時からの営業になります」

「ありがとう」

あの少女が今日も来るかどうかはわからない。

今からジャスミンを追って海に出るか、それともどこかで時間を潰《つぶ》すかと考えながら一階に下りた。

レストランに向かうと、偶然にも捜していた顔にばったり出くわした。先日会った時は夜だったので、ブレザーを着ていたが、今は観光客と見紛《みまが》うような、ごく普通の若者らしい恰好をしている。

「よう、雑用係の坊や」

ライナスはむっとして、果敢《かかん》に言い返してきた。

「ぼくは二回もあなたに名乗ったと思いますけど、健忘症ですか。それともわざと忘れてるんですか」

「雑用係だと名乗ったのはそっちだぞ、ライナス。それともキーガンと呼ぼうか」

「ライナスで結構です」

「ケリー・クーアだ。お嬢ちゃんについてちょっと訊《き》きたいんだがな。飯がまだなら一緒にどうだ」

「おごりですか」

「ずうずうしい奴だな」

文句は言っても、はっきりものを言うこの少年の姿勢は気に入った。そのずうずうしさがおもしろく、ここは食事代を持ってやることにする。

ケリーはレストランで話を聞くつもりだったが、ライナスは首を振った。

「いいところを知ってるんです。外へ出ましょう」

理由は見当がついた。このホテルはオディールの父親の持ち物だ。迂闊《うかつ》なことは話せないのだろう。

言い換えれば、ライナスはここで言えないような突っ込んだ話をするつもりということになる。

　ライナスがケリーを連れて行ったのは地元の名物料理を出す浜辺の出店――というより屋台だった。

　砂浜に机と椅子が並べられていて、座って食事ができるようになっている。

　青空の下であるから周囲は丸見えだ。

　味もなかなかいい。若いライナスは食欲も旺盛《おうせい》で、大皿に盛られた料理を遠慮なくぱくつき、ケリーもせっせと腹を満たした。ここでも、愉快《ゆかい》でない話は食後までおあずけである。

　食事が済むと、ライナスはデザートと炭酸飲料を、ケリーは珈琲《コーヒー》味のカクテルを頼んだ。

　きりっと冷えていて、ほろ苦さとほのかな甘さが美味《おい》しい。熱い太陽の下で呑《の》むには最適の飲み物だ。

　さて――とばかりにケリーは切り出した。

「あのお嬢ちゃんは男あさりが趣味なのか？」

「違いますよ。あれは彼女の研究課題なんです」

　予想外の言葉に面食らったケリーだった。

「何だと？」

「彼女、心理学を取ってるんです。この夏休み中に一つ論文を書かなきゃいけないみたいなんですよ。だからまあ、言葉は悪いですけど、手当たり次第に声を掛けてるだけなんです」

「馬鹿言え。カジノで男を引っかける研究課題だと。それで単位が取れる大学がどこにある」

　教育上悪いにも程がある。

「そうじゃなくて……どう言えばいいのかな」

　ライナスは困っていた。言いにくそうにしながら、とぎれとぎれに言葉をつなぎ合わせた。

「ぼくには専門的な知識がないので、詳しいことは言えないんですけど……人間の感情の変化というか、夫婦の絆《きずな》の強さを確認するとでも言うんですかね。仲のいい夫婦に……その愛情に、どうすれば亀裂が生じるかを調べて統計を取ってるらしいんですよ」

「はあ？」

「そんなのは人によって違うはずだし、何だか男の忍耐力を試す試験《テスト》のような気もしますけど、ここは観光地です。新婚旅行客も、夫婦で休暇を楽しみに来るお客さまも大勢いますから、ありがたいことに標本《サンプル》には事欠かないって彼女は言ってました」

言葉の意味を理解するにつれて、ケリーの表情が険《けわ》しいものに変化していったのは言うまでもない。

「つまり、俺はお嬢ちゃんの実験に使われたのか？事前の承諾《しょうだく》もなしに」

「やり方はちょっと乱暴だとぼくも思いますけど、実験の内容が内容だけに、相手の了解を取ってやるわけにはいかないんだそうです。自分で声を掛ける前にもいろいろやったみたいですよ。あなたは気がつかなかったみたいだけど、五人くらいの女の人を差し向けたんじゃないかな」

「覚えがあるのは一昨日の水着の二人だけだぜ」

「他の三人は声を掛け損なったんでしょう。自然に接触するように言われてるはずですから。新婚旅行なんかだと男の人が奥さんにべったりで、なかなか入り込む隙がないみたいなんです」

当たり前である。

「そういう時は、彼女があやって自分のところに呼び寄せて勝負を持ちかけるんです。あれも相手が勝つように仕組んでるそうですよ。多額のチップをもらって帰るわけだから、悪い気はしないでしょう。そうして次に彼女と顔を合わせたら……」

「強引な『お誘い』を断る理由はなくなるって？」

「そういうことみたいです」

「おまえ、さっきからそればっかりだな」

「それって？」

「『みたい』だとか『そうだ』とか。おまえ自身は関与してないみたいな口ぶりじゃねえか」

「実際、してません。彼女は博士課程で、高校生のぼくに手伝えることなんかあるわけがない。彼女の取り巻き連中が話しているのを聞いただけです」

「――で？　まんまと釣られた男がのこのこついて行くと、邪魔が入って種明かしとなるわけか」

「それはそうですよ。悪い言い方だけど、どこまで迫ってやれば夫が浮気をするかを調べているようなものですから。いくら論文のためでも、個人的にはあんまり感心しない課題だと思います」

ケリーは半ば呆《あき》れ、半ば苦笑して言った。

「そんなにぺらぺらしゃべっちまっていいのか？」

ライナスは複雑な顔で微笑した。

「あなたは手ぶらであの部屋から出てきましたから。そんな人は初めてです」

勝てば多額のチップが、負ければ美女が手に入る。普通の男なら背を向けるのはあり得ないゲームだが、そんなお膳立《ぜんだ》てがそもそも気に入らない種類の男がいるとは考えなかったのだろう。未成年の悲しさだ。

「俺で何人目だ？」

「ぼくが知る限り、十八人目です」

「当然、お嬢ちゃんが呼び寄せる前に、夫婦喧嘩《げんか》を始めたカップルもいるわけだな」

「それはそうですよ。むしろ、そういう人のほうが圧倒的に多いはずです」


標本《サンプル》調査なのだから数は多いに越したことはない。最低でも二百組は資料が欲しいと、オディールは言ったそうだ。そのために夫には美女を差し向けて、妻には色男を差し向ける。

それでも夫婦仲が揺らがなければ、夫の昔の女や隠し子を登場させたりしているらしい。

やることがむちゃくちゃである。

「でも、実際に夫婦仲が壊れた人なんかいませんよ。険悪になる前に、ちゃんと事情を説明して、謝礼を渡してるみたいですから」

「本当にそれで丸く収まるか？」

特にオディールとの賭《か》けに乗った夫に関しては、大いに疑問である。いくら実験だと聞かされても、夫の心変わりを快《こころよ》く思う妻はいないはずだからだ。

「ええ、それも調査項目に入っているみたいです。夫の浮気を知った妻はどんな行動を取るのか、口で許すと言っても本当に許したのか、そういうことも調べてるみたいですね」

「お嬢ちゃんはいつ俺に眼をつけたんだ?」

「あなたと奥さんが水着を選んでいる時みたいです。標本《サンプル》として選ぶ人にも基準があって、あんまり喧嘩ばかりしている夫婦では参考になりませんから」

実験に関わっていないと言いながら、ライナスはすらすら話している。

「夫婦仲がいいのはもちろん大事ですけど、他にも条件があって、理想を言うなら、奥さんがご主人に頼りきっているおとなしい人がいいみたいですね」

カクテルを吹き出さなかった自分を、心の底から褒《ほ》めたいとケリーは思ったが、噎《む》せて咳《せ》き込むのは避けられなかった。

やっとのことで呼吸を整えると、恐ろしい形相でライナスに詰め寄った。

「……この世のものとも思えない台詞《せりふ》を聞いた気がするんだがな、うちの女房が何だって?」

ライナスは不思議そうに言い返してきた。

「ご主人に依存している従順な人だと言いました。


——違うんですか?」

「違うも何も……」

ジャスミンのどこをどう眺《なが》めたらそんなばかげた感想が出てくるのか。

ケリーは心底、呆れ果てて、少々見下げるような眼をライナスに向けたので、彼もようやく何か話がおかしいと焦《あせ》ったらしい。

「彼女が言ってたんです。奥さんは水着を選ぶ時も、全部ご主人任せで、自分では決められなかったって。昨日も、お二人は下手物《げてもの》料理を食べたようですけど、奥さんは気味が悪いと思ってる食材でも、ご主人に勧められれば素直に食べるんでしょう」

「どうしてそれを知ってる?」

「玄関と厨房の従業員がみんな噂《うわさ》してましたから。ぼくも時々手伝ってるんで、知り合いも多いんです。よっぽど強烈な外見だったみたいですね。ご主人が勧めたからって、あんなものを口に入れる奥さんはたいしたもんだ、とても真似できないって、みんな感心してましたけど……違うんですか？」

呆れるのを通り越して苦笑がこみ上げてきた。

「事実か虚偽《きょぎ》かという点を問うなら間違っていない。おまえの言う通りだが、現実としては大間違いだ。そんなふうに思われていると知ったら、女房は腹を抱えて笑うだろうぜ」

不思議そうなライナスに対し、ケリーは意識して真面目な顔をつくった。

「その下手物だがな、あれはやりすぎだぞ」

「は？」

「俺たちは偶然、ロータスの生き物を知ってたからいいが、他の人間に同じことをやってみろ。これは実験ですなんて言い訳が通るわけがない。傷害罪で警察沙汰《ざた》になってもおかしくない」

ライナスはぽかんとなった。

「いったい何を言ってるんです？」

もしこれが芝居《しばい》ならば、ライナスはとてつもない才能を備えた名優ということになる。ジンジャーが嬉々《きき》としてスカウトにくるだろうが、明らかに彼は何も知らなかったのだ。

「この星にはいない毒蛇《どくへび》、毒蠍《どくさそり》、毒蜘蛛《どくぐも》に毒蟹《どくがに》をわざわざ調達して、俺の車に放り込んだ奴がいる。噛《か》まれたからって死ぬことは滅多にないが、どれも猛毒指定されてる生物には違いない。昨夜のうちに一匹残らず、俺たちの胃袋に収まったがな」

ライナスが眼を剝《む》いた。

「毒蛇を食べたんですか？」

「身は無害だからな。女房が蟹をいやがったのは、毒吹き白棘蟹《しろとげがに》の身には毒があるとわかってたからさ。俺は毒嚢《どくのう》さえ取り除けば食えると知ってたんだ」

「待ってくださいよ、警察沙汰にするって言うけど、あなた、証拠を食べちゃったんですか？」

「俺は事を荒立てるつもりはない。女房に至っては、美味《うま》い差し入れをもらった程度にしか考えてない。だがな、ああいうものに馴染《なじ》みのない人間だったらこうはいかないと言ってるんだ」

「待ってください。彼女はそんなことはしませんよ。それは彼女のやったことじゃない。第一……」

その時、ケリーの携帯端末が鳴った。

何気なく通話に出たケリーは、相手の話を聞いて、眼を剝いた。

地元警察から『奥さんを暴行容疑で逮捕した』という連絡だった。

ジャスミンは水着の上にタオルを羽織っただけの姿で取調室にいた。足下はビーチサンダルで、髪もまだ湿っている。

駆けつけたケリーはその有様を見て顔をしかめ、ジャスミンを気遣いながら問いかけた。

「どうした、女王」

ジャスミンの瞳《ひとみ》は普段は青みがかった灰色だ。

その眼が今は金色に光っている。表情からしても相当怒っているのがわかる。

「どうもこうもあるものか……」

ジャスミンは朝から一人で海に出ていた。

今日もいい天気で海は穏やかだった。自動操縦の船《ボート》に板を引かせて、ジャンプの練習をしていると、かすかに悲鳴が聞こえたという。

少し離れた場所で推進機関《エンジン》付きの船《ボート》が大きく傾き、何人かが海に放り出されたところだった。

無人になった船《ボート》は自動操縦になっていたらしく、落ちた人間を救助もせずに走り去ってしまった。

海に放り出された数人は不意のことで救命胴衣《どうい》もつけていない。まずいことに足が攣《つ》りでもしたのか、全員が泳ぐこともできずに溺《おぼ》れ、助けを求めている。

ジャスミンはすぐさま練習を中断して、船《ボート》に戻り、自分で操縦して彼らの救助に駆けつけたという。

溺れていたのは若い男が三人だった。

幸いにも、救助船が来たのを見て力を得た三人はもがきながらも何とか自力で船《ボート》に取りついた。

ジャスミンももちろん手を貸して、船《ボート》に引っ張りあげてやったが、乗船した彼らは感謝するどころか、にやにや笑ってこう言ってきたという。

「お姉さん、親切だな」

「簡単に騙《だま》されてくれちゃって」

「可愛いなあ、本気で心配した？」

ケリーは唖然《あぜん》としながら問い返した。

「……わざと溺れたふりをしたのか？」

「そうだ」

この時点でジャスミンは怒り心頭に発しており、ケリーもジャスミンに負けず劣らず険しい表情で、立ち会っていた警察官に問《と》い質《ただ》したのである。

「当然、そいつらは罪に問われるんだろうな？」

「何を言ってる。今問題にされているのは奥さんが彼らに暴行を働いた件についてだぞ」

そんな言い訳に貸す耳の持ち合わせはケリーにはなかった。厳しく追及した。

「俺も女房も宇宙生活者だ。宇宙で遭難《そうなん》した芝居をするのはれっきとした犯罪だ。他の船を呼び寄せる目的でそんな真似をしたら、海賊行為を問われても文句は言えないんだぞ。地上の海では違うのか？」

その迫力に気圧《けお》されて、警察官はたじろいだが、自説は譲らなかった。

「確かに……彼らのしたことは迷惑行為ではあるが、犯罪とまでは言い切れない」

「そりゃあお優しいことで。何のお咎《とが》めもなしか？ここの警察はずいぶん犯罪者に寛大《かんだい》なんだな」

ケリーが露骨《ろこつ》に嘲笑《あざわら》う。

ジャスミンの低い声がそれに被さった。

「しかも、乗船したそいつらが何をしたと思う？」

手の込んだ芝居だとわかった時点でジャスミンは、その連中の顔を変形するくらいに張り飛ばし、再び海に突き落とす決心を固めていた。

その決意は顔にも表れていたはずなのに、三人はその形相をどう思ったのか、邪《よこしま》な表情を浮かべてジャスミンに迫ってきたという。

「せっかく知り合えたんだから、仲よくしようぜ」

「海のど真ん中だ。叫んでも誰にも聞こえない」

「いい子だから、おとなしくしろよ」

　そんな寒気のする台詞を並べながら近づいてきた身の程知らずで大馬鹿者の男たちに、ジャスミンは当然の制裁を加えてやったのだと言った。

「具体的には何をした？」

「関節をへし折ってやった」

「当然だな」

　ケリーがおもむろに頷き、眼に怒りを残しながらジャスミンも頷きを返した。

「そうだろう？　こっちは何しろ、か弱い女なんだ。相手は若くて生きのいい男が三人。徹底的に叩いて身動きできないようにしておかなければ、危なくて危なくて、あの連中を警察に突き出すこともできやしないじゃないか。それなのに、ここの警察諸君は、わたしの行為は過剰《かじょう》防衛だと言うのさ」

　そんな馬鹿な話があるかというのがジャスミンの言い分であり、ケリーも全面的に賛成だった。

「女房は自分の身を守っただけだろうが。それともバラムンディの法律では、男に襲われそうになった女には抵抗する権利もないのか？」

　この場には中年の熟練の警察官と、記録係の若い警察官が立ち会っていたが、若いほうは小さくなり、中年のほうは苦りきった顔である。

　一人でも厄介《やっかい》だというのに、もう一人手強いのが増えてしまったのだ。やりにくいことこの上ないが、職務は職務だ。

「——ミスタ・クーア。彼らは全員、全治一ヶ月の重傷を負ってるんだぞ。これは明らかにやりすぎだ。正当防衛は到底、認められない」

「逆に訊くが、じゃあどうすればよかったんだ？」

「…………」

「女房におとなしくそいつらの慰《なぐさ》みものになってやればよかったって言うのか。それがバラムンディ警察の公式見解か」

「奥さんの行為は自己防衛の範囲を逸脱していると言っているんだ。身を守るためなら船を発進させて、彼らを海に落とすという選択もあったはずだぞ」

ケリーはますます相手の言い分を嘲笑った。

「もっとやさしく、手加減して抵抗してやれって？　そりゃまた、ずいぶん悠長な話じゃねえか。相手は若い男が三人、女房はたった一人で船にいたんだぞ。手段なんか選んでいられる状況だと思うのか」

ジャスミンも無愛想に言い返した。

「海に落とした程度で済むわけがない。溺れたのが芝居なら走り去った船も芝居だ。遠隔操作で簡単に呼び戻せる。そうなれば、あの不埒《ふらち》な連中のことだ。今度は船で迫ってくるかもしれなかったんだぞ」

なんと言おうと無駄だった。

地元警察は最初から聞く気がないらしい。

ジャスミンが彼らに重傷を負わせた事実を重んじ、あくまで傷害罪を適用するという。その旨《むね》の調書に署名すれば帰してやると言うのだが、ジャスミンは頑としてそれを拒んでいた。

何しろ、調書には『わたしは彼らに暴力を加えて、重傷を負わせたことを認めます』と記してある。

こんなものに間違っても署名できるかというのがジャスミンの言い分だったが、警察官も譲らない。

「奥さん。あくまでも罪を認めない気なら、我々も起訴を視野に入れて考えるしかないんだぞ」

「ほう？」

金の瞳がじろりと相手を睨《にら》む。

この警察官は、職務上、もっと危険な凶悪人物を相手にしたこともある。どんな時も被疑者に怯《ひる》んだ覚えなどなかったが、今は冷や汗を掻《か》いていた。

「溺れた芝居で船を呼び寄せて、獲物に襲いかかる。こんな外道な真似をする輩《やから》は犯罪者に決まっている。その犯罪者を撃退して罪に問われることになるとは、ずいぶん不思議な法治国家もあったものだ」

ジャスミンは皮肉に言って、夫を見た。

「どうせ船も修理中だしな。とことん裁判で戦うか。弁護士を頼む」

「わかった。後で何か着るものを持ってくる」

「食べるものもあると嬉《うれ》しいな」

しばらく留置場で暮らすことなど、ジャスミンは何とも思わない。あっさり居残ることに同意したが、警察官はますます苦い顔になった。

三人に非があるのはわかっているだけに、警察も徹底的に争うのは避けたいのだろう。ここは素直に罪を認めてくれれば面倒なことにならずに済むのに、どうして強情を張るんだ——と表情が語っている。

ケリーはジャスミンを残して、ひとまず警察署を後にしたが、外には意外な人物が待っていた。

ドレイクとダヴィである。二人ともケリーを見て、心配そうな顔で近寄ってきた。

「ミスタ・クーア。奥さんは？」

「今日は帰れないらしい。——二人とも、わざわざ来てくれたのか？」

「だってもうビーチ中の噂になってますよ。赤毛の大きな女の人にガイたちがやられたって」

「三人とも病院送りにしたって、本当ですか？」

「知り合いなのか？」

尋ねると、二人はいやな顔になった。

あまり好ましい知り合いではないらしい。

言いにくいことでもあるようで、ケリーを誘って警察署から離れると、声を潜めて言ってきた。

「このビーチで連中を知らない人間はいません」

「大きな声では言えないけど、みんな奥さんに感謝してるくらいなんです」

「何者なんだ？」

「ガイは市長の息子で三人のリーダーです。ビルは会社社長の、ジョージは警察関係者の息子です」

「いやな連中ですよ。いつも威張り散らしていて。誰も何も言えないからやりたい放題なんです」

警察官がジャスミンの言い分に耳を貸さないのも当然かと思いながら、ケリーはさらに尋ねた。

「その馬鹿息子連中はいつも女を襲うような真似をしてるのか？」

これには二人とも耳を疑う顔になった。

「何ですって?」

「まさか、奥さんを?」

二人は『いくら何でもそれはあり得ない』という表情を露骨に浮かべたので、ケリーも頷いた。

「同感だ。俺が言うのも何だが、あの女を手込めにしようなんざ、悪食《あくじき》にしても度が過ぎる」

「違います。そういう意味じゃなくて……」

ダヴィが慌《あわ》てて言ってきた。

「連中のやりたい放題って言うのはつまり……海で船が行き来する時って順番が決まってるんですけど、その順番を守らなかったり、レストランでいい席を横取りしたり、人の彼女だってわかっていて強引に口説《くど》いたり……そういうことなんです」

ドレイクも驚きながら首を捻《ひね》っている。

「彼らは、多少のことなら大目に見てもらえるのを自分でちゃんと知ってます。それをいいことに好き放題やってるように見えますが、用心深いのも確かなんです。矛盾《むじゅん》して聞こえるかもしれませんが、自分の将来にも関わってくることですから、経歴に傷をつけるような真似はまずしません」

「連中は金回りもいいし、暮らしぶりも派手だから、女の子ならいくらでも向こうから寄ってくるんです。婦女暴行なんて、あり得ないですよ。やるとしても、シャロンが言うように連中は用心深くて慎重だから、間違っても警察には訴えない、泣き寝入りする女の子を選んでやるはずです。——でも、奥さんは全然そんなタイプじゃないでしょう」

「ぼくもダヴィに賛成ですね。三人とも女王さまの腰巾着《こしぎんちゃく》だから、その辺は徹底してるんです」

ケリーは真顔で問い返した。

「そいつはカジノ王のお嬢ちゃんのことか?」

「ご存じでしたか?　そうです。ラロッシュの娘は、この辺りではそう呼ばれてるんです」

「まだ十七歳だけど大学を卒業してて、ガイたちと同じ大学だったんですよ」

「三人ともその娘の取り巻きなのか?」

「ええ。ラロッシュは、裏に回れば山ほど黒い噂のある人物ですけど、それだけに表向きは公明正大、品行方正のイメージを大事にしてるんです。娘にも、娘の友達にも、かなり厳しく眼を光らせてますよ。女王さまと仲のよかった学生が喧嘩騒ぎを起こして停学処分になった途端、出入り禁止になったなんて話もあるくらいですから」

「こんなことをラロッシュが知ったら、明日にでもガイたちに『馘首《クビ》』を言い渡すでしょうね」

「あの連中にとっては絶対避けたい事態のはずです。ラロッシュに気に入られているのといないのとでは、将来が天と地ほど違ってくるんですから」

だからこそ、三人とも横柄《おうへい》な嫌われ者ではあるが、警察沙汰だけは避けていると、二人は口々に語った。

「その三人の顔写真はあるか？」

ドレイクが携帯端末を取り出した。

過去の地方報道《ローカル・ニュース》を検索して差し出してくる。

「——去年の大会ですけど、真ん中にいるのがガイ。右がビル、左がジョージです」

水着姿の若い男が三人、波乗り板を持って浜辺に立っている。

それを見たケリーは苦い顔になった。

服装は全然違うが、どれも見たことのある顔だ。

特に真ん中の男はケリーがオランピアの貴賓室《きひんしつ》で、軽く撫《な》でてやった男である。

あの一件を恨《うら》みに思って、しかしケリーには歯が立たないので、ジャスミンを狙ったに違いない。

それがまた噴飯《ふんぱん》ものだが、ケリーは二人と別れて衣類や食べ物の買い物を急いで済ませ、署に取って返して、ジャスミンとの面会を申し込んだ。

抑留中《よくりゅうちゅう》でも身内ということで通してもらえる。

ジャスミンは署内の留置場に入れられていた。

昔懐かしい鉄格子越しに衣服と食べ物を渡すと、ジャスミンはさっさと水着を脱ぎ捨てて、肌着から身につけていった。その間にケリーが事情を話すと、服を着たジャスミンは呆れて言ったのである。

「要するに、わたしはおまえのとばっちりを食ってあんな連中に襲われたのか？」

「さすがに弁解の余地はねえな。まさか、そこまで馬鹿とは思わなかったんだ」

だいたい、ジャスミンを見た時点で、自分たちの手に負える相手ではないと見分けられないこと自体、馬鹿の証明のようなものである。

あげく撃退されて大怪我《おおけが》をしたのでは世話はない。

差し入れてもらった携帯食を囓《かじ》り、ジャスミンは不思議そうに言った。

「経歴に傷をつけたくないなら、どうしてわたしを帰さないのかな。このまま裁判になったら、自分のやったことがいやでも公《おおやけ》になるのに」

「たぶん、逆上してそれも忘れてるんだろうよ」

「お嬢ちゃんの取り巻きから外れるのも覚悟の上でやったとは考えられないか」

「そんな根性のある奴らかよ。あんたに絡《から》んだのも、もしかしたら、本当に手込めにするつもりはなくて、ちょっと恐い思いをされてやれ——くらいの気持ちだったのかもしれないぜ」

ジャスミンが不思議そうな顔になる。

「腹立たしいのはともかく、恐くはないだろう？」

ケリーはそっと笑いを噛み殺した。

それは彼らがジャスミンの性格についてとんでもない誤解をしているからだが、本人は知る由《よし》もない。

首を傾《かし》げながら言ったものだ。

「そりゃあ、ああいう状況だ。護身術の心得のない一般女性だったらさぞかし恐かっただろうと思うが、軍属の女なら誰だって、あんなもやしみたいな素人《しろうと》三人を恐がったりしないぞ」

「連中はそうは考えなかったんだ。あんたを脅《おど》して——震え上がらせるのが目的だったのさ、多分な」

そんな高等技術は、どうすればできるのか自分のほうが教えてもらいたいくらいだと内心で嘆《なげ》きつつ、ケリーは苦笑した。

「とにかく、すぐに出られるように手配するから、ちょっと辛抱しててくれ」

「なあ、これは本当に私怨で、あの連中の独断か？　おまえの言うお嬢ちゃんの差し金の可能性は？」

硬い声が割り込んだ。

「それは違います」

オディールだった。今日は紺《こん》のワンピースを着て、同色の靴《くつ》を履《は》いている。飾り気はなくても、高価で粋《シック》な装いである。

背後に控えている体格のいい男は護衛《ボディ・ガード》だろう。二人をここまで案内してきたらしい男が進み出て、ジャスミンの入っている留置場の鍵を開けた。

「釈放だ。出なさい」

オディールはケリーに向かって軽く頭を下げた。

「ご迷惑をお掛けしました。話を聞いた父も驚いて、すぐに奥さまを釈放しろと申しております」

鍵が開けられてもジャスミンは留置場を出ようとしなかった。その理由を知っているので、ケリーは茶化すようにオディールに言ったものだ。

「お嬢ちゃんの父親は警察でもないのに、被疑者を釈放する権限を持ってるのか？」

鉄格子の向こうからジャスミンも言った。

「同感だ。少なくとも、この鍵を開けたのが本物の警察官だという証拠と、わたしを逮捕した警察官の口から直々《じきじき》に釈放するという言葉が欲しい。勝手に出て行って脱走を疑われるのはごめんだからな」

「その必要はありません。先程、ガイたち三人は、奥さまへの告訴《こくそ》を取り下げました。もともと彼らに非があることですから、当然だと思います」

ケリーが訊く。

「お嬢ちゃんがそうしろって命じたのか？」

「いいえ」

不品行を何より嫌う父親の意志が働いたようだが、ケリーはさらに尋ねた。

「レッドフォードはお嬢ちゃんの差し金か？」

「はい。あれはわたくしが依頼しました」

「毒蛇や毒蟹は？」

「存じません。ガイが独断でやったことです」

肩をすくめたケリーだった。

「いいぜ。そこから出てやれよ、女王。やっぱり、今度のことは無用な敵をつくった俺の失態らしい」

「いいや、遡《さかのぼ》れば、このお嬢さんのせいだろう」

留置場から出たジャスミンが笑って言う。

「実験の趣旨はおもしろいと思うし、この男に眼をつけたのも褒めてやれるが、その後がいけないな。もう少し男の口説き方を勉強したほうがいいぞ」

この冗談はオディールには通じなかったようで、彼女は生真面目に言ってきた。

「お詫《わ》びの印に、お二人をお招きしたいと思います。明日、わたくしの婚約発表パーティを開きますので、ご出席ください。父もお詫びを申したいそうです」

「こっちは気ままな宇宙生活者でね。あんまり大勢、人が集まるところに顔は出したくないんだよ」

「ご心配なく。ささやかな内輪の集まりですから」

今度はジャスミンが言った。

「ささやかでも大規模でもいいが、一つ確認したい。そのパーティに報道媒体《マスコミ》は入るのか？」

「内輪の集まりと申し上げました。撮影機器《カメラ》の類《たぐい》はいっさい入りませんので、ご安心ください」

「そういうことならお邪魔しよう」

ケリーは言って、ジャスミンを振り返った。

「危うく臭い飯を食わされるところだったんだからせいぜい取り返してやれ」

「毒吹き白蟹と同じくらいのご馳走《ちそう》が並んでいると嬉しいんだがな。——注文《リクエスト》してもいいかな？」

実物を前にして言葉を交わせば、自分がとんでもない思い違いをしたことに気づいてもいいだろうに、オディールはこの台詞を、まだ『夫の言葉に素直に従っているだけ』と恐ろしくも誤解したらしい。

冷ややかにジャスミンを見つめて言った。

「なるべくご希望にかなうように致します」

4

パーティは、これのどこが内輪の集まりなのかと疑うほどの規模だった。

会場はラロッシュの屋敷である。

まさしく白亜の豪邸というにふさわしい規模で、広大な敷地には母屋の他にもいくつもの建物が建ち、母屋の玄関に至る通路《アプローチ》には大きな噴水が軽やかな音を立てている。

玄関前の車寄せに、高級車が続々とやって来ては、華やかに着飾った男女を降ろしている。

屋敷全体が照明に照らされて暗闇《くらやみ》に浮き上がり、招待客はその光景にまず感嘆の声を発していた。

屋敷の一階には広々としたホールがあり、そこがパーティの会場だった。天井は見上げるほど高く、吊《つ》り下げられた豪華な照明が燦然《さんぜん》と光を放っている。

既に大勢の男女が思い思いに立食を楽しんでおり、ケリーとジャスミンも着飾って、そこに乗り込んだ。

ジャスミンは赤とオレンジを墨流《マーブル》しにした生地の燃えるようなドレスに身を包み、ケリーも華やかなタキシード姿で、目立つことこの上ない。

集まっていた人々の視線を一身に集めていたが、誰も二人の正体を知らない。名前も知らないので、率直に尋ねてくる人も多かった。

「初めてお見かけしますけど、どちらから？」

「宇宙からですよ」

「は？」

「俺も女房も宇宙生活者でしてね」

「いわば一種の風来坊のようなものです」

二人が笑顔で答えると、相手は例外なしに驚いて、軽い嫌悪を浮かべて離れていく。遠巻きにしながら、ひそひそと軽蔑《けいべつ》混じりに囁《ささや》くのが聞こえてくる。

「宇宙生活者ですって」

「そんな方がどうしてここに……？」

そんな周囲とは裏腹に、二人は平然としていた。もともとこういう席での振る舞いには慣れきった二人である。その堂々とした態度は見る人が見れば明らかなはずだが、ここにいる招待客は、人物より肩書きを重んじる人ばかりらしい。

二人が会場内を移動しながら呑《の》んで食べていると、招待主のラロッシュが笑顔で話しかけてきた。

「これはこれは……クーアご夫妻ですな。ようこそ。ささやかな宴《うたげ》ですが、楽しんでもらえていますか」

態度は友好的でも、眼がちっとも笑っていない。その眼は素早く二人の品定めをしたようだった。

「お招きに感謝しますよ。ミスタ・ラロッシュ」

ケリーもラロッシュを観察していた。

顔は既に見知っていたが、実際に会ってみると、強烈な個性の漂《ただよ》う人物である。押しが強いと言えばそれまでだが、気の弱い人間なら、この人の前では何も言えなくなりそうな印象を受ける。

これは貫禄《かんろく》ではない。威圧感だ。

しかもそれを自覚している。どんな相手だろうと屈服させてきたことを誇りにしている顔だ。

なるほど——と、ケリーは思った。

この男は間違っても謝罪するつもりで自分たちを招待したわけではない。こちらを軽視しているのはあからさまにわかる。

恐らくは、田舎者《いなかもの》に過ぎない宇宙生活者の夫妻をこうした華やかな場に呼ぶことで引け目を感じさせ、身の置き場のない思いを味わわせ、狼狽《ろうばい》させた上で、自らの力で圧服しようという魂胆だったのだ。

しかし、残念ながらこの程度の屋敷、この程度の夜会でおたおたするような神経は二人にはない。

ジャスミンが笑顔で言った。

「今日はお招きありがとう。それにしても、本当にささやかな夜会で、くつろげます。お料理もお酒もずいぶん庶民的ですしね」

ラロッシュの笑みに、はっきりと嘲《あざけ》りが混ざった。

平民には手の届かない最高級の料理と酒ばかりを用意したのに、宇宙暮らしの長い田舎者にはそんなことすらわからないのかと軽蔑したに違いないが、ケリーがすかさずジャスミンに調子を合わせた。

「それを言うなよ。ここはバラムンディだ。地酒が一番おいしいんだろう」

「そうだな。クェンテスの白葡萄酒《しろぶどうしゅ》やハイリンドの百年ものの古酒が欲しいと思うのは野暮《やぼ》だった」

「この気候じゃ呑んでも味気ないぜ。あれはもっと涼しい場所のほうが美味《うま》い」

ラロッシュの眉《まゆ》がぴくりと反応した。

どちらも知る人ぞ知る最高級の逸品である。幻の名酒でもある。一介の宇宙生活者ではその存在すら知り得るはずがない。味となれば何をか言わんやだ。

ラロッシュは都合の悪い話題を変えることにして、ことさら気の毒そうな口調で言ってきた。

「奥さんはこのたびとんだ災難に巻き込まれたとか。何事もなくて何よりでした」

その災難の原因が娘の友人だとは一言も言わない。自分たちとは関係ないと暗に言ってきたわけだが、ジャスミンはそれは無視して、真顔で言い返した。

「何事もなくというご意見には到底賛成できません。わたしは運よく自分の身を守れただけなんですから。連中はれっきとした犯罪者です。あんなならず者の、鼻つまみ者のような連中がお嬢さんのお友達とは、嘆《なげ》かわしい限りです」

「はは、いや、それは違いますよ」

ラロッシュは余裕の表情で笑い飛ばした。

「友達とはとんでもない話で、あの者たちは娘とはまったく無関係です。さあ、オディール、おまえもご挨拶《あいさつ》しなさい」

オディールも華やかに正装していた。

銀味を帯びた濃い紫のドレスがきらきらと輝いて、化粧も大人びている。とても十七歳には見えない。

相変わらず冷めた口調で挨拶してきた。

「お二人とも、ようこそいらっしゃいました」

「お友達の具合はいかがかな？」

ジャスミンが話しかけると、オディールは表情も変えずに言ってきた。

「存じません。それほど親しくはありませんので。わたくしは彼らと同じ大学でしたから顔見知りではありますが、そのよしみで課題を手伝ってもらっていただけです」

「そうですとも。彼らがあんな真似をしでかすとは、まったくいい迷惑ですよ。娘も立派な被害者です」

ラロッシュも二人の顔を見ながら頷《うなず》いている。

余計なことは言うな——という副音声の念押しが聞こえそうだが、無論それで黙るケリーではない。

「お嬢ちゃん。女房も同じことを言ったが、実験の内容はともかく、男の口説《くど》き方はもっと工夫しろ。初対面の男にあんな口を利《き》いて許されるのは本物の女王だけだぞ」

オディールはひんやりした微笑を浮かべた。

「奥さまのような、ですか？」

どうやら彼女はケリーがジャスミンを『女王』と呼ぶことが気に入らないらしいが、ケリーも笑った。

「そうさ。この女なら『わたしにここまで言わせて背を向けるのは許せん』っていう台詞《せりふ》がぴったりだ。その気合いは半端じゃないぜ。どんな男もびびって逃げられなくなるが、お嬢ちゃんじゃあいかんせん迫力が足らない。それより泣き落としのほうがいい。あんたは若くて可愛いから空涙《そらなみだ》の一つも見せれば、たいていの男はころりと引っかかる」

当のジャスミンが呆《あき》れたように言い返す。

「おまえ、根本的に間違ってるぞ。男を口説くのにびびらせてどうする？」

「だから泣き落としにしろって勧めてるんだろうが。だいたい、あんた、自分の所行を思い出してみろ」

「人聞きの悪いことを言う。わたしがいつおまえをびびらせた。やろうとしたところで、びびるような玉か、おまえが」

ラロッシュが咳払《せきばら》いした。場所柄をわきまえない風来坊の夫婦に釘を刺すべく、ことさら意気込んだ様子で、少し離れたところで談笑している若い男と中年の男の二人を示した。

「あちらにいるのが娘の婚約者のバートラム青年で、隣にいるのは彼の父親、デリンジャー上院議員です。次期大統領の有力候補ですよ」

ジャスミンもケリーも上院議員ごときでは顔色も変えないが、ラロッシュは余裕で言ってきた。

「今日は特別なお客さまがいらしてくださるんです。共和宇宙で知らない人はないほど有名な方ですよ。

——楽しみにしていてください」

自信たっぷりに言って、娘を連れて二人から離れ、デリンジャー父子《おやこ》と親しげに言葉を交わしている。

広い会場には制服の給仕係が何人も働いていたが、その一人にケリーは笑顔で声を掛けた。

「よう、ライナス。今日は給仕か？」

金ボタンが並ぶ白い上着がなかなか似合っているライナスは屈託《くったく》なく笑い返してきた。

「ぼくは雑用係ですから」

「女王。紹介するぜ。雑用係のライナス・キーガン。お嬢ちゃんがあんなに早く警察署に来てくれたのも、こいつが知らせてくれたからなんだ」

「それは世話になったな。ありがとう、ライナス。ジャスミン・クーアだ」

ライナスは（初めてジャスミンを見たほとんどの人と同じように）呆気《あっけ》に取られた顔をしていた。

彼も決して小柄ではないが、大きく見上げないと視線が合わない。身体の大きさだけではない。眼は心の窓と言うが、ライナスを見下ろす青みがかった灰色のそれは力強く、悪戯《いたずら》っぽく輝いて、その人の決して脆弱《ぜいじゃく》ではない内面を映し出している。

ケリーが笑って言った。

「このでかいのがうちの女房だ。どうだい。『夫に依存している従順な妻』に見えるかい？」

「はあ？」

ジャスミンが頓狂《とんきょう》な声を上げる。

「わたしのことか、それは？」

「恐ろしいことにそうらしいんだな、これが」

「そんなものにはなった覚えもなければ、これからなろうとしても無理だと思うんだが……」

「正しい見解だ」

頷き合う大型夫婦を前に、ライナスは引きつった笑いを浮かべている。

「……どうも、オディールの誤解みたいですね」

「ところで、きみはどうして雑用係なんだ？」

「ぼくはこの家の居候ですから。ラロッシュさんに学費も生活費も出してもらってる身なので、何でも手伝うようにしてるんです」

「ほう？」

興味を持った二人が詳しいことを聞こうとした時、わっと会場が沸いた。新たにやって来た客を見て、集まっていた人々が大きな歓声を上げたのだ。

ラロッシュが得意満面に言う。

「皆さん、ご紹介します。共和宇宙が誇る大女優、ミス・ジンジャー・ブレッドです！」

ここぞとばかりに効果を狙って言ったのだろうが、残念ながら、ジンジャーは招待主のラロッシュには一瞥《いちべつ》もくれなかった。全員の眼を釘付けにしながら、彼女はひときわ目立つ赤毛の人にまっすぐ歩み寄り、歓喜の声を上げて、その首に両腕を絡《から》めて抱きつき、とろけるような笑顔で話しかけたのだ。

「ジェム、嬉《うれ》しいわ。こんなところで会えるなんて。まさかあなたがいるなんて思わなかった」

ジャスミンもジンジャーを抱き返して微笑した。

「わたしもさ。おまえが来てるとは知らなかった」

「お忍びなのよ。次の予定が詰まってるから早目に引き上げるつもりだったけど、予定変更ね」

「あんまり関係者に無理難題を言うなよ。わたしが恨《うら》まれるからな」

ケリーも笑って話しかけた。

「よう、ジンジャー」

「明日は奥さまを借りるわよ。文句はないわよね、ケリー？」

「拒否する権利なんか俺にはないんだろう」

「そうよ。わかっているじゃないの」

「バラムンディに何の用なんだ？　まだ別の映画の撮影中だと思ってたぜ」

見るからに旧知の仲である三人に、ラロッシュは愕然《がくぜん》としていた。

「……お知り合いですか？」

幾分引きつった顔で声を掛けると、ジンジャーはにっこり笑って振り返った。

「この人が来ていることを教えてくれないだなんて、ラロッシュさん、あなたったら何てひどい方なの。この人がいると知っていたら大統領との会談なんか後回しにして飛んできましたのに。お願いですから、こんな意地悪はどうかこれきりにしてくださいな」

翻訳すると『大事なことはさっさと知らせなさい、二度とするんじゃないわよ、いいわね』である。

たかだか一介の宇宙生活者を、一国の大統領より優先するというジンジャーにラロッシュは絶句した。

その時、再び、今度は静かな歓声が上がった。

現れたのは、一見すると地味な目立たない中年の男性だったが、会場の招待客はジンジャーが現れた時以上に興奮して、あちこちで囁いている。

「筆頭補佐官じゃないか！」

「まさか、あんな大物が来るとは……」

「さすがだな、ラロッシュは」

一同、驚きと尊敬の眼差しをラロッシュに向け、それはラロッシュの自尊心を大いに満足させた。

あらためて、共和宇宙連邦主席筆頭補佐官という要職にある人物に恭《うやうや》しく手を差し出したのである。

「ようこそいらしてくださいました。筆頭補佐官。光栄に思います」

ところが、ここでも、ラロッシュの差し出された手はなおざりにされることになった。

筆頭補佐官のブラッグスは気もそぞろで招待主と形ばかりの握手を交わすと「ちょっと失礼」と断り、

会場でもっとも背の高い男性のところへ慌《あわ》ただしく歩み寄り、ラロッシュが我が眼を疑って見守る中、ケリーに向かって深々と頭を下げたのだ。

「お久しぶりです。ミスタ・クーア」

「珍しいところで会うもんだな。元気か？」

「はい。あなたも、ご健勝のご様子で何よりです。——しかし、ここで何を？」

「そういうおまえは、ここの主人と知り合いか」

筆頭補佐官は瞬時に、しかも注意深く、招待主と眼の前の男を秤《はかり》に掛けた。答える前に相手の真意を確かめようとした時、不快そうな声が割り込んだ。

「きみ、失礼じゃないかね」

デリンジャー上院議員である。

議員もラロッシュと同様、権威を重んじるようで、ケリーの態度が気に入らなかったらしい。

「筆頭補佐官に何という口のきき方だ。何者だ？」

「俺は宇宙生活者で、ただの風来坊ですよ」

「風来坊？　そんな輩《やから》がなぜここにいるのかね」

上院議員は露骨《ろこつ》な軽侮の表情を浮かべて言ったが、筆頭補佐官がそれを遮《さえぎ》るように話しかけた。

「失礼ですが、そちらこそどなたですかな？」

中背の議員はここぞとばかりに反《そ》っくり返った。

「デリンジャーと申します。上院議員のロバート・デリンジャーです。以後お見知りおきを……」

「よろしく。ジョージ・ブラッグスです」

名乗りはしたものの、補佐官はそれで上院議員の存在を忘れたかのように、再びケリーに向き直って、熱心に尋ねたのである。

「ところで、ミスタ・クーア。こちらのご主人とはどういうお知り合いですか」

「それがな……」

説明しようとした時、ジャスミンがジンジャーを片腕にぶらさげたまま、ブラッグスに声を掛けた。

「お一人とは珍しいな。三世はどうした？」

「ミズ・クーア。お元気そうで何よりです。主席は移動中でして、今は公海にいらっしゃいます」

主席が惑星《ほし》の近くを通ると聞いて、ラロッシュは屋敷に立ち寄ってくれと熱心に懇願《こんがん》したのだろうが、共和宇宙連邦主席ともなれば、移動中でも公用船の船内で様々な公務をこなさなければならず、地方のささいなパーティに顔など出せるわけがない。

ラロッシュが中央政府にどんな伝《つて》を持っているか知らないが、筆頭補佐官を呼べたのは上出来である。

そのブラッグスにしても本当にちょっと顔を出すだけのつもりだったのは間違いない。

しかし、彼は後悔しきりで首を振って言った。

「残念です。お二人がいらっしゃると知っていれば、主席も予定を変更して降りると言ったでしょうに」

「いいさ、公務中だろう。いずれまた会いに行くと三世に伝えておいてくれ」

ラロッシュと上院議員が今度こそ仰天《ぎょうてん》している。

連邦主席を『三世』と名前で呼べるのは個人的に親しい一部の人間だけだ。

しかも共和宇宙一忙しいその人が、二人のためにわざわざ予定を変更するとは――。

ブラッグスはジンジャーとも自己紹介を交わした。

「共和宇宙に名だたる大女優にお目にかかれるとは光栄です」

「わたくしも、報道で時々お見かけしておりますわ。筆頭補佐官もこのお二人のお友達ですか？」

「いえいえ、その末席にでも加えていただければと、願っているところです」

謙遜《けんそん》にしても、筆頭補佐官にこう言わしめるとは――と会場の人たちが固唾《かたず》を呑んで見つめている。

「で、さっきの話だがな――」

満座の中でケリーは笑って言った。

「ここのお嬢さんのお友達のせいで、うちの女房が刑務所に放り込まれそうになったのさ」

筆頭補佐官ははっきり顔色を変えた。

「何ですと？」

「どういうことかしら、お嬢さん？」

ジンジャーも美しい顔を厳しくして振り返る。

オディールは蒼白《そうはく》になっていたが、ジャスミンが笑いながら口を挟んだ。

「それはもういいのさ。ただの誤解だったんだ」

「そうそう。だから今日はここのご主人がお詫《わ》びの印に俺たちを招待してくれたのさ。そうでしたな、ミスタ・ラロッシュ」

「は、そ、それはもう……」

ラロッシュは喘《あえ》ぎながらやっと言葉を絞り出した。

自分の眼の前で次から次へと何が起きているのか、彼にはどうしても信じられなかった。

ジンジャーも筆頭補佐官も、明らかにこの夫婦を、ラロッシュよりも重んじている。

「しかし、それは――あまり感心しませんな」

筆頭補佐官は控えめながらはっきりと嫌悪を示し、ジンジャーに至っては真顔で言ったものだ。

「今度そんなことがあったら知らせてちょうだい。大統領に頼んで釈放してもらうから」

「大仰《おおぎょう》だな。地方警察長官くらいにできないか」

「残念だけど、その方とはおつきあいがないのよ」

ここでブラッグスが残念そうに言い出した。

「すみません。もう行かなくては。こんなことならもっと時間を割《さ》いておいたのですが……」

筆頭補佐官も分刻みの予定で動く多忙な人である。

「気にするな。会えてよかったぜ」

「三世によろしくな」

笑って言った二人に対して、ラロッシュは慌てて筆頭補佐官の後を追った。

「お、お見送り致します」

動転しながらも、筆頭補佐官を玄関まで送る途中、ラロッシュはわななきながら問いかけた。

「筆頭補佐官。あの二人は――いえ、あのご夫妻は、いったい何者なんです……?」

「単なる民間人ですよ。ミスタ・クーアがご自分で言ったように、お二人は宇宙生活者です」

「まさか！　ありえない！」

筆頭補佐官が怪訝《けげん》な顔で振り返り、ラロッシュは慌てて言い直した。

「失礼。しかし、で、ではなぜ……？」

市井《しせい》の人が――たかだか宇宙生活者の風来坊が、連邦主席と個人的に親しいなどと、ラロッシュには断じて認められないことなのだ。なぜあんな連中を重く見るのかとありありと非難する顔つきである。

ブラッグスは眉をひそめた。

「ミスタ・ラロッシュ。クーアご夫妻は民間人です。お若く見えても一世の古いご友人でもあります」

ゴーチェ・ラロッシュは今度こそ息を呑んで立ちすくんだ。

「マヌエル一世の……？」

現主席の祖父であり、自身も主席を経験したその人はとっくに表舞台から退《しりぞ》いたものの、未だ政界に隠然たる影響力を持っている人だ。

「ですから主席もお二人のことはよくご存じですし、お二人の意見には必ず耳を傾ける。そういうご関係なんです。――たとえ彼らが風来坊であってもね」

少々皮肉っぽい口調で付け加えて、筆頭補佐官は待たせていた車に乗り込んだ。

会場では三人だけの話の輪ができていた。

他の客も、できることなら声を掛けたいのだが、とても近寄れずに遠巻きにしている。

「いつもはもっと豪華《ゴージャス》に決めているのに、今日はずいぶん可愛いじゃないか。少女のようだぞ」

ジャスミンが感心しているジンジャーのドレスは確かに可愛かった。

淡いピンクと紫のやわらかい素材で仕立てられ、透けた袖《そで》がふんわりとして、幾重にも重なった裾《すそ》がひらひらと足にまとわりついている。髪も緩《ゆる》やかに結い上げて、小花を散らした飾りを挿している。

化粧も薄いピンク系でまとめているので、確かに（恐ろしいことに）十代の少女のようにも見える。

「似合わないかしら？」

「まさか。おまえは何を着たって、とびきり美人だ」

今日はまた格別可愛いから見違えたのさ」

ケリーが小さく吹き出した。

同性の友人の身なりを褒《ほ》めているようにはとても聞こえないからだが、ジンジャーも苦笑した。

「絶対見違えてなんかくれないくせによく言うわ。地元《ここ》の流行《はやり》に合わせたのよ。この星では今、かなり甘めのロマンティックが主流なの」

確かに見渡してみれば、会場の女性たちの中にも白やピンク、ラベンダー、淡いブルー等、いわゆるパステルカラーのやわらかいドレスが眼についた。

ジャスミンのドレスのようにきつい原色はあまり見かけない。同時に、オディールのドレスのようなきらきら光る素材のドレスもほとんど見ない。

そのオディールは婚約者の青年と一緒にいた。

ジャスミンが何気なくその様子を見つめていると、話しているのは青年だけで、オディールはそつなく相槌を打ちながらも、時折、視線を飛ばしている。

その眼は他の女性たちを見ているようだった。


何だか気になって、ジャスミンは大胆に近づいて二人に声を掛けたのである。

「肝心《かんじん》のお祝いがまだだった。ご婚約おめでとう」

「どうも。バートラム・デリンジャーです」

バートラムは二十六、七。なかなかの二枚目で、身なりも凝《こ》っていて、かなりの自信家に見えた。

皮肉っぽく笑って言ってくる。

「ミズ・クーア。ご主人は本当は何をなさっている方なんですか」

「宇宙生活者だと夫が言っただろう」

「まさか。それはないでしょう。ただの宇宙生活者相手に、筆頭補佐官が敬語で話したりしませんよ」

「それがきみの常識か？」

「いやだなあ。世間一般常識ですよ」

笑い飛ばした青年に、当のケリーが声を掛けた。

「俺は正真正銘、ただの宇宙生活者だぜ」

「本当かな。とても信じられませんね」

顔は笑っているが、眼には小狡《こずる》い光がある。嘘《うそ》を吐《つ》くなよ——とでも言いたげな顔だ。言い換えれば、あんたは（補佐官の）どんな弱みを握ってるんだと、露骨に揶揄《やゆ》している顔である。

しかし、彼はジンジャーに対しては満面に笑みを浮かべて挨拶したのだ。

「お目にかかれて光栄です、ジンジャー。よろしくお見知りおきを。父はいずれ大統領になりますから、その時はあなたを正式な晩餐《ばんさん》にご招待します」

ジンジャーにはこの上なく愛想よく振る舞っても、その彼女が親しくしている宇宙生活者の友人に礼を尽くすことは、これっぽっちも考えない。なぜなら、宇宙生活者とは身分構成の底辺に属する人間であり、自分が下手《したて》に出る必要などない相手だからだ。

強烈に感じた軽蔑も不快感もおくびにも出さず、ジンジャーはにっこり笑って答えた。

「式はいつ頃のご予定かしら」

「大統領選が済むまでは控えようと思っています。息子が新婚ほやほやよりは婚約中のほうが支持者の受けがいいですからね。その後で、現職の大統領の息子が結婚式を挙げれば、宣伝効果も満点です」

「このお嬢さんはお父さまが大統領選挙を戦うのにふさわしい相手なのね」

「ええ。もちろんですよ。彼女は若くて美人だし、成績も優秀です。運動もできる。教養も申し分ない。ぼくに決して恥を掻《か》かせたりしないという意味で、ぴったりの女性ですよ。唯一難点を言うとしたら、もう少し愛想よくしてもらいたいな。報道関係者はそういうところに敏感ですから。無愛想ではとても大統領の息子の夫人は務まりません。まあ、彼女はまだ十代ですから、ぼくが与える地位にふさわしい立ち居振る舞いを身につける時間は充分あります」

本人は得意満面だが、とても婚約者を褒めているようには聞こえない。これ以上、話す値打ちなしと断じて、ジンジャーはことさら艶《つや》やかに微笑んだ。

「バートラムさん。ちょっと外してくださらない？婚約者さんと女同士の話がしたいのよ」

ケリーがいるのに女同士の話とは無理があるが、さっさと邪魔者を追い払う。

ジャスミンも呆れていたが、できの悪い婚約者の悪口はこの場では言いにくかった。

「オディールは、こういうドレスは着ないのか？」

ジンジャーの可愛い衣裳《いしょう》を見ながら尋ねると、オディールはほとんど断定的に答えてきた。

「わたくしには似合いませんから」

「そうかな。きみは肌も白いし、眼も薄い茶色だし、白やピンクがよく似合いそうだぞ」

「賛成ね。——あなたはおいくつ、お嬢さん？」

「十七です」

「若いのね。あなたのように若い子は、往々にして自分の本当の魅力を知らないものよ。食わず嫌いはよしにして、一度袖を通してみるといいわ」

ここでケリーが、同じくジンジャーを示しながらジャスミンに笑いかけた。

「あんたも一度くらい着てみたらどうだ。こういう可愛いやつ」

「馬鹿言え。わたしには向いてない」

「そうか？　意外に似合うかもしれないぜ」

「どこに眼をつけてる。わたしは服飾には疎《うと》いが、白やピンクの可愛い服が自分に合わないことくらい、ちゃんと知ってるぞ」

ジャスミンはケリーの言い分を豪快に笑い飛ばし、ジンジャーも頷いている。

「そうよね。白ならかなりかっちりした硬い素材で、アクセントに濃紺《のうこん》を使うとかしないと、あなたには難しいと思うわ。濃い色なら何でも似合うけど」

「だろう？　人には向き不向きがあるんだ」

このやりとりにオディールは眼を見張っていた。

何にそんなに驚いたのか、ジャスミンを見つめて、小さく言葉を洩《も》らした。

「意外です」

「何が？」

「せっかく、ご主人が勧めてくださったのに」

「だから？」

「それなのに、着てさしあげないのですか」

「白やピンクのやわらかものをか？　似合わないとわかっているのに。第一、わたしが着たくない」

ジャスミンが肩をすくめて言うと、オディールは今度こそ面食らったようだった。素直に言った。

「……失礼しました。奥さまは、わたくしが考えていたような方とは違うようです」

「どんなふうに考えていたのかな」

「………」

「遠慮しなくていい。きみの意見を聞いてみたい」

「では、申し上げます。ご主人に黙々と従うだけの、自主性のない方だと思っていました」

ジンジャーが耳を疑う顔つきになる。

あなた、頭は大丈夫？　とでも言いたげだったが、当のジャスミンも疑問の表情で尋ねていた。

「きみは今になってその事実に気づいたのか」

「はい。申し訳ありませんでした」

「謝る必要はないが、解《げ》しかねるな。わたしと直に話しながら、きみはその明瞭《めいりょう》な事実に気づかず、夫が勧める服を断ったという一点だけで、わたしを自主性を持つ独立した人格であると評価したのか。判断基準がおかしくないか？」

至極もっともな話なので、オディールはさすがに少し気まずそうにしている。

「わたくしがお見かけした時、奥さまは、ご自分で水着をお選びになっていないご様子でしたので」

「それだけで、わたしは夫の言いなりか」

この赤毛の女王は遠慮には無縁の性分だったので、銀味がかった紫に光るオディールの衣裳に眼をやり、単刀直入に切り出したのである。

「そのドレスはきみが選んだものか」

「いいえ。衣裳はすべて専門家に任せています」

「普段着も？」

「はい」

「きみはそれが好きか？」

「お尋ねの意味がわかりかねます」

「ではっきり言おう。オディール。ひょっとして、きみは着たくない服を着ているのか？」

少女の表情がすっと変わったように見えた。

まるで人形のような白い顔で淡々と答えてきた。

「わたくしは自分に似合う服を着ています」

「ふうん？」

何を思いついたのか、ジャスミンはオディールを見下ろして、悪戯っぽく笑いかけた。

「服と靴《くつ》の寸法《サイズ》を教えてくれないか」

「……どうしてですか」

「教えたくない？」

「はい。お断りします。理由がわかりませんから」

ジャスミンは今度は古い友人を振り返った。

「こういうのはおまえの得意分野だろう。この子の寸法《サイズ》はわかるか」

「相変わらずね、あなた」

ジンジャーも悪戯っぽく笑っている。


「服は見当がつくけど、靴はその人の足の形も関係してくるから、寸法《サイズ》だけわかっても意味がないのよ。だから靴の型式だけ教えてくれるかしら、お嬢さん。それとも、わたしにも答えたくないのかしら？」

共和宇宙一の大女優ににっこり微笑まれたのでは、十七歳のオディールに抵抗する術《すべ》はない。

相手の真意はわからないまま、素直に靴の情報《データ》を教えたのである。


翌日、ジャスミンはジンジャーと待ち合わせて、ホテルで朝食を済ませ、買い物に出かけた。

ビーチを離れて車で五分も走れば、まるで巨大な街のようなショッピングモールが現れる。

生鮮食品から衣類、雑貨、小物、家具に至るまで、たいていのものはここで揃《そろ》えることができる。

昨夜は十代の少女に見えたジンジャーは、今日は三十代後半の主婦のような身なりだった。

変幻自在に姿を変えるこの特技を持っているから、

共和宇宙中に顔を知られている大女優が、お忍びで外出を楽しめるのである。

「普通の人の感覚を知るのは大切なことよ」

市街図のようなモールの案内図をじっくり見つめ、目的地を探しながら、ジンジャーは言った。

彼女は五歳で演劇の世界に入り、普通の生活とは、縁遠い暮らしをしてきた人だ。そのため、こうした外出時の食事時には、カフェや食堂で女性客の傍《そば》に座って彼女たちの会話に聞き耳を立てているという。

「二十代なら恋愛と仕事の話。三十代、四十代なら子どもと夫の話だけど、子どもが小さい時と高校生くらいの時とでは話題がずいぶん違うのよね」

「わざわざ聞き耳を立てる内容でもないだろう」

「ええ、そんな題材の映画やドラマはたくさんある。それでも、実際に体験している人の話に勝るものはないのよ。——ここね。C－Ⅱ棟、三階の東区画《イーストブロック》、だいたいこの辺りが若い人向けだと思うわ」

「やっぱりおまえがいてくれてよかった」

ジャスミンは地図は読めるが、そこに入っている店舗が何を売っているのかが、さっぱりわからない。

C－Ⅱ棟に向かいながらジャスミンは言った。

「あんな複雑な案内図が読めるんだから。おまえは充分、常識があるだろう」

「そうでもないわ。旅客船に乗ることができないの。最近はいつも一等客室《ファースト・クラス》か専用船だから。搭乗券の買い方がわからないのよ」

車を運転しながら、ジャスミンはたと頷いた。

「わたしもだ。昔は軍用機か自分の船。今ではあの男の船だからな、搭乗券は買ったことがない」

「ね？　努力しないと、わたしたちみたいな人種はどんどん普通から遠くなるだけよ」

「肝《きも》に銘じておこう」

車を駐車場に停めて、C－Ⅱ棟に入ると、そこは若い人たちであふれかえっていた。衣料店の他にも甘味を売る店、業務用のゲーム機が並ぶ一角など、一日いても飽きそうにない。中でも三階の東区画は若い女の子の姿が圧倒的に目立った。

「一口に服と言ってもいろいろあるわよ。普段着、室内着、おしゃれ着。昨日のような正式な夜会服。――どれにするの?」

「夜会服はやめたほうがいいだろうな。かといってまったくの普段着でもつまらない」

「いいわ。ちょっとおしゃれして出かける時の服ね。――ここなんかよさそうだわ」

おしゃれ着にも安物から高級品まで幅広くある。

その中でジンジャーが選んだのは、ほとんど客の姿がない、大衆向けとは一線を画した店舗だった。

「ちょっとお高めだけど、お金持ちのお嬢さんには、このくらいのほうが馴染《なじ》みがあるはずよ。だけど、どうして急に服を贈ろうなんて思ったの?」

「何となくかな。それに、おまえと二人で女の子の服を選ぶのも楽しいんじゃないかと思ったのさ」

「あら、嬉しい」

流行っているだけあって、店内には淡い色合いの美しい服がずらりと並んでいる。レースやフリル、リボンや花柄を多用した、まさに女性的な印象だが、素材は最高級のものだし、意匠を凝らしているので、少しも子どもっぽくは見えない。

「昨日のドレスも悪くないが、あの子にはこういう服のほうが似合うんじゃないか」

「同感ね。あなたみたいに、可愛いものが致命的に合わない人もいるから、何でも流行を取り入れればいいってものじゃないのよ。ちゃんと自分に合うかどうかを考えないと」

「オディールには今の流行が似合うだろう」

「ええ。だから同感だと言ったのよ。あのお化粧もどうかと思うわ。本来はもっと可愛い顔立ちなのに、お化粧でずいぶん大人っぽく見せてるわよ」

ジンジャーも首を捻《ひね》っている。

「昨日のあの子の衣裳もそう。大人の女性らしさに甘さを排除したクールな様式《スタイル》。あれはこの辺りでは十年くらい前に流行っていたはずよ。つまり今では流行遅れだわ。専門家がついているのに、どうしてそんな初歩的な間違いをするのかしらね」

　こういうことに掛けてはジンジャーも専門家だ。

　自分で着るのではないにせよ、あれこれと可愛い服を選ぶのは楽しかった。

　じっくり吟味《ぎんみ》した末、これなら絶対あの女の子に似合うと確信できる服を選び、それに合わせた靴と小物も選んで、二人は二階に下りてきた。

　階下は依然として若い人で賑《にぎ》わっていたが、その一人がジャスミンに気づいて笑顔で近寄ってきた。

「こんにちは、ミズ・クーア」

「やあ、ライナス」

「あなたもご主人も周りの人より頭一つ大きいから、すぐにわかります。――お友達ですか？」

　ジャスミンの隣にいる普通の主婦が、昨日夜会を沸かせた大女優であるとは気づかないらしい。

「古い友人さ。さっき偶然会ったんだ」

　ジャスミンが何食わぬ顔で言うと、ジンジャーも当たり前の主婦になりきってライナスに話しかけた。

「お若いのねえ。うちの息子と同じくらいかしら」

「初めまして。ライナス・キーガンです」

「礼儀正しいのね。今時珍しいわ。ジェニファー・テンプルトンよ」

　ジンジャーは適当な名前を名乗り、ジャスミンがライナスに尋ねた。

「きみはここで何をしてたんだ？」

「オディールの使いで、買い物です」

「彼女は、今は家にいるのか」

「ええ。そのはずですよ」

「きみはこれからお屋敷に戻る？」

「その予定です。腹ごしらえを済ませたら」

「では、一緒にどうだ。訊きたいこともあるんだが、この近くに少し静かに食事できるところはないかな。こう賑やかだと、きみは平気でもこっちはきつい」

　ジンジャーが不思議そうに尋ねた。

「訊きたいことって？」

ライナスが先にその答えを言っていた。

「もしかして、オディールのことですか？」

「そうだ。差し支えのない範囲でいい」

「はあ……」

言葉を濁《にご》して、ライナスはちらっとジンジャーを窺《うかが》った。素早く呑み込んで彼女は言ったのである。

「それじゃあ、わたしはここでお暇《いとま》しますね」

「いえ、待ってください。ミセス・テンプルトンはこの星の人じゃないんですよね」

「そうだけど、どうして？」

「でしたら、初めて会った人に何ですけど、相談に乗ってほしいことがあるんです。ミズ・クーアにも。こんなこと、学校の女友達には訊けないんで……」

「まあ、こんなおばさんでお役に立つかしら」

ジンジャーが大げさに恐縮してみせると、少年は明らかにお世辞とわかる口調で慌てて答えた。

「おばさんだなんて。とってもお若いです」

彼女の実年齢を知っても、同じ口調で同じことが言えるかどうかは疑問である。

ライナスは二人を屋上庭園に案内した。

陽が暮れると幻想的な照明が美しく、恋人たちが集まる場所だそうだが、昼間は陽射《ひざ》しが照りつけて、空調が効いていてもいささか暑い。

パラソルの下の丸テーブルで食事を済ませると、ジャスミンはさっそく切り出した。

「まず、きみの相談というのを聞こうか」

ライナスは躊躇《ためら》った。自分で持ちかけた話なのに、何度も言い淀《よど》んで、やっと顔を上げた。

「女の子って……何を考えてるんでしょうね」

ミセス・テンプルトンことジンジャーが苦笑する。

「ライナス。もう少し具体的に言ってもらわないと、さすがに助言のしようがないわ」

「つまり、何が好きかってことなんですけど……」

今度はジャスミンが訊く。

「食べるものとか、身につけるものとか？」

「何か恋人に贈りたいのかしら？」

「いえ、そうじゃなくて……困ったな。どう言えばいいんだろう。オディールのことなんですが……」

うまく表現できない自分に焦《じ》れつつ、ライナスはたどたどしくも語り出した。

「オディールは人から『女王さま』と呼ばれてます。美人で頭もよくて、運動神経も抜群で、カジノ王の一人娘で、人が羨《うらや》ましがるものを何でも持ってる。なのに……あんまり幸せそうじゃないんです」

ジャスミンが尋ねた。

「どうしてそう思う？」

「わかりません」

途方に暮れた様子でライナスは首を振った。

「ぼくに言えるのは、オディールは昔はもっとよく笑ってたのにってことです。ただ、お父さんが――ラロッシュさんがとても教育熱心で、オディールに何人も家庭教師をつけて、習い事をたくさんさせて、遊ぶ時間なんかほとんどなかったんです。それでも、婚約するまでは、もうちょっと……違ってました。だから、婚約がいやなんじゃないかと思うんですが、オディールはよくあることだから気にしてないって、はっきり言うんです」

「何がよくあることなんだ？」

「バートラムには恋人がいるんです。あ、婚約者のことですよ」

昨日の夜会にいなかったミセス・テンプルトンに、ライナスは説明し、ミセスは驚いて尋ねていた。

「オディールはそれを承知しているの？」

「ええ。結婚するまでにはもちろん別れるって約束なんだそうです。醜聞《スキャンダル》は避けなきゃならないから。だけど、それまでは独身なんだから、お互い恋愛の自由を楽しもうって、バートラムは言ったそうです。ずいぶん勝手な言い分じゃないかと思うんですけど、オディールは彼をかばうんです。自分たちの結婚は普通の人の結婚とは違うのだから仕方がないって」

今度はジャスミンが訊く。

「普通と違うというのは、バートラムが次期大統領

候補の息子だからか？」

「そうです」

「その事情は、ラロッシュ氏も承知のことか？」

「ええ。ラロッシュさんは——感心してるんです。結婚までには身辺整理をするって言うバートラムは誠意があるって。それもどうかと思うんですけど、つまり、お二人にお尋ねしたいのは……」

ライナスは困惑も露《あら》わな顔で身を乗り出した。

「どうなんでしょう。女の人って……こういうの、本当に許せるんですか？」

この二人が平凡な女性だったら、血相を変えて『許せるわけがない！』と声高に否定しただろう。

しかし、そう言うには二人とも少々、人生経験が豊富すぎた。世の中には愛情抜きで成立する結婚があることも知っていた。

ただし、彼女はまだ十七歳。多感な年頃である。恋愛や結婚に夢を見ている年頃でもある。

普通なら婚約者の態度に傷つかないはずはないが、ジャスミンは敢えて答えを保留した。

「ライナス。きみは相談する相手を間違えているぞ。それはオディールと同年代の少女に訊くべきだ」

「できれば苦労はしません。バラムンディの人にはこんなこと絶対に言えないんです」

ミセス・テンプルトンことジンジャーが言う。

「明らかに政略結婚ね。バートラムはオディールを愛してはいない。——そしてたぶん、オディールもバートラムを愛してはいない」

「そうかもしれません……」

「不毛なことだけど、本人たちが納得しているなら、周りが何を言っても無駄だわ。ただ、そんな内情が表沙汰《おもてざた》になることだけはバートラムも避けたいと思っているのではないかしら？」

「その通りです。彼は人前では理想的な婚約者です。オディールをすばらしい女性だと絶賛して、彼女を心から愛していると臆面《おくめん》もなく言ってます」

「昨夜は違ったぞ。彼女の値打ちは、自分の求める条件を満たしていることだけだと、あの馬鹿息子はオディールの眼の前でぬけぬけと言い放った」

「報道関係者が閉め出されていたからです。パーティにジンジャーの出した条件だったんです。それが行ってあげてもいいけど、もし撮影機器《カメラ》が一台でもあったら背を向けて帰るわって。ラロッシュさんは大弱りでしたよ。最初は、ジンジャーが自分の娘の婚約発表パーティに来たって事実を共和宇宙全域に生中継で披露《ひろう》しようっていう意気込みでしたから。彼女の前では口が裂けても言わないでしょうけど、ラロッシュさんは真っ赤になって怒ってましたよ。何てわがままな女だって。——でも、ジンジャーの機嫌を損ねたら大変ですから条件を呑んだんです。そこまでしてもジンジャーに来てほしいくせにね」

ライナスは思い出し笑いを浮かべ、ジャスミンも皮肉に笑った。

「なるほどな。背に腹は代えられず、苦渋の決断で、パーティの出席者に自慢するだけで我慢したのか」

「あなたのおかげでそれも台無しでしたけど。正直ほっとしました」

「というと？」

「ぼくはジンジャーが好きですから。ジンジャーがラロッシュさんの思惑通りの宣伝に使われなくて、よかったと思ったんです。——でも、本物の彼女をあんなにすぐ近くで見られたのは好運《ラッキー》でした」

素直に喜ぶライナスに、ジャスミンは微笑した。

「好きだという割に、きみはわたしにジンジャーに会わせてくれとは頼まないんだな」

「それはあんまりずうずうしいですから。言いたい気持ちもちょっとはありますけど、我慢してます」

ミセス・テンプルトンが何食わぬ顔で尋ねる。

「お若い人がジンジャーのファンなのは珍しいわ。どんな作品が好きなの？」

「どんなって、新作が出るたびに見てます」

「あらあら、それじゃあ、一番最初に見たのは？」

「——『葡萄《ぶどう》の木』です」

「古いわね。あなたが生まれる前の作品なのに」

「ええ。あれは父が一番好きな映画だったんです。――母も子どもの頃に見て、大好きだったそうです。昔、家族で一緒によく見ました」

ジャスミンが問いかけた。

「ライナス。きみのご両親は……」

「二人とも亡くなりました。母はぼくが五歳の時に。父も十年前に事故で。それ以来、ラロッシュさんのお世話になっています」

ジャスミンもミセス・テンプルトンも弔意を示し、ジャスミンはあらためて切り出した。

「だから、きみは彼女の雑用係なのか?」

「昔は友達でした」

「でした?」

「――ぼくは今でも友達のつもりでいるんですけど、彼女はそうは思っていません」

「複雑な事情があるようだが……差し支えなければ、聞かせてもらってもいいか」


「かまいませんよ。この星の人ならみんな知ってる話ですから。もともと、父がラロッシュさんの運転手をしてたんです。だから、その頃はオディールもしょっちゅう家《うち》に遊びに来てました。家はお屋敷の敷地の中にあって、母屋《おもや》の目と鼻の先ですから」

ジャスミンは頷いた。彼女の家でも主な使用人は敷地の中に独立した住居を持たせていた。

「十年前のことです。オディールのお母さんは父の運転で買い物に出かけました。そして――大型車と衝突して、二人とも即死だったそうです」

ミセス・テンプルトンが痛ましそうに呟《つぶや》いた。

「お気の毒に……」

「きみのお父上とオディールの母親は、同じ事故で亡くなったのか?」

「はい。最初は父の運転失敗《ミス》も疑われたんですが、警察の調査で事故だという結論が出ました。問題は他にあって、あくまで噂《うわさ》なんですけど……」

ライナスは顔つきを硬くして、それでも躊躇わず、淡々と話した。

「父はオディールのお母さんと特別な関係にあった。その事実をラロッシュさんに気づかれ、追及されて、無理心中を図《はか》ったっていう噂です」

ジャスミンは眼を見張った。

ミセス・テンプルトンが控えめに口を挟む。

「ちょっといいかしら？」

「はい」

「その話、小耳に挟んだことがあるけど、わたしの聞いた話と少し違ってるわ。あなたのお父さまとは知らなかったけど……ここで話してもいい？」

ライナスが無言で頷き、ミセス・テンプルトンはジャスミンに説明した。

「その二人は秘密の関係をラロッシュに知られて、ラロッシュに殺されたのではないかという噂よ」

ジャスミンは呆気に取られてライナスを見つめ、ライナスは静かに言ったのである。

「ただの噂です」

「当事者のきみがそう言い切れる根拠は？」

「もし本当にラロッシュさんが父を殺したのなら、ぼくをあの家に残すはずがありません。——自分が殺した男の息子ですよ。顔も見たくないはずです。罪悪感から援助しようと申し出るとしても、施設か何かに入れて費用を出せば済む話です」

「同じ理由で逆の見方もできるぞ。妻と浮気して、妻と一緒に死んだ男の息子だ。きみの言うとおり、普通は顔も見たくないはずだ。後ろめたいところがないなら、なぜさっさと追い出さなかった？」

「オディールのためです」

「…………」

「事故の後、ラロッシュさんはぼくに言いました。きみはこれからもあの子の傍にいて、母親を失ったオディールの力になってやってくれって。奥さんが本当に父と浮気していたらラロッシュさんがこんなことを言うはずがありません。——ですから世間で言われていることは全部、悪質な噂なんです」

「以来、十年か」

「はい」

「ラロッシュはきみにとってどんな主人だ？」

少年は毅然《きぜん》と頭を上げて言い返した。

「ぼくはあの家の使用人になった覚えはありません。確かですが、いずれ高校を卒業してあの家を出たら、ラロッシュさんに生活の面倒を見てもらってるのは出してもらったお金は必ず返します」

「では、きみは彼をどう思っているのかな」

「ラロッシュさんのことは、正直言って、好きでも嫌いでもありません。ただ恩人だと思っています」

「では、彼はオディールにとってどんな父親だ？」

今度は答えが返るまで少し時間が掛かった。

「少し過保護なところもありますけど……外出には必ず護衛をつけたり……でも、それはオディールの立場なら当然のことです。ラロッシュさんはとてもオディールを可愛がっていますから、客観的に見て、いい父親だと思います」

「本当にそうかしら」

ミセス・テンプルトンことジンジャーである。

「いいお父さんなら、あの子はどうして、あんなにお父さんの前で緊張しているの？」

「緊張していた？」

「ええ。わたしにはそう見えたわ。あの子、本当にお父さんと仲がいいのかしらね」

「ミセス・テンプルトン？　あなたはオディールを知らないでしょう」

ライナスが面食らって尋ね、ジンジャーはここで主婦の芝居《しばい》を放棄《ほうき》して、がらりと表情を変えた。

「わたしの映画を見てくれてありがとう。ご両親も揃って好きだったなんて、とても嬉しいわ」

いつもの声音と笑顔で話しかけると、ライナスはものの見事に椅子の上で硬直した。

息をするのも忘れて食い入るようにジンジャーを見つめて、ややあって盛大に息を吐き出した。

「……信じられない！　全然わからなかった！」

少年の率直な賛辞にジンジャーは微笑した。

「当然ね。わたしは気づかれるようなへまはしない。どんなに姿を変えても、一目で見破ってしまうのはこの人だけよ」

悪戯っぽい眼をジャスミンに向けたジンジャーは真面目な顔で話を戻した。

「オディールのことだけど、気になるのは、彼女が一生懸命《けんめい》、無表情でいようと努力していることよ。まるでそうすることで自分を守っているみたいに。わたしには、あの子は女王さまどころか、囚《とら》われの姫君のように見えるわ。——わからないのは、何がそんなにあの子の心を縛っているのかよ」

ライナスが急いで言う。

「ラロッシュさんと仲が悪いってことはないですよ、絶対。二人っきりの家族なんですから」

「そもそも、この結婚は誰が言い出した話だ？」

「議員のほうがラロッシュさんに持ちかけました」

「目当ては選挙資金かな」

「ですけど、ラロッシュさんはオディールに無理に結婚を勧めたりしてません。ラロッシュさんがその話をした時、ぼくもいたんです。気が進まないなら、そう言いなさいって、おまえはどうしたいんだって、ちゃんとオディールの意思を尊重してましたよ」

「そして、彼女は結婚すると言ったわけか？」

「はい」

「きみはその理由を彼女に問《と》い質《ただ》した？」

「もちろんです。バートラムとは何度かパーティで話した程度の知り合いなんですから。結婚なんて、本当にいいのかって訊いたんですけど」

オディールは微塵《みじん》もたじろがなかった。

そんなことを訊く理由がわからないという表情でライナスを見つめて、悪いお話じゃないと、だから彼と結婚すると、はっきり断言したという。

ジャスミンは顔をしかめた。

「オディールの心は知らないが、これがわたしなら、あるいはわたしに娘がいて、あんな男と結婚すると言い出したら。二人とも殴り飛ばすところだぞ」

「二人って、婚約者の男と、娘さんですか?」

「ああ。そんな馬鹿に育てた覚えはないってな」

ジンジャーもおもむろに頷いている。

「わたしも同じことをするでしょうね。あれは到底、大事な娘を任せられる男じゃないわ。ラロッシュにそれがわからないとしたら、彼はとんだ大馬鹿よ」

「でなければ、次期大統領の息子という地位に眼が眩《くら》んでるのかもしれないぞ」

「あり得るわ。それが娘の幸せのためだって自分をごまかすのは簡単ですもの」

「オディールも自分をごまかしているのかな?」

「でも、そうだとしたら、彼女がそんなことをする理由は何かしら」

「確かに、それが問題だ」

ライナスが二人を見比べて感心したように言う。

「お二人は本当に仲がいいんですね」

ジンジャーが微笑した。

「わたしのような人間には同性の友人は貴重なのよ。この人は特にね。今となっては唯一、何でも話せる友達かもしれないわ」

「オディールにはそういう友達がいないのかな」

「ぼくが言うのも何ですけど、いないと思いますよ。小学校から飛び級して、同級生はみんな年上だし、みんな彼女を遠巻きにしてるだけですから」

「他人事《ひとごと》みたいに言ってないで、きみがその役目を担うべきじゃないのか」

二人のからかうような視線を浴びて、ライナスは無念そうにうつむいた。

「ぼくもそう思ってるんですけど、なかなかうまくいかなくて……情けないです」

5

昼食の後、予定のあるジンジャーはジャスミンと別れて宙港に向かった。

一方、ジャスミンはライナスを助手席に乗せて、ラロッシュ家に赴《おもむ》いた。明るいところであらためて見ると、本当に大きな家である。

門をくぐってすぐ、ライナスが左手を指さした。

「あれがぼくの家です。今はぼく一人ですけど」

二階建ての小綺麗な家だった。瀟洒《しょうしゃ》な構えだが、高校生の独り暮らしには広すぎる。

「掃除するだけでも大変そうだな」

「ほとんど寝に帰るだけなんですよ。食事はいつもラロッシュさんの家で食べてますし、掃除なんかはついでにやってもらってるんで、楽してます」

「家の前で停めようか？」

「いえ、先にオディールに会っていきますから」

「それなら、後ろの箱を持ってくれ」

母屋の車寄せに車を停めると、ジャスミンは後部座席に載せた大きな化粧箱をライナスに持たせて、オディールに面会を申し込んだ。

ジャスミンはライナスと一緒に応接間に通された。

昨日のパーティ会場とは趣《おもむき》が異なる小花模様の壁紙を使った可愛らしい部屋だ。天井から下がった照明も花の形の洋灯笠《ランプ・シェード》があしらわれ、机と椅子も優美な曲線を用いた女性的な意匠《デザイン》である。

ややあってオディールが入ってきた。

今日は光沢のある縞《ストライプ》のシャツに黒のボックススカートを着ている。すっきりした美しい服装だが、やはりかっちりと硬い印象を受ける。

ライナスは化粧箱を机に置き、先に買い物の袋をオディールに手渡した。

「これ、頼まれた文房具。他に何か用事はない？」

「――ありがとう。ライナス。だけどあなたは家の使用人じゃないんだから、こんなことをしなくてもいいのよ」

「何もしないでラロッシュさんに生活費だけ出してもらうのかい。それこそ気まずいよ。――いいから何でも言ってくれよな。昔みたいにさ」

「ライナス。本当に人手は足りてるのよ」

「知ってるよ。――じゃあ、庭を手伝ってくる」

ライナスが出て行くのを見送って、ジャスミンは笑いをこぼした。

「意外だった」

椅子を勧めながら、オディールが尋ねてくる。

「何がですか」

「きみたちの関係が。――彼が雑用係だと言うから、きみは夜中でもライナスを叩き起こして、下着でも洗わせているのかと思った」

オディールが何度か眼を瞬《しばたた》いた。

「それはわたくしに対する侮辱でしょうか」

「正直な感想だぞ。だから意外だったと言ったのさ。――今日はこれを届けにきたんだ」

机に置いた大きな化粧箱をオディールに向かって差し出すと、オディールは戸惑いながら受け取って、箱を開け、その中の品物を見て眼を見張った。

収められていたのは淡いピンクと白を基調にした、ワンピースドレスだった。肩にはサテンのリボン、胸元には白い小さな造花が並び、スカート部分には小花を散らした薄いレースが重ねられている。

ジンジャーはそのドレスに白い靴《くつ》と真珠の耳飾り、肩掛けのような短くてやわらかいレースのボレロ、白い造花をあしらった金の髪飾りを合わせていた。

見るからに甘く可愛らしく、少女らしい品々だが、普通の少女では手の届かない最高級の品でもある。

オディールは少し戸惑ったように尋ねてきた。

「これは、わたくしに……？」

「ああ。こういうのが今の流行《はやり》なんだろう」

「ありがとうございます。ですけど……」

「気に入らないか」

「そうではなくて、わたくしには似合いません」

「そんなはずはない。ジンジャーの見立てだからな。もちろん今の服装も悪くないが、わたしもこういう服のほうがきみには似合うと思う」

「………」

　オディールは机の上いっぱいに広げられた華麗な品々を見ながら躊躇《ためら》っていた。口を開こうとした時、応接間の外で騒ぎが聞こえた。

　慌《あわ》ただしい足音と、焦《あせ》った声が近づいてくる。

　どうやら主人のラロッシュの声だ。

　何事かと思ったジャスミンは席を立って、部屋の扉を開けてみた。すると、他ならぬケリーが大股《おおまた》でやって来たので、ジャスミンは驚いた。

　ラロッシュが慌てて追いすがり、応接間から顔を出したジャスミンを見て、救いを求めるような声を上げた。

「お待ちください！　ミスタ・クーア！　奥さん！　ご主人を止めてください！」

「どうした、海賊？」

　ケリーが激しい苛立ちを抑えかねていることが、ジャスミンには一目でわかった。

　実際、足を止めたケリーはラロッシュを振り返り、冷ややかに宣告したのである。

「俺は二度とこの家には来ない。あんたにも二度と会わない。それだけだ」

　吐き捨てるように言うと、ケリーはジャスミンを一顧だにせず、足音も荒く立ち去ったのである。

　呆気《あっけ》に取られたのはジャスミンのほうだ。

　ああ見えて、ケリーは忍耐強い人間である（と、ジャスミンは思っている）。よほどのことがなければ、あそこまで感情を高ぶらせたりはしないはずなのに、あの様子は尋常《じんじょう》ではない。

「ミスタ・ラロッシュ。何事です？」

「いやもう、さっぱり、わけがわかりません」

「そもそも、どうして夫がここに？」

「わたしがお呼びしたのです」

昨夜の一件でラロッシュはころりと態度を変えて、ケリーと親しくなろうとしたに違いない。

今朝、ホテルにいたケリーに連絡し、大切な話があるからと言って家に招いたという。

ジャスミンが出かけていたこともあり、ケリーは恐らく興味本意で招待に応じてやって来たのだ。

「奥さん。立ち話も何ですから、こちらへどうぞ」

ジャスミンは素直にラロッシュについて、廊下の先に向かった。

案内されたのは先程の応接間とは打って変わった、近代的《モダン》で機能的な部屋だった。黒い革張りの長椅子、ガラスと金属の机、壁紙を使っていない壁の質感に至るまで、まるで別の家のような趣である。

「どうぞ、お座りください」

腰を下ろすのも早々にラロッシュは訴えた。

「わたしはご主人を丁重にお迎えしました。それが突然、席を立ってしまって……理由を聞きたいのはこちらのほうです」

口調こそ丁寧《ていねい》だが、ラロッシュもケリーの態度に憤慨《ふんがい》しているのが顔つきでわかる。

「夫にお話とは？」

「ご主人にとっても決して悪い話ではありませんぞ。わたしはご主人にしかるべきご身分を提供しようと申し上げたのです」

「どういう意味です？」

「わたしは個人で何隻か宇宙船を所有していますが、近々もう一隻、新たに豪華船を就航させる予定です。五十万トン級の粋を凝《こ》らした船ですよ。その船長をご主人に引き受けていただきたいと思いましてな」

「は？」

「失礼だが、調べさせてもらいましたよ。ご主人は定職にもついていない。ですから、ぴったりの職を提供しようと申し上げたのです」

ジャスミンは呆気に取られて問い返した。

「夫を——あなたの船の船長として雇《やと》いたいと？」

「いかにも」

ラロッシュはもったいぶって頷《うなず》いている。

「こう言ってては何ですが、ご主人もお困りでしょう。かつてはマヌエル一世とも親しくなさっていた方が今は宇宙を流れる根無し草とは、何ともお気の毒でならない。ですから、ご主人が確固たる身分を得るために力添えをしようと申し出たのです。もちろん、給与その他の雇用条件については特別に計らいます。ご主人にも奥さんにも必ず満足してもらえるものと確信していますよ」

眼が点になるとはこのことだ。

どうやらラロッシュはケリーを、昔はそれなりの暮らしをしていた人間なのに零落したと思い込み、同情心からこんなことを言い出したらしい。

呆《あき》れるのを通り越してジャスミンは苦笑した。

その気持ちはありがたいと言うべきなのだろうが、かつての自分が、その『しかるべき身分』とやらをあの男に受け取らせるのにどれだけ苦労したことか。

宇宙の海を愛する男にそんなものは必要ないのだ。

しかし、ラロッシュは悦に入って話し続けている。

「この船は平常時には軌道上を周回させる予定です。その間はご主人には地上で待機してもらいますが、不自由はさせません。この屋敷にも匹敵《ひってき》する立派な家を用意するつもりですからな。何より、ご主人の船は修理中だということだが、そんなぼろ船など、もう直す必要もない。最新型のすばらしい宇宙船をいくらでも提供しますぞ」

今度こそ絶句である。さすがのジャスミンが一瞬、二の句を継ごうにも継げなかった。

「――あなたは、それを夫に言ったのか？」

「もちろんですとも」

ジャスミンはまじまじと、心底から呆れた表情でラロッシュを見つめて、侮蔑《ぶべつ》の口調で言い返した。

「なるほどな。お嬢さんの口説《くど》き文句が下手《へた》なのはあなたの遺伝か」

「何ですと？」

「夫に対する禁句があるとするなら、今のがまさにそれだぞ。あなたは船乗りについて何もご存じない。一口に船乗りと言っても、決まった航路を飛ぶ定期便の乗務員から、組織には属さずに自分の持ち船で仕事を受ける船長、辺境で稀少資源を探す人間まで様々だが、どんな船乗りにとっても船は命だ。その命を、故障したらさっさと捨てればいいだろうと、いくらでも換えは利《き》くだろうと言われて、快《こころよ》く思う船乗りなど一人もいない」

ここまで言ってやっても、ラロッシュには意味がわからなかったらしい。

「奥さん。わたしはご主人を厚遇する用意があると、それも破格の条件で雇い入れると言っているんです。感謝されこそすれ、憤慨される覚えはありませんな。はっきり申し上げれば、船乗りとしてのご主人には興味がありません。わたしが欲しいのは、ご主人の人脈です。現主席やマヌエル一世とも親しいという得がたい人脈なんです。まったく惜しい。ご主人は宇宙などでくすぶっている人間ではありませんよ。いいですか。わたしの力をもってすれば、ご主人の人脈をもっとも効果的に生かすことができるんです。中央政府に食い込むことすら不可能ではありません。冷静に考えてみれば、どちらが得かはわかりきっていることでしょう」

ラロッシュとしてはこれでも最大限、下手《したて》に出ているつもりなのだろう。

どうしてこの条件を呑《の》まないのかと、自分が損をするのがわからないのかと、露骨《ろこつ》に非難する態度だ。

こんな愚者の相手はしていられないと、ケリーが席を立ったのも無理はない。

ジャスミンも嘆息《たんそく》して同じことをしようとした時、扉を軽く叩く音がして、オディールが入って来た。

ラロッシュが苛立たしげに言った。

「何だ、オディール。今はお客さまと話し中だぞ。行儀《ぎょうぎ》の悪い真似をするんじゃない」

「申し訳ありません。お父さま。これを……」

彼女は中年の召使いを伴い、あの大きな化粧箱を持たせていた。机に箱を置いて中身を披露《ひろう》すると、ラロッシュは顔をしかめて舌打ちした。

「何だ、これは？」

「わたくしの寸法《サイズ》に合わせた服と装飾品です」

オディールは淡々と話しているが、ラロッシュは吐き捨てるような口調で言ったのである。

「まったく、馬鹿が。馘首《クビ》にした女の嫌がらせだな。こんなみっともないものをおまえに着ろとでもいうつもりか。こんな下品なものは早く処分しなさい」

「下品？　みっともない？」

ジャスミンは思わず声を上げていた。

「何を言ってるんです？」

「何をとは——見ればわかるでしょう。こんな——安っぽくて、子どもじみていて、まるで男に媚《こ》びを売るための衣裳《いしょう》じゃありませんか。こんなものを喜んで着る女は娼婦だけですよ」

ジャスミンにしては珍しく、一度絶句した。


品物の良さは一目見ればわかるはずなのに、よくそこまで悪口を並べられるものだが、ラロッシュが本当にそう信じて嫌悪を感じているのは間違いない。

オディールは相変わらず無表情で立っている。

ジャスミンにはちらとも視線をくれようとしない。

しかし、赤毛の女王は人の期待を裏切らない人だ。

オディールがなぜ、わざわざ自分のいる時にこの箱を持って父親のところへ来たのか。答えは父親の態度が充分に物語っている。そこからオディールが口にしない望みを敏感に察し、ジャスミンは大きく足を組み、意地の悪い口調で父親に笑いかけた。

「なるほど。では、今の言葉を正確にジンジャーに伝えることにしよう」

ラロッシュが息を呑んだ。

呆気に取られたその顔がみるみる青ざめる。

「残念だ。ジンジャーは午前中ずっと、お嬢さんのために心を込めて、最高の品を吟味《ぎんみ》して選んだのに。こんな服は安っぽくて子どもじみていて男に媚びを売る役にしか立たない。喜んで着るのは娼婦だけだ。

——確かに聞いた。ジンジャーが知ったらさぞかしがっかりするだろうな。ちゃんと今の流行も調べて、最先端の品を選んだはずなのに。地元の女性たちも、この手の可愛い服を競うように身に着けているのに。街に溢《あふ》れるあの女性たちはみんな娼婦なわけか」

「奥さん！」

ラロッシュが悲鳴を上げた。慌てて身を乗り出し、懸命《けんめい》に言い訳してくる。

「ご、誤解です。言葉が悪かったのはお詫《わ》びします。流行っているのはもちろん知っていますが！」

「ほう？　知っていてあの暴言ですか」

「いえ、つまり……わたしは、こういう少女めいた衣服は、あまり好きになれんのですよ」

「それなら単にあなたの趣味ではないと言えば済むことでしょう。それを、喜んで着る女は娼婦だけ？ということは昨夜のパーティにも、何人もの娼婦が出席していたことになりますな」

「奥さん、本当に勘弁《かんべん》してもらえませんか。ただの失言なんですから。ご婦人たちの前でそんなことを言われたら、わたしは生きていられませんよ」

ラロッシュは大げさに震え上がってみせる。

「もちろん、他のご婦人方が着ていらっしゃるのは知っていますし、お似合いだと思いますよ。しかし、こういう子どもっぽい服は娘には似合わないんです。わたしが言いたいのもそのことでして、似合わない服を無理に着ろというのは酷というものでしょう」

オディールが静かに口を挟んだ。

「父の言うとおりです。残念ですが、これらの服はわたくしには似合いません。ですけど、お父さま。せっかくジンジャーが選んでくださったのですから、処分するのは失礼だと思います」

「もちろんだ。しかし……」

「お気持ちだけ頂戴すると言うべきなのでしょうが、あの方はそれでもご気分を害されるかもしれません。これはこのまま大事にしまっておきたいと思います。

——よろしいでしょうか」

「ああ、そうだな。そうしなさい」

父親がほっとした顔になる。

オディールはジャスミンに会釈《えしゃく》して部屋を出て行った。すかさず、ジャスミンも短い辞去の言葉を残して彼女の後を追い、廊下で声を掛けた。

「お父さんは可愛い服にずいぶん偏見《へんけん》があるんだな。せっかくの贈り物が危うく捨てられるところだ」

「仕方がありません。似合わないのは本当ですから。お二人のお気持ちには感謝しています」

「しかし、かくいうわたしにはその心境はさっぱりわからないんだが、若い女の子は普通、流行の服を着たいと思うものなんじゃないのか」

食い下がってみた。父親のほうはどうでもいいが、この少女には興味があった。

オディールは振り向きもせずに答えてくる。

「似合わないものを無理に着ようとは思いません」

「きみは頑固《がんこ》にその一点張りだな」

「本当のことですから」

長い廊下の先、曲がり角の向こうからライナスが現れた。これ幸いとばかり、ジャスミンは化粧箱を持った召使いを片手で制して、彼を呼び止めたのだ。

「ライナス。この箱をオディールの部屋まで運んでやってくれないか」

雑用係と言うだけあって、ライナスは素直に箱を受け取って階段に向かったのである。

ライナスとオディールが二階に上がるのを待って、ジャスミンは引き留めた召使いに問いかけた。

「馘首《クビ》にされた女性というのは何者かな」

「それは、あの……」

召使いは主人のいる応接間をそっと窺《うかが》い、しかし、ジャスミンの迫力にも抗しきれず、小声で囁《ささや》いた。

「半年ほど、お嬢さまのお召し物を担当されていた方です。つい先日、旦那《だんな》さまが解雇されました」

「新しい人はもう雇われたのか？」

「はい、旦那さまはお嬢さまのお召し物には、特に気を遣っていらっしゃいますから」

要するに、彼女は自分で自分の服を選んだことは一度もないわけだ。

それ自体は別に珍しいことではない。

ジャスミン自身、昔は同じ境遇だったが、彼女の場合は少々事情が複雑そうである。

「その人の連絡先はわかるかな」

「新しく雇われた方のですか?」

「違う。解雇された人のほうだ」


二階のオディールの部屋は贅沢《ぜいたく》に広かった。

居間が二つ、寝室、専用の浴室、衣類の他に靴や小物がずらりと収納できる衣裳部屋までついている。

ライナスはその衣裳部屋に化粧箱を運んだ。

「ありがとう。もういいわ。後は自分でやるから」

そう言われても、ライナスはそこに残っていた。

箱の中身はジャスミンとジンジャーが買い求めた贈り物だと知っていたので、興味があったのだ。

オディールが取り出した品物を見て微笑する。

「――こういう服、おばさんが好きだったよね」

オディールは黙ってワンピースを洋服掛けに掛け、やわらかいボレロは引き出しにしまい、靴を揃《そろ》えて靴棚に収めた。耳飾りや髪飾りも、それぞれ所定の場所に置いた。この衣裳部屋には、たくさんの服が並んでいる。

高級素材の黒、鮮やかな青、赤、紫。光る素材の白などが目立っている。他にも金や銀など、眼にも華やかな服の数々だが、柄物《がらもの》は一枚もない。

流行のリボンやレースの飾りがついた服もない。

ここにあるのは都会的で華やかで、冷たく冴えた感じの服ばかりだ。一着だけ持ち込まれたピンクのワンピースがひどく異色に見える。

「きみも昔はこういうひらひらした服を着てたよね。リボンをちぎっちゃって、泣かれたのを覚えてる」

「…………」

「せっかくもらったんだ。一度着てみればいいのに。

きっと似合うよ」

「よしてちょうだい。わたくしには似合わないわ。わたくしはお母さまとは違うのよ」

ライナスは怪訝《けげん》な顔になった。

二人は同い年で、物心つく前からの知り合いで、子どもの頃は一緒に遊んだのに、今のライナスにはオディールが何を考えているかわからない。

七歳で自分は父親を、彼女は母親を亡くした。

思い出すのも辛い出来事だが、そのことが二人を結びつけていたのも確かである。ところが、いつの頃からか、次第に彼女が遠くなった。

食事時に顔を合わせるだけではいけないと漠然と感じて、ライナスは自分から雑用係を引き受けると言い出した。二年前のことだ。それからはなるべく顔を合わせるようにしてきたが、今も眼の前にいる彼女の心はひどく遠く、どうしても手が届かない。

「オディール。きみはまさか……あの噂《うわさ》を信じてるわけじゃないんだろう。きみのお母さんと——父が特別な関係だったなんて」

「…………」

「あんなの、全部嘘だ。父とおばさんの間には何もなかったよ。二人は本当に事故で亡くなったんだ。わかってるんだろう」

「もちろんよ。言われるまでもないわ。わたくしはお母さまを思い出すような服は着たくないだけ」

「だからなのかい。だから、髪の毛も……？」

「関係ないわ」

無表情に言って衣裳部屋を出て行こうとするが、ライナスはオディールの前に立ちふさがった。

「ぼくはずっときみの力になりたかった」

「…………」

「だけど、どうしたらいいかわからなかった。今もわからないんだ。だから、何かぼくにできることがあるなら……」

「考え過ぎよ。用が済んだら出て行って。もうじき家庭教師が来るわ」

オディールは淡々と言い、ライナスはその言葉に従うしかなかった。

教えられた場所は海辺の一等地だった。

そこには三階建ての近代的な建物が建っていて、地元では有名な服飾構成者《ファッション・スタイリスト》の養成学校だという。

ビバリー・ヘイズはその学校の校長だった。

突然連絡したにも拘《かか》わらず、オディールのことで話したいと告げると、今日これから少しなら時間が取れるという答えが返ってきたので、ジャスミンはここまでやって来たのである。

ビバリーは四十代に見えた。さすがにおしゃれで、流行の可愛らしい服装を、甘くなりすぎないように、大人の女性らしく品よく着こなしている。

ジャスミンの立派な体格を驚いたように見上げて、笑顔で話しかけてきた。

「初めまして。ミズ・クーア。お噂は聞いています。ジンジャーとお親しいとか」

「昨夜のパーティにいらっしゃった？」

「まさか。ラロッシュさんはわたしの顔など見たくないでしょうから。友人が招待されていましてね。あなたのことはその友人から聞きました。あなたに会ったと言ったら彼女は羨《うらや》ましがるでしょうね」

「お断りしておきますが、ミズ・ヘイズ。わたしの口からジンジャーに何か言うことはできませんよ」

厳しい商売《ビジネス》の世界の中で生き抜いてきた彼女は、笑って頷いた。

「わかっています。それを少しも考えなかったかと言えば嘘《うそ》になりますが、あなたにお目に掛かろうと思った一番の理由はあなたが地元の方ではないから、そしてあなたがジンジャーとお知り合いだからです。

――そういう後《うし》ろ盾《だて》があるなら、ラロッシュさんに気兼ねする必要はありませんものね」

穏やかな口調ながら、あけすけに語るビバリーに、ジャスミンは微笑した。

「つまり、あなたは気兼ねする必要がある？」

「残念ながらね。わたしに限らず、この星の人間はラロッシュさんの機嫌を損ねることはできません」

カジノ王の威勢はバラムンディでは相当なものがあるらしい。

ジャスミンはさっそく本題に入った。

「あなたは服飾の専門家でいらっしゃる。流行にも敏感なはずと思います。単刀直入にお尋ねしますが、オディールがあんな流行遅れの服を着ていることと、あなたが馘首《クビ》になったことは何か関係が？」

ビバリーは微笑して、飾り棚の中から帳面《アルバム》の形の記録媒体を取り出した。ジャスミンに椅子を勧めて、目的の映像を探して差し出してくる。

三十歳くらいに見える女性が映っていた。

肌は白く、顔立ちは透明感があり、茶色がかった赤い巻き毛はふんわりとやわらかく、少女のような若々しい印象の人である。化粧は薄く、服装も淡い色合いでまとめており、それが清潔感のある本人の雰囲気によく似合っている。

「マリー・ラロッシュ。オディールの母親です」

「事故で亡くなったと聞きました」

「ええ。それも大変な醜聞《スキャンダル》を残して」

正面の椅子に座ったビバリーは頷いて、さらりと言った。

「オディールには今まで、何人もの服飾の専門家がついていましたが、わたしも含めて長続きした人は一人もいません。原因は雇い主のラロッシュさんにあります。あの方はマリーが好んで着ていたような、ロマンティックな服装が非常にお嫌いなんです」

「どうしてでしょう？」

「マリーが亡くなった頃はまさに今のオディールが着ているような服が主流でした。黒の絹《シルク》や繻子《サテン》に、光る素材を多用して、都会的な女らしさを演出する、怜悧《クール》で華麗な大人の様式《スタイル》です。そんな中、マリーは自分には黒は似合わないと言って、あくまで自分が好きな淡い色彩の服装で通していました。ですから、当時のマリーは何かと揶揄《やゆ》される対象だったんです。

歳をごまかすにも程があるとか、みっともないとか、時代遅れだとか。それでも彼女は平然としたもので、流行の服は好きではないから着ようとは思わないと、白やピンクを中心に、パステルカラーの服を見事に着こなしていました。わたしはマリーのその姿勢を評価しますよ。実際、彼女には黒は似合いません。逆に本当にロマンティックが似合っていました」

「賛成です」

マリーの映像を見ながらジャスミンも頷いた。

可愛い色合いに白を使って、すっきりと爽やかな雰囲気を醸《かも》し出している。統一感のある洗練された着こなしである。歳をごまかすだの時代遅れだのと、批判されるような野暮《やぼ》ったい趣味には見えない。

そう言うと、ビバリーは得たりと頷いた。

「もちろんですとも。野暮ったいどころか、彼女は非常に感覚《センス》の優れた人でした。何が自分に似合うか、ちゃんと知っていたんです。目立つ人でしたから、女性たちの批判の半分はやっかみだったと思います。何か隙があれば攻撃せずにはいられないのでしょう。マリー自身は、そんなことは露《つゆ》ほども気に掛けてはいませんでした」

「なのに、ご主人は未だに気にしている？」

「そうです。十年が過ぎて世の中は変わりました。流行もね。十年前は、ピンクや明るい花柄なんか、古くさくてとても着られないと笑った女性たちが、今はこぞって身に着けています。流行とはそういうものです。それが、ラロッシュさんにはどうしても理解できないんです。あの人の頭の中では、時間は十年前のまま止まっていて、妻はパステルカラーの可愛い服を着て他の女性たちの物笑いの種になった。

——それしか覚えていないんです」

「今は街中の女性たちが、かつての妻と同じような服装をしているのは眼に入っていないんですか？」

「見えてはいるのですが、困ったことにその意味を考えようとなさらないんです。現在の流行について、わたしも何度もご説明致しましたが、まったく耳を貸してくださいません。妻の好む服を娘に着せたら、今度は娘が笑われてしまう。その一念で拒絶反応を起こしているんです。――それも相当激しく」

親身に耳を傾けてくれる聞き手を得たビバリーは椅子から身を乗り出して、大いに嘆いた。

「上質な黒のワンピースやジャケットであっても、レースやフリル、リボン、花飾り《コサージュ》、風船《バルーン》スカート、パフスリーブなど、少しでも可愛いものは笑われる対象と感じているようで、オディールにもいっさい着せようとなさいません。あくまでも簡素《シンプル》で豪華《ゴージャス》。それがラロッシュさんの考える品のいい服装であり、女性らしさなんです。その考えを否定は致しません。流行《ファッション》の一つの型を確立していることも確かですが、あまりにも頑《かたく》なで保守的《コンサヴァティヴ》です。お化粧にしても、目元をきっちりとつくり込んで唇《くちびる》は鮮やかな色を置くのがお好みなんですが、今ではそのお化粧すら、他の女性たちから『何だか浮いている』と見られてしまいますのにね」

「男というものは実に度し難い生き物ですな」

自分も服飾にはまったく疎《うと》いのに、ジャスミンはしゃあしゃあと言ってのけた。

「父親の思い込みはともかく、オディールは自分の流行遅れの服装をどう思っているんです？」

「ええ。若い子はたいてい流行に敏感です。自分の好みと多少外れていても、他のみんなが着ていればそれを好きになりますし、合わせようと努力します。ところが、あの子も頑なに、少女らしい可愛い服は自分には似合わないと拒絶するんです」

「本当に似合いませんか？」

「まさか」

ジャスミンの問いをビバリーは笑い飛ばした。

「オディールはマリーにそっくりですよ。彼女こそロマンティック様式《スタイル》が似合う典型的なタイプです。わたしの仕事は、その人の魅力を最大限に引き出すお手伝いをすることですから、今のロマンティック様式を彼女に着せないなんて選択肢はあり得ません。

何度も勧めてみました。女の子らしい服装に抵抗があるのなら、少しずつ慣らしていこうと思いました。――その矢先に解雇されたんです」

「何かきっかけが？」

「ええ。昨夜の夜会のために、白い花飾り《コサージュ》を付けた薄紫《ライラック》のドレスを用意したのですが、それがよほどお気に召さなかったようです」

ジャスミンは嘆息した。

「お話を伺《うかが》っているだけでも、とても美しい衣裳に思えるんですが……徹底してますね」

ビバリーは皮肉に笑った。

「ですから男の方はどうしようもないと言うのです。マリーがあんな死に方をしたから、なおさら娘には母親に似て欲しくないのでしょうが、それにしても限度がありますよ。――あの髪もそうですけど」

「髪が何か？」

「オディールは本当は赤毛なんです。母親譲りの」

ジャスミンは驚いて問い返した。

「あれは染めた黒髪ですか？」

「そうです。本来はくせのある巻き毛なんですが、十三歳の頃から染めて直毛にしています」

「それはあの子の意思ですか、それとも――それも父親の押しつけですか」

「オディールは自分の意思で染めたと言いますが、父親の態度を見ていれば、自分は母親に似ていてはいけないのだと思い込む可能性は充分にあります」

ジャスミンはちょっと考えて、ビバリーに尋ねた。

「マリーが死んだのは本当に事故ですか？」

「ええ。報道ではそのように発表されました」

「では、マリーと亡くなった運転手が特別な関係にあったというのは……噂ではなく、事実ですか？」

ビバリーは真剣な顔でジャスミンを見返した。

「どうしてそう思われます？」

「そうとでも考えなければ、娘が母親に似るのを、父親がそこまで厭《いと》う理由がわからないからです」

ビバリーはじっと考えていたが、肩をすくめた。

「わたしにはわかりません。知っていたとしても、わたしの口からはお答えできないことです」

「では、あなたの個人的な考えとしてはどうです？　もちろん、ここだけの話ということで。あなたから聞いたとは決して口にしませんから」

迫力満点の悪戯《いたずら》っぽい笑顔でそっと持ちかけると、ビバリーは諦《あきら》めたように苦笑した。

「噂が事実であったかどうかは本当に存じません。ただ、ラロッシュさんが亡くなったマリーに対して、あまりいい印象をお持ちでないのは確かなようです。オディールは、それほど派手でなければ、リボンやレースを使った黒の服を着てみようとしたのですが、ラロッシュさんは許しませんでした。わたしを叱責《しっせき》するのはもちろん、オディールも叱《しか》っていましたが、『おまえもお母さんのようになりたいのか』——と、あまり穏やかではない言葉を使っていましたから」

確かに穏やかではない。

何やら意味深長な言葉でもある。


学校の職員がビバリーを呼びにやって来たので、ジャスミンは丁重に礼を言って立ち上がった。

「お忙しいのに、ありがとうございました。ミズ・ヘイズ。大変参考になりました」

「いいえ。こちらこそ。一度、誰か差し障りのない人にこの理不尽な話をしてみたかったものですから。すっきりしました」

ビバリーは晴れ晴れと笑って部屋を出て行ったが、差し障りのない人物というのは大いに疑わしかった。

たっぷりと何かを企んでいる顔で、ジャスミンはホテル・オランピアに戻ったのである。

ロビーに入ると、従業員がジャスミンを呼び止め、丁重な口調でこんなことを言ってきた。

「お部屋を最上階のスイート・ルームに変更させていただきました」

ラロッシュの計らいで、もちろん無料だという。

さらにはホテル内の飲食も買い物もすべて無料にするというのだが、ジャスミンはげんなりした。

そんなことを言われたら、ケリーの機嫌がさらに悪くなるのは必至である。端から見る限りまったく夫婦らしくない二人だが、ジャスミンは夫を好きな自分を充分に自覚していたので、何とかしなくてはならないと感じていた。

「夫がどこにいるかわかるかな？」

「先程、専用ビーチへお出かけになりました」

そこでジャスミンも水着に着替え、貴重品と携帯端末を持って浜へ出たのである。

専用ビーチには今日も大勢の人の姿があったが、広いので、混み合っている感じは少しもしない。

ケリーの姿を探していると、彼はちょうど海から上がって来るところだった。肩が上下しているのは思いきり泳いでいたからだろう。

片手を上げてケリーに合図すると、ジャスミンは手近なビーチチェアに腰を下ろした。

ケリーが隣に座るのを待って携帯端末を取り上げ、教えておいてもらった番号に掛ける。

すぐに相手が出た。

「奥さん、考え直してもらえましたか？」

言わずと知れたラロッシュの声だ。

ケリーがいやな顔になる。ジャスミンは素知らぬ顔で話し続けた。

「確認したい。この番号はあなたに直通だそうだが、本当に他の人間に傍受《ぼうじゅ》される危険はありませんか。盗み聞きはされたくないのでね」

「用心深いですな。大丈夫。その心配はありません。どうぞ、話してください」

「あなたは、夫を自分の側近顧問《ブレイン》として雇いたいと言われたが、あれほど怒らせてしまったのでは雇うどころではない。どうするつもりです」

「ですから、奥さんにお力添えを頼みたいのです。何とかご主人を説得していただきたい」

「そのお返しにあなたは何をしてくれますか」

「無論、どんなお望みでもかなえますぞ」

「これはこれは、とんだ魔法使いだ。念のために、もう一度聞きます。近くには誰もいませんか？」

「ええ。わたしは今、自分の部屋で一人ですよ」

「結構。この話が外に洩《も》れたら、あなたといえども無事には済みませんから。わたしの要求は簡単です。ベルガー宙域に非公開の居住可能型惑星があります。――正確には登録されているんですが、その事実は公開されていないので。厳密に言うなら、非公開の、個人所有の、居住可能型惑星です」

隣で寝そべっていたケリーがぎょっとして身体を起こした。大きな驚きを表してジャスミンを見る。

ジャスミンは眼だけで笑いながら夫に頷き返し、平然と話を続けた。

「その所有権が欲しいんです。何もわたしの名義にしろとは言わない。あなたのものにしてくださって結構です。手つかずの居住可能型惑星が丸ごと一つあなたのものになるのですから、そちらにとっても悪い話ではないと思いますが」

端末から答えがあるまで十二秒かかった。

なかなか優秀な成績だが、返ってきた声はかすれ、息づかいは完全に乱れて、大きく喘《あえ》いでいる。

「……何と、おっしゃいましたか？」

「個人所有の、非公開の、居住可能型惑星です」

ことさらゆっくり繰り返してやる。

「奥さん。冗談を言われては困りますな。この世に存在しないものを欲しいと言われても……」

「わたしは宇宙生活者ですよ、ミスタ・ラロッシュ。あなたの知らないことを知っているだけです」

ラロッシュの傲慢《ごうまん》な誇り《プライド》を軽く傷つけてやると、案の定、彼は憤然《ふんぜん》と言い返してきた。

「仮に本当に存在するとしてもです。そんなものをどうやって手に入れろと言うんです」

「個人所有だと言ったはずです。持ち主と掛け合い、譲ってもらえばすむ話です。簡単なことでしょう。いいいいいや、あなたにとっては？」

端末から聞こえるのは荒い息づかいだけだ。

「ただし、個人所有の居住可能型惑星が存在するという事実は、言うまでもないことですが、極秘中の極秘事項です。連邦内でもごく限られた一部の人間しか知らないはずだ。迂闊《うかつ》にこのことを口にすれば、それだけで連邦から睨《にら》まれることになる。あなたはその惑星の所有権を手に入れることができますか？それができたら、あらためてお話を伺ってもいい。ただし、これ以上あなたと会ったり話したりすると、わたしが夫に叱られてしまいますので。今後、何かお話がある時はお嬢さんをよこしてください。では、朗報をお待ちしています」

言うだけ言って一方的に通信を切ってしまう。

ケリーはとことん呆れた顔でジャスミンを見つめ、盛大に吹き出した。

本物の女王さまはまったくやることに容赦《ようしゃ》がない。

ビーチチェアに寝転がったケリーは、笑いすぎてにじんだ涙を拭《ぬぐ》いながら言ったものだ。

「あんたを叱れるほど図太い根性が俺にあるとは、迂闊にも知らなかったぜ」

「ちょっとは機嫌が直ったか？」

「俺はな。——だが、いいのか。あいつを巻き込むことになるぞ」

ジャスミンはつまらなそうに肩をすくめた。

「ラロッシュごときでは、逆立ちしても彼の相手になるわけがないだろう。わたしが気にしているのはオディールのほうだ」

「あのお嬢ちゃんがどうした？」

「つまり、子どもの相手は子どもにしてもらうのがいいんじゃないかと思うのさ」

6

しばらく茫然《ぼうぜん》としていたラロッシュは我に返り、ただちに行動に移った。内線で執事を呼び出して、慌ただしく命じたのである。

「主席公用船の筆頭補佐官に連絡を取れ。いつなら話す時間が取れるか訊《き》くんだ」

この屋敷の敷地内には恒星間通信施設がある。

非公開の、まったく手つかずの居住可能型惑星。

高まる興奮を抑えきれなかった。それが本当なら、その所有権を——利権ではない、所有権なのだ——そんなものを手に入れることができたら、どれだけ莫大《ばくだい》な利益を生むことか、考えるまでもない。

ラロッシュは宇宙施設《オアシス》ならいくつか持っている。

本来は宇宙船の寄港地として設置されるものだが、最近ではそれぞれに特色を打ち出した娯楽性の高い宇宙施設《オアシス》も増えている。ラロッシュは高級ホテルとカジノを大々的に経営していた。その関係で、筆頭補佐官とも顔見知りになることができたのである。

これを足がかりにして、いずれは中央政府に食い込んでみせるとラロッシュは決意していた。

元より一惑星のカジノ王で終わるつもりはないが、居住可能型惑星が本当に手に入るなら、人を集めて、新しい国を建国して、自分が建国の父となることも夢ではないのだ。

わざわざ念を押されるまでもなく、こんなことは迂闊《うかつ》に人に話せるものではない。

秘密裏にことを運ぶ必要があるが、それにしてもまず所有者を確認しなくては話にならなかった。

執事は言われたとおり主席公用船に連絡したが、相手は何しろ連邦主席の公邸とも言うべき船である。

このような通信は日に何百となく掛かってくる。

優先順位の高いものから補佐官に知らされるので、

すぐに筆頭補佐官と話せるとは思っていなかったが、意外にも一時間と経たずに向こうから連絡があった。

「筆頭補佐官は標準時の18：30から五分でよければ、通信に出られると申しております。その時間に再びご連絡ください」

こちらの時間で言えば三時間後だ。そのくらいは何でもない。ラロッシュは逸《はや》る気持ちを抑えつつ、指定された時間に再び連絡を入れた。

筆頭補佐官は仕事の合間の休憩時間だったようで机に珈琲茶碗《コーヒー・カップ》が載っているのが映っている。

「ミスタ・ラロッシュ。あまり時間が取れません。ご用件は手短にお願いします」

「恐れ入ります。何分、内密のお話ですので」

時間を無駄にするのはラロッシュの本意でもない。慎重に、ずばりと切り出した。

「ベルガー宙域に存在する居住可能型惑星についてお尋ねしたいのです。何でもその惑星は非公開で、しかも個人所有だとか……」

筆頭補佐官の顔色が変わった。身を乗り出して、恐ろしいような声で尋ねてきた。

「……どこから掛けています？」

「自宅です。ご安心を。盗聴される危険はまったくありませんから。万全の対策を施してあります」

胸を張ったラロッシュだったが、補佐官の厳しい表情は変わらない。

「あなたにその話をしたのはクーアご夫妻ですね」

質問ではない。断定である。

「ご夫妻がなぜあなたにその話を打ち明けたのかは知りませんが、その惑星のことは極秘中の極秘です。連邦内でもその存在を知っているのはごく限られた人間だけです。迂闊に通信で話せるようなことではありません。わかっているのですか」

「もちろんですとも。わたしを信用してください。秘密は必ず守るとお約束します。お尋ねしたいのはその所有者についてなのです」

「そんなことならわたしに訊く必要はないでしょう。

あなたにその話をした方にお尋ねなさい」

これは完全に予想外の言葉だった。ラロッシュの感覚では、宇宙生活者の彼らは惑星の存在は知っていても所有者に関する知識などないはずなのだ。

「しかし、補佐官は今、極秘中の極秘だと言われたはずでは……?」

「その通りです」

ジョージ・ブラッグス筆頭補佐官は苦い顔つきで、嚙《か》んで含めるように言ってきた。

「よろしいですか。くれぐれも念を押しておきます。このことを一言でも外部に洩《も》らしたら、その時点であなたは連邦の要注意人物として注目《マーク》されることになります。それだけは覚えておいていただきたい」

「は、それはもう……」

「もう一つ大事なことを断っておきます。わたしは今後あなたにお会いするつもりはありません。無論、通信もつながないよう秘書に言い渡します」

「何ですと?」

「あなたが何をしたかは知りませんが、少なくともクーアご夫妻からの取りなしがあるまでは、お目に掛かるわけにはいきません。——では、失礼」

無情にも通信が切られる。この突然の絶縁宣言にラロッシュは呆気《あっけ》に取られた。

次に猛烈に怒りが湧いてきた。

補佐官の態度が意味するものは一つしかない。

おまえの立場ではそれを知るのはおこがましい、思い上がりも甚だしい、分をわきまえるがいいと、補佐官は暗に言い渡してきたのである。

強烈な侮辱である。腸《はらわた》が煮えくりかえったが、ラロッシュはその憤激《ふんげき》を無理やり抑え込んだ。

彼は官僚や政治家という人種をよく知っていた。

こちらが小さければそっぽを向き、大きくなれば、ころりと態度を変えて媚《こ》びへつらうものだ。ならば、もっと大きくなって振り向かせればいいのである。

あんな強気に出たことを後悔させてやる、すぐに自分に頭を下げさせてみせると決意を新たにしたが、肝心《かんじん》の惑星の所有者に関しては、残念ながらジャスミンから聞き出すしかなさそうだった。

翌朝、オディールはホテル・オランピアを訪れた。

彼女一人ではない。厳《いか》つい護衛《ボディ・ガード》が一緒である。

ジャスミンはケリーと一緒に車で隣のマリーナへ出かけるところだった。それを見て、オディールはちょっと眉《まゆ》をひそめたのである。

「お話があると申し上げたはずですが……」

「そしてわたしは水着を持って来いと言ったはずだ。持って来たか？」

「はい」

「じゃあ、一緒に行こう。話は海に出てからだ」

「わたくしは自分の車で参ります」

この車も運転手もオディールの専属だと言うから恐れ入る。

マリーナに着くと、ケリーはジャスミンと別れてヨットに向かい、ジャスミンは水着に着替えて船《ボート》に乗り込んだ。オディールが続いたのは当然としても、護衛も続いて乗り込もうとしたので、ジャスミンはそれを制して言ったのである。

「きみは浜で留守番だ」

護衛は自分より背の高いジャスミンを見上げるも、その言葉に従おうとはしなかった。

「それはできない。どんな時も傍《そば》を離れるなという指示を受けている」

さしずめ忠実な番犬と言ったところである。

「ミズ・クーア。バレットも一緒にお願いします」

オディールも頼んできたが、ジャスミンは護衛に問いかけた。

「携帯端末を貸してくれないか」

彼は忠実な番犬よろしく、飼い主以外の指示には従おうとしなかったが、オディールが眼で促《うなが》した。

差し出された携帯端末を受け取ったジャスミンは目当ての相手を呼び出し、一方的に告げたのである。

「ミスタ・ラロッシュか。お嬢さんと話したいのに、ごつい護衛が傍を離れようとしないんだ。これから海に出るから、おとなしく留守番をしているように、あなたの口から言ってやってくれないか」

今のラロッシュにこの依頼を退《しりぞ》ける術《すべ》はない。

バレットは携帯端末の向こうの雇《やと》い主に命じられ、ようやく浜に残ることを承知したのである。

ジャスミンは救命胴《どう》衣《い》を着たオディールを乗せて、自分で船《ボート》を操縦してマリーナを離れた。今日の海は少しさざ波が立っているが、いい日和である。

沖へ出ると、本当に二人きりだった。

「いつからあんな護衛がついているんだ」

「小学校に通い始めた頃からです」

「ずっとあの男なのか？」

「いいえ。バレットはまだ半年くらいです」

「学校で授業を受けている間はどうしているんだ。まさか教室までついてくるわけじゃないだろう」

オディールはその疑問を無視して本題に入った。

「父から、持ち主を訊いて来いと言われました」

「何の持ち主かは、お父さんは話したか？」

「いいえ。そう言えばわかるとのことでした」

「で、わたしは素直に教えないといけないのか？」

ジャスミンは板《ボード》を履《は》こうとはせず、船《ボート》を走らせて風を楽しんでいた。

オディールが髪をなびかせながら言う。

「わたくしにはあなたが何を考えていらっしゃるかわかりません」

「お互いさまだ。わたしもきみが何を考えているかさっぱりわからない」

「持ち主の名前と所在を教えてください」

「では、その前にわたしの質問に答えてもらおうか。『おまえもお母さんのようになりたいのか』とは、どういう意味だ？」

オディールは表情を変えずに答えてきた。

「言葉どおりの意味です」

「答えになっていないぞ。これはお母さんのようになってくれるなという訓告の意味なのか？」

「………」

「父親が娘に向かって亡くなった母親を見習うなと言い含める。いささか奇異に聞こえる話だ。きみのお母さんはどんな人だったんだ？」

オディールは走り続ける船《ボート》の上でしばらく黙っていた。恐らく、こんなことを人に話したことはないのだろう。言葉を探していたが、やがて大きく胸を上下させて、思いきったように口を開いた。

「母は……優柔不断な人でした」

「曖昧《あいまい》な感想だな」

「誰に対しても愛想のいい人だったんです。それは美徳でもありますが、そのために誤解されることも多い人でした」

「それは主に男性からの誤解かな」

オディールは答えなかった。

しかし、彼女が母親のことを八方美人――もっと悪く言えば浮気性と考えていることは確からしい。

「訊きにくい質問をするが、お母さんはライナスのお父さんと本当に特別な関係だったのか？」

オディールはジャスミンをじっと見つめてきた。

「ライナスには黙っていてくださいますか」

「もちろんだ」

「母とおじさまについて言われていることはみんな間違いです。二人の間には何もありませんでした。母は父を愛していました。でも……」

「でも？」

「おじさまは……母に特別な感情を持っていました。それも母がおじさまに誤解させたんです」

なじるような口調である。

「きみはその頃、七歳だろう。そんな大人の事情をどうして知ってるんだ？」

「おじさまがわたくしに話してくださいましたから。――ミズ・クーア。質問には答えました。持ち主が誰かを教えてください」

「エドワード・ヴィクトリアス・ヴァレンタイン。連邦大学《ティラ・ボーン》のアイクライン校にいる」

「ありがとうございます」

「じゃあ、この後は少しわたしにつきあってくれ。きみは板《ボード》を履いたことはあるかな」

「いいえ」

午前中ずっと海で遊んで、ジャスミンはしっかり昼食までつきあわせたのである。

その後オディールは屋敷に戻って、父親に報告し、ラロッシュはさっそく連邦大学惑星に連絡を取った。

サンデナンのアイクライン校の代表を呼び出すと、受付だという中年の女性が通信画面に現れた。

ミスタ・ヴァレンタインと話したいと告げると、その女性はこう言ってきた。

「そちらのお名前と所在をお願いします」

ラロッシュは素直に答えた。

「惑星バラムンディのゴーチェ・ラロッシュさん、ですね。失礼ですが、ミスタ・ヴァレンタインとはどのようなご関係でしょうか」

「関係？　そんなものはない。赤の他人だ」

「赤の他人――ですか？　面識は？」

「ない。だからつないでくれと言っている」

「では、お取り次ぎはできません。規則ですから」

「何だって？　何の規則だ」

「もちろん校則です。一面識もない赤の他人からの通信など、生徒につなぐわけには参りません」

ラロッシュは驚いた。

「生徒だって？」

「ええ、そうです」

「人違いだ。わたしが探しているのは成人男性だぞ。検索し直してくれ」

相手は一応その通りの操作をして、首を振った。

「惑星全域を検索しましたが、該当者はいません。エドワード・ヴィクトリアス・ヴァレンタインは、本校に在籍する中等部一年生一人だけです」

「中等部一年？」

眼を剝《む》いたラロッシュだった。

てっきり教師か役員だと思っていたのに、娘より年下の子どもである。

「エドワード・ヴィクトリアス・ヴァレンタインはその一人だけなのか？」

「先程からそう申し上げております」

「……仕方がない。少年の父親と話すことにしよう。父親の連絡先を教えてくれ」

「お教え致しかねます」

「なぜだ？」

「なぜとは？」

相手は理解に苦しむ顔つきで問い返してきたが、その態度こそラロッシュには理解できなかった。

保護者の所在など隠す必要はないとラロッシュは思っていたし、彼は自分の要求が拒否されることにとことん慣れていなかったのである。

「父親の名前と連絡先を教えろと言っているんだ。そこで調べられるはずだろう」

「ですから、お教え致しかねます」

「いいかね、きみ、問答している場合ではないんだ。わたしは早急に彼の父親と話をしなければならん。重要な話だ。きみの一生分の給料でもまかなえない莫大な金額の絡《から》む話でもあるんだぞ。今の職を失いたくなければ、さっさと教えたまえ」

相手はたかだか学校の受付である。

これで威圧できるとラロッシュは侮《あなど》っていたが、女性は露骨《ろこつ》に見下げる眼差しになり、侮蔑《ぶべつ》と警戒の口調で言ってきた。

「あなたがどこのどなたか存じませんが、当大学はすべての学生及び生徒に対し、最高の教育を受ける権利と完全なる個人情報の保護を保証しております。同時に、生徒の保護者の連絡先を教えろなどという要求をする不審人物は一覧表《ブラック・リスト》に載せることにしております。バラムンディのゴーチェ・ラロッシュ。この名前も現時点をもって登録されました。以後、あなたからの通信は当大学惑星機構の管理脳が自動的に拒否します。またあなたが当惑星に入国される際は事前の届け出と事情聴取を受ける義務が生じたことも通知しておきます。——どうぞあしからず」

「待て！」

叫んだ時には遅く、通信が切られていた。

絶句したラロッシュだった。

これではまるで犯罪者扱いである。

慌《あわ》てて掛け直したが、受付の女性の言ったことは正しかった。他の回線を使ってみてもラロッシュの名前を出した途端に拒否される。

ならばと、部下の名前を使って連絡してみたが、結果は同じだった。少年に取り次げと言っても拒否される。保護者の所在を尋ねようものならこれまた一覧表《ブラック・リスト》に登録されてしまう。

怒り心頭に発したラロッシュは、その勢いのまま、ホテル・オランピアの支配人を呼び出した。

今すぐジャスミン・クーアにつなげと怒鳴《どな》ったが、支配人は周章狼狽《ろうばい》しながら、お待ちくださいと言う。

「ミズ・クーアからは、もしオーナーの連絡を取り次いだら、ご主人とご一緒に、ただちに当ホテルを立ち去ると申しつけられております。あの方はやると言ったら、間違いなくその通りになさるでしょう。——本当におつなぎしてもよろしいのですか？」

全然よろしくない。

あの女は自分をからかっているのかと疑ったが、個人所有の非公開の惑星が存在するのは間違いない。それは筆頭補佐官の態度が裏付けている。

歯ぎしりしながら、ラロッシュは娘に命じた。

「オディール。もう一度行ってこい」

かくてオディールは翌日もジャスミンにつきあう羽目になった。運動神経のいい彼女は二日で見事に板《ボード》を乗りこなし、海を走るのも楽しそうだったが、父親の指示は忘れなかった。

「少年のお父さまの連絡先を教えてください」

船上で小休止を取るたびに問《と》い質《ただ》してくる。

ジャスミンは苦笑した。

「きみは実に従順な娘さんだな」

「悪いことでしょうか？」

「いいや、それこそ美徳だとは思うが、よくやると感心している」

練習を終えてマリーナに戻る途中、ジャスミンは不意に言い出した。

「昨日あれから十年前の事故をちょっと調べてみた。きみが言ったことをあわせて考えてみると、あれはやはり無理心中じゃないのか」

「それは違います」

「そうかな？　運転手のポール・キーガンはきみの母親に道ならぬ思いを抱いていた。しかし、それは彼の一方的な恋でもあった。この世で結ばれぬならいっそのこと——と思いきってもおかしくない」

「違います」

「どうして？」

「ライナスがいたからです。おじさまはライナスを残して死を選んだりはしません。絶対に」

「…………」

「ですから、あれは本当に事故なんです」

まるで自分に言い聞かせているような台詞《せりふ》だった。

ジャスミンは無言でそんなオディールを見つめ、オディールは急いで話を逸《そ》らしたのである。

「ご主人は宇宙生活者だと伺《うかが》いました」

「わたしもだ。それがどうかしたか？」

「わたくしはこの星を出たことがありませんから、どんなものかと。——興味を持っただけです」

「お父さんは結構あちこちに出かけているはずだぞ。その間、きみは留守番なのか？」

「はい」

「では、もうじき出かけられるんじゃないかな」

ジャスミンは意味深に笑いながら、少年の父親の名前と所在を教えてやったのである。

桟橋《さんばし》では律儀《りちぎ》にバレットが待っていた。

オディールは昼食は辞して、番犬のような護衛を連れて屋敷に戻った。

一方、ジャスミンと昼食を食べながら、ケリーは呆《あき》れて言ったのである。

「あの馬鹿親父はまだ諦《あきら》めないのか」

「諦めないどころか、これからが本番だぞ」

娘の報告を聞いたラロッシュは喜んだ。

「惑星ベルトランのコーデリア・プレイス州知事か。よくやったぞ、オディール」

政治家なら話が早い。田舎《いなか》惑星の田舎州知事ならなおさら都合がいい。さっそく恒星間通信を掛けて、エドワードくんのことで話があると言うと、すぐに州知事本人が応対した。

通信画面に現れたヴァレンタイン卿は意外に若く、若造と言ってもおかしくない年齢に見えた。

見知らぬ人物からの連絡に怪訝《けげん》そうな顔をして、問いかけてくる。

「ミスタ・ラロッシュ。息子について話があるとのことですが、どういうお話でしょうか」

「その前にお尋ねしますが、この通信が傍受《ぼうじゅ》される可能性はありませんか」

「ここは公邸ですよ。ご心配なく」

州知事は笑って答えてきたが、どうだかわかったものではないと、ラロッシュは冷ややかに考えた。

地方惑星では首相公邸でも保安態勢《セキュリティ》が甘く、すぐ横で秘書が聞き耳を立てていたりすることもある。

曖昧な表現を使うに越したことはなさそうだった。

「実はですな。ご子息が所有しているものに関して、あなたにご相談したいのです。おわかりでしょう。ベルガー宙域です」

ヴァレンタイン卿の顔から笑みが消えた。

「……伺いましょう」

「他でもない。所有権を譲っていただきたいのです。その前に現物を確かめねばなりませんので、座標を教えていただけますかな。具体的なお話は見学した後にあらためてする予定ですが、そちらの言い値で応じますよ」

自信たっぷりに胸を張ったラロッシュだった。

なんと言っても惑星丸ごとだ。天文学的な数字になることは承知している。今の自分の資産をもってしても不十分かもしれないが、ものがものだけに、一括払《いっかつばら》いということはまずありえない。

長い年月を掛けて支払うのが常識的なやり方だ。それまでに開発を済ませ、施設を整えれば、充分支払いは可能だとラロッシュは思っていた。

「そのようなものは中学生のご子息が持っていても活用しきれますまい。あまりにもったいない話です。ヴァレンタイン卿。わたしはあなたとご子息の力になりたいのですよ。任せていただければ、最大限の利益をあげることをお約束します。所有権の委譲は譲れませんが、決して損はさせません。そちらにも相応の利益が配分されるように計らいましょう」

ヴァレンタイン卿は眉一つ動かさずに質問した。

「あなたは息子がそれを持っているという話を誰に聞きました？」

「ジョージ・ブラッグス筆頭補佐官にです」

風来坊の女性の名前を出すより、その人のほうが相手も納得するはずだと確信していたが、ここでもラロッシュの予想外の事態が起きた。若い州知事はいっそう表情を険《けわ》しくして言ってきたのである。

「それが事実なら、わたしはただちに主席に連絡し、筆頭補佐官の更迭《こうてつ》を求めなければなりません。もし本当に彼の口から洩れたのであれば、主席も必ずや、わたしの要求通りになさるでしょう。さらに申せば、この一件に関することならば、主席はわたしからの通信に最優先で応じてくださるはずです。わたしの家には主席に直接つながる回線もありますので」

「直通回線《ホット・ライン》？　連邦主席に？」

声がひっくり返った。こんな田舎州知事にそんな特権が与えられるわけがない。公邸ではなく自宅にそんなものがあるという異常性には、ラロッシュは気づかなかった。馬鹿なと思ったが、相手の表情は真剣そのものだ。

「今すぐ向こうに問い合わせてもいいが、できれば正直に答えていただきたい。もう一度お尋ねします。

あなたにその話をしたのはいったい誰です？」

ラロッシュは相手に気づかれないように舌打ちし、やむなく答えた。

「……宇宙生活者の女性です。名前はジャスミン・クーア。その筆頭補佐官とも面識があるようです」

ヴァレンタイン卿は呆気に取られた顔になった。

「ミズ・クーアが？」

「そうです。ご存じですか」

「バラムンディにいらっしゃるんですか？」

「ええ、ご主人と一緒に滞在しています」

「あなたのお宅に？」

「いいえ。わたしの所有するホテル・オランピアに。所有権の委譲も彼女から持ち込まれた話なのです。お知り合いならありがたい。わたしの身元が確かであることは彼女が証明してくれます。ぜひともその所有権を譲っていただきたい」

卿はちょっと考え、苦笑しながら首を振った。

「あなたは何か大変な勘違いをしているようです。あれはあくまで息子のものです。その息子に無断でわたしが動かせるはずもありません」

「しかし、あなたが保護者でしょうに」

「その通りです。――それが何か？」

ラロッシュの言いたいことはわかっていながら、空とぼけた卿だった。

果たしてラロッシュは苦い顔で咳払いしてみせた。

「お子さんの自主性を重んじるにしても限度というものがありますぞ。息子さんはまだ十三歳。そんな歳の子どもにそんな莫大な資産を管理させたりして、道を踏み外すことになったらどうするんです」

「まったくもっておっしゃる通りです」

重々しく頷いてみせた卿だった。

実際、これが長男でなく次男の話だったら、卿は一も二もなくラロッシュの意見に賛成しただろう。

「しかし、親のわたしが息子の承諾なしに、息子の財産に手をつけるのは、もっと恥ずべきことです。ですから、そういうお話は息子にしてくださいと、本来なら申し上げるところですが……」

家族に対する愛情は——その中でも一風変わった長男に対する愛情はひととおりではない若い父親は、凄《すご》みを籠《こ》めて断言した。

「わたしはあなたの名前をただちに連邦大学惑星に通知し、父親としての権限であなたを要注意人物に指定し、入国禁止措置を執ってもらいますからそのおつもりで。もう一つ申し上げておきます。あれはもともと息子の持ち物だったわけではありません。つい最近、ある方のご厚意で譲り受けたばかりです。その元の持ち主の名前を、あなたはご存じですか？ご存じないようですから、お教えしましょう。元の持ち主はミズ・ジャスミン・クーアです」

絶句するラロッシュを置き去りに、卿はさっさと通信を切っていた。

ヴァレンタイン卿は自分で言ったことをすぐさま実行した。連邦大学惑星本部に連絡してゴーチェ・ラロッシュを要注意人物に指定することを要請し、念のため入国禁止措置を執ることを求めた。

その理由として、

『この人物は保護者の自分の許可を得ず、怪《あや》しげな目的で息子に近づこうとしている』

と述べると、大学当局は一も二もなく制裁措置を執ることを決定したのである。

そこまでの仕事を終えて卿は胸を撫で下ろしたが、発端となった人物にも一言言わねばなるまい。

恒星間通信を——と、秘書に指示しようとした時、まさにその秘書がこう言ってきた。

「卿、また惑星バラムンディから恒星間通信です。ミズ・ジャスミン・クーアと——」

「ここに回せ」

おっしゃっていますが——という言葉を待たず、ヴァレンタイン卿は内線をつなぐのももどかしげに、画面に向かって叫んだ。

「ミズ・クーア！」

「ご無沙汰《ぶさた》しています。ヴァレンタイン卿」

ジャスミンはにっこり笑って話しかけてきた。

「そのご様子ではさっそく何か言ってきましたか」

「何かどころの騒ぎではありませんぞ！　いったいどういうおつもりです？」

「申し訳ありません。あんな人物の相手をさせる結果になったことは率直にお詫《わ》び致します」

ジャスミンは素直に頭を下げたが、物騒なことをさらりと言ってのけた。

「確実に獲物を釣ろうと思ったら、考える間もなく飛びつくとびきりの餌《えさ》を使うのが鉄則ですのでね」

「とびきりにも限度というものがあるでしょう」

苦い顔で断じた卿だった。

「あの男は大変な鼻息でしたよ。手に入れられると信じて疑わない様子でした」

「でしょうな」

ジャスミンはあっさり頷《うなず》いた。

「中途半端に権力を得た男というものは実に哀れな生き物でしてね。自分の地盤で融通《ゆうずう》が利《き》くのだから、他の土地でも同じように、自分のちっぽけな権力が通用するはずだと思いこむんですよ」

苦笑を浮かべた卿だった。

「ミズ・クーア。それは、わたしのことではないと思ってもいいのでしょうね」

ジャスミンは呆れたように言い返した。

「当たり前でしょう。あなたは立派な方だ。リィのお父上であり、外国のお友達やお知り合いも多い。そんな頑迷さに囚《とら》われていらっしゃるはずがない」

「しかし、先程の人物は違う」

「そうです。こちらで確認したところ、既に学校に連絡して、ご子息と話をさせろと言い放ったらしい。あの男は連邦大学《ティラ・ボーン》の名は知っていても、その実績も実力も理解していません。たかが学校ではないかと侮るに違いないと思ってはいましたが、予想以上の失態を演じたようです。自業自得というものですが、恐らく一生あの星には入国できないでしょうな」

「ミズ……。おもしろがっているのはわかりますが、息子を巻き込んだ以上、正直に話していただきたい。何が狙いなんです？」

「わたしにもわかりません」

愕然《がくぜん》とした卿だった。

思わず顔つきが険しくなる。

「ご自分のしたことが、息子をどれだけ危険な眼に遭《あ》わせることになったか、自覚しているんですか」

「卿は既に入国禁止措置を執ったのでしょう？」

「当たり前です。しかし、あの男が誰かに一言でも洩らしたら、そんなものは意味がなくなります」

「ご心配なく。あの男は誰にも話したりしませんよ。悲しいかな、なまじ自分を大物と思っているだけに、滅多な相手には打ち明けたりできないんです」

ジャスミンは共和宇宙経済の頂点に位置する巨大財閥の一人娘に生まれ育ち、自身も経営に携《たずさ》わっていたことすらある。財力と権力に比例して変化する男の心理をよく知っていたのである。

ヴァレンタイン卿は諦めて苦笑した。

卿はジャスミンが何者であるかは知らない。

共和宇宙にその名を馳《は》せたクーア財閥二代目総帥本人であるとは知る由《よし》もないが、この女性の判断も、人を見る眼も信用していた。だいたい、あの長男がどういう子どもかを正しく認識した上で『ご子息と友達になれて本当に嬉しい』と誇らしげに言う人が当たり前の女性であるわけがないのだ。


かくてオディールは三度、ホテル・オランピアのジャスミンを訪れる羽目になったのである。

昼に海で別れて、その同じ日の夜のことだ。

オディールは相変わらず感情を抑えた顔だったが、さすがに困惑している様子だった。

「父を困らせて楽しいのですか？」

最上階のスイート・ルームに移ったジャスミンは、バスローブ姿でオディールを迎え、平然と言った。

「お父さんが困っているのはお父さんの自業自得だ。

文句を言われる筋合いはないぞ」

ジャスミンはオディールを部屋の中へ入れても、居間には通さず、扉のすぐ近くで立ち話をしていた。

「今度は何を訊いてこいと言われたのかな」

オディールも答えを聞いたらすぐに帰るつもりで、端的に尋ねた。

「少年の持っているものを譲り受ける方法です」

「何から何まで人頼みなのは感心しないな。少しは自分で努力しないと。——だが、一つ提案はしよう。きみが連邦大学《ティラ・ボーン》に行くといい」

オディールはわずかに眼を見張った。

「わたくしが？」

「そうさ。他の人間ではたぶん無理だ。お父さんは入国禁止措置を執られている。お父さんの部下では詳しい話ができないが、きみなら話は別だ」

ジャスミンはにっこり笑って言った。

「あそこは不審人物には厳しいが、勉学意欲のある若者には大いに門戸を開いてくれるところだからな。アイクライン校の近くの大学を選んで見学したいと言えば、たぶんすんなり入国させてくれる。ただし、希望したからにはその見学はちゃんと済ませないといけないぞ。さもないと、今度はきみが不審人物に指定されるからな。用件を済ませれば行動は自由になるわけだから、その足で少年に会いに行けばいい。相手も子どもだから話も合うだろう」

「子どもと言っても、その少年はいくつですか」

「十三歳」

「幼すぎます。それでは話し相手にはなりません」

「だったらなおさら都合がいいじゃないか。そんな子どもを言いくるめるのなんか簡単だろう。ただし、金では無理だぞ。あの少年はどんな大金を積んでも、うんとは言わないからな」

「お金で手放そうとしないものを、どうやって手に入れろというのです」

「だから、人に頼るな。そのくらいは自分で考えろ。夫が言うように泣き落としてみるのも一つの手かもしれないぞ。何しろ、相手はほんの子どもなんだ」

ことさら強調してジャスミンは言う。

居間の長椅子でケリーが懸命に笑いを嚙み殺していることなど、オディールに見えるはずもない。

屋敷へ戻ったオディールは、ジャスミンの言葉を正確に父親に伝えたりはしなかった。

それでは父親の機嫌を損ねるだけである。ただし、オディール自身が出向けばいいというジャスミンの提案はそのまま話した。聞いたラロッシュは当然のごとく難色を示したのである。

「馬鹿なことを。おまえを行かせて何になる」

「わたくしもそう思いましたが、子ども同士だからちょうどいいだろうと、ミズはおっしゃいました。お父さまが入国禁止措置を執られて近づけなくても、入学希望者の学校見学なら許されるはずだからと」

忌々《いまいま》しいことにその通りである。しばらく唸って、ラロッシュは意を決した。

「子どもは子ども同士か……一理あるかもしれんな。よし、おまえに任せよう。その少年に会ってこい。何としても所有権を手放すように説得するんだ」

娘は当然ながら、訝《いぶか》しげに尋ねたのである。

「お父さま。その少年はいったい何を持っているというのです？」

知らなくていい――と言いかけて、ラロッシュは考え直した。少年と話せばいやでも知れることだ。

「そうだな。おまえには話しておいてもいいだろう。ただし、このことは決して人に洩らしてはならんぞ。バートラムや上院議員にもだ」

念を押して事情を話すと、オディールもさすがに信じられない驚きに眼を見張った。

「何かの間違いでは？　惑星を個人で所有するのは不可能です」

「そうだ。今の法律ではな。昔は認められていた。厳しい条件つきではあったがな」

あの女はそれを何らかの手段で手に入れたのだ。そして何のつもりか十三歳の少年の名義にした。

ラロッシュは、元々自分のものだった惑星の所有権を手に入れろというジャスミンの意図に関しては、故意に考えなかった。考えても始まらないからだ。

肝心なのは、喉《のど》から手が出るほど魅力的な資源が現実に存在するらしいこと、その所有権を十三歳の子どもが握っているという信じがたい事実である。

オディールも思案顔で言った。

「ですが、お父さま。わたくしが今から参りますと、時間が……」

「わかっている」

十日後に、今度はデリンジャー上院議員の屋敷で、あらためて婚約発表がある。内輪で済ませた先日の夜会と違って報道関係者を大勢呼ぶ大々的なものだ。

その席にオディールがいなくては話にならない。

かといって十日後まで待とうとは、ラロッシュはこれっぽっちも考えなかった。儲《もう》け口《ぐち》を発見したら即座に動く。それが金儲けの鉄則だからである。

「その日までには何としても少年を説得して戻れ。

――いや、待て」

少し考えてラロッシュは言った。

「それよりも、わたしが直々《じきじき》に少年と話をしよう。そのほうが早い。オディール、おまえはその少年に恒星間旅行をさせてやるとか何とか言いくるめて、あの忌々しい星から連れ出すんだ。あくまで少年が自分から出向くように仕向けろ。その後で保護者に連絡すれば問題はない」

一つ間違えば誘拐になる無茶を言っているという自覚はラロッシュにはない。

オディールもまた疑問には思わなかった。

彼女にとって父親の意思は絶対だったからだ。

バラムンディには連邦大学行きの直行便はないが、ラロッシュは個人で宇宙船を持っている。

その一隻の船長を呼び出して、連邦大学惑星までどのくらいで行けるかと尋ねてみると、今から出航準備を整えれば明日の午後には出発できる、到着は四日後という返事だった。つまり往復で八日間だ。

向こうで一日滞在しても、ぎりぎり間に合う。

ラロッシュはただちに出航準備を命じた。

船長も明日の出航を了承して手続きを始めたが、ややあって困惑した表情で連絡してきた。

入港許可が降りないというのである。

連邦大学には地上、軌道上、合わせていくつもの宇宙港がある。入国するにせよ一時的な寄港にせよ、事前に船籍と船主名を申告しなければならない。

これに引っかかったのだ。

この船の船籍はバラムンディ、船主は企業名だが、それはもちろんラロッシュの経営する企業だ。

「連邦大学《ティラ・ボーン》に渡航申請を出したところ、ゴーチェ・ラロッシュは要注意人物に指定されていると、入港目的を明らかにせよというのです。あの星がこんなことを言ってくるのは極めて異例なんですが、相当警戒されています」

そんなものは無視して入港しろ！　とはさすがにラロッシュも言えなかった。

「向こうのこの感触ですと、入港は認められても、実際に入国するまでかなりの審査が入ると思います。四日後に地上に降りるのは少々難しいかと……」

旅客船を使ったのでは乗り換えに継ぐ乗り換えで、片道一週間以上かかってしまう。

ラロッシュは頭から湯気を噴かんばかりだったが、冷静に対策を講じた。

部下に命じて、二十四時間以内にバラムンディに来られる範囲にいる輸送専門船を探させた。

すると、幸いにも最高の実績を誇る船が、比較的近くの宇宙施設《オアシス》にいることが判明した。

ラロッシュの部下が問い合わせて、急ぎの仕事を依頼したいと持ちかけると、今から一週間ほどなら時間が取れるという。その後は他の予定が詰まっているという返答に、これでは無理かと思いながら、その時間内に、バラムンディから連邦大学惑星まで往復することは可能かと尋ねてみると、それなら、三日で往復できるという答えが返ってきた。

文句なしである。

部下はこれをラロッシュに報告し、ラロッシュはすぐさまその船の船長と直に話すことにした。

呼び出しを受けた《ピグマリオンII》の乗組員はホテルのロビーに集まって、突然舞い込んだ依頼に首を傾げていた。

至急の届け物は彼らにとっていつものことだし、それは荷物であるとは限らない。人間を運ぶことも多いのだが、今回は目的地が変わっていた。

「バラムンディから連邦大学《ティラ・ボーン》だって？」

「それなら普通に旅客船を使えばいいだろうに」

操縦士のトランクと航宙士のジャンクが不思議に思うのももっともだった。バラムンディからの直行便はなくても、連邦大学行きの便はたくさんあるし、辺境最速船として評判の高い《ピグマリオンII》の料金は決して安くはない。

二人の疑問に機関士のタキが答えた。

「どうやら時間が問題らしいな。可能な限り急いで行ってほしいんだとよ」

「出航準備は？」

「問題ない。乗り込むだけさ。後は条件次第だな」

少し早く休暇を切り上げることになるが、彼らにとってはそれもいつものことだ。

一方、船長のダンはその条件をまとめるために、依頼主と細かい打ち合わせを行っていた。

通信画面のラロッシュは大物の貫禄を漂《ただよ》わせて、悠然《ゆうぜん》と話している。

「半日でバラムンディまで来られる船を探させたが、マクスウェル船長がいてくれたとは運がよかった」

「光栄です」

ゴーチェ・ラロッシュの名前はダンも知っていた。

ただし、バラムンディのカジノ王としてではなく、宇宙施設《オアシス》の持ち主としてだ。

「こちらの事情は話したとおりだ。娘が連邦大学《ティラ・ボーン》の見学を希望しているのだが、娘は十日後に、地元で大事な式典《セレモニー》を控えている身なのでね。三日という船長の言葉は頼もしい限りだ。——そこで尋ねるが、船長の船には船室がいくつあるのかね」

　ダンは訝しげな顔になった。

「お連れするのはお嬢さんお一人だけでしょう？」

「とんでもない。娘一人で送り出せるわけがない。護衛と召使いと料理人を同行させる。彼らの部屋を用意してもらいたい」

　驚いたダンだった。娘に護衛をつけるまではまだわかるが、召使いに料理人とは。

「わたしの船で料理をつくらせるとおっしゃる？」

「当然だろう。居住環境は整えねばならん。船長の船にも厨房《ちゅうぼう》くらいあるはずだぞ。その設備を借りて、娘の食事はうちの人間につくらせる」

《ピグマリオンⅡ》では人間を運ぶ場合、基本的に乗組員と同じ食事を取ってもらうことにしている。

　この船が客に提供する『売り物』は一にも二にも速さであって、快適性ではないからだ。

　しかし、この依頼主はそれだけでは不満らしい。

「その食材の積み込みの他に船室にも手を入れねばならんからな。急いでこちらに来てもらいたい」

　さらに呆気に取られたダンだった。

「船室に手を入れる？」

「そうとも。船長の船は五万トン級の汎用船《はんようせん》だろう。機能重視なのはいいが、味気なくていけないからな。船室の一つを改装させてもらう。もちろん、費用はこちらで持つ。時間も大してかからんはずだ」

　ラロッシュの言う改装がどんなものか知らないが、ダンはため息が出そうになるのを堪《こら》えて言った。

「お断りしておきますが、わたしの船は旅客船とは違います。いくら船室を改装しても、特別な食事を用意しようと、乗り心地だけはどうしようもない。縁まで満たしたグラスの水もこぼれないような豪華客船とは比較になりません。そういう船旅をご希望でしたら、ちょっとでも揺れるのは我慢できないと言うのなら、悪いことは言いません。わたしの船に乗るのはおよしなさい。連邦大学《ティラ・ボーン》行きならご希望の立派な船がいくらでもあります。

「気を悪くしないでくれたまえ、船長。娘もそれは承知している。これはただの親心というものだよ。

船長は自分の仕事に専念してくれて結構だ」

「では、可能な限り速い到着を目差す、乗り心地は問題にしない。——それでよろしいんですね」

念を押すと、ラロッシュは鷹揚《おうよう》に頷いた。

「うむ。よろしく頼む」

「もう一つあります。護衛も一緒と言われましたが、その人物は銃器を携帯しているのですか」

「もちろんだ」

「その人物には搭乗時に身体検査を受けてもらい、バラムンディに帰るまで武器は全部預けていただく。いかなる理由があろうとも、武器を所持した人間の乗船は認められません」

ラロッシュが不快そうな顔になる。

「きみは何の権限でそんなことを言うのかね」

「無論、船長としてのわたしの権限です」

きっぱりとダンは言った。《ピグマリオンⅡ》は彼の船なのだ。

「この条件がご不満なら、この依頼はお断りします。どのみち、そんな物騒なものを持っているようでは間違っても連邦大学《ティラ・ボーン》には入国できません」

ラロッシュは不承不承ながら頷いた。

《ピグマリオンⅡ》はただちに宇宙施設《オアシス》を出発し、十時間後にバラムンディの軌道上の宇宙港に入港し、待ちかまえていた内装業者の出迎えを受けた。

同行するという召使いと料理人も待っていた。

二人はダンに挨拶《あいさつ》するのもそこそこに、さっそく船内で忙しく働き始めた。

料理人は厨房を確かめて食材の積み込みを指示し、召使いは浴室を見て顔をしかめた。こんなところをお嬢さまに使わせるわけにはいかない、ここも改装したいと真顔で言われて、日頃こんな人種と接する機会のない《ピグマリオンⅡ》の面々は唖然《あぜん》とした。

ダンだけは違う。彼は召使いや料理人、美容師や庭師さえいる船を知っていたが、まさか自分の船でこんな羽目になるとは思わなかった。

浴室がだいぶ古びているのは気になっていたので、自腹を切らずに直せるのはありがたいが、しかし。

「急いでいるのではないんですか？」

「お任せくださせい。お時間は取らせません」

ラロッシュの依頼ならどんな無茶でも通るらしい。

その言葉どおり、戦争のような慌ただしさの後、浴室はぴかぴかの新品になり、オディールのための部屋も改装が済んだ。

確かに驚くべき手際のよさではあるが、それでもこの『出航準備』には六時間を要したのである。

暇をもてあましていたジャンクがぼやいた。

「……これこそ、時間の無駄ってもんだぜ」

改装の終わった船室をそっと覗《のぞ》いて見ると、壁も床も天井も張り替えられ、立派な寝台が運び込まれ、ここだけどこかのお屋敷のようになっている。

他にも客室の一つがお嬢さまのための着替えやら何やら、大小の荷物でびっしり埋まっている。

そして『積荷』を乗せた送迎艇《シャトル》がやってきた。

オディール・ラロッシュとその護衛のバレット・ストーン。他に先程からいる料理人と召使いだ。

ダンがバレットの身体検査をすると、銃器が二丁、他にも物騒な得物があちこちから出てきた。

しかし、前もって依頼主に言いふくめられていた彼は素直に武器の提出に同意したのである。

オディールは船橋の顔ぶれに向かって「よろしくお願いします」と無表情で言うと、さっさと船室に引き上げてしまった。

やっとのことで出航となり、操縦席のトランクが不気味《ぶきみ》に呟《つぶや》いた。

「道中、それほど揺れなきゃいいがな」

7

アイクライン校は試験休みに入っていた。

日頃は賑《にぎ》やかな校内も閑散としているが、生徒の姿がちらほらある。休日返上で部活動に励《はげ》む生徒や、補習を受ける生徒が登校しているからだ。

リィもその一人だった。

彼の場合、決して成績が悪いわけではないのだが、いかんせん出席日数が厳しい。

数学や暗記物なら筆記試験で正解を出せばいいが、厄介《やっかい》なのは報告書《レポート》の提出が必要な科目だ。

どんな内容を可として、何を不可と評価するかは、教師によって違うし、必要な知識を得た上で自分の言葉で自分なりの考えを述べなければならない。

これが難しいのだ。


リィは食堂でシェラが持ってきたお弁当を食べ、真剣な顔で、午後の補習で提出する報告書《レポート》を見直し、最後の手直しをしているところだった。

シェラはかろうじて補習を免《まぬが》れていた。本来なら登校する必要はないのだが、学食は開いていても、平日に比べて出される料理の品数はぐっと少ない。

休みなのだから時間はある。それでわざわざ寮の台所を借りて、弁当をつくって持ってきたのである。

シェラの心づくしの弁当をリィは大喜びで平《たい》らげ、しみじみと言ったものだ。

「毎日シェラの料理でもいいんだけどな」

「ええ、残念です。ここのお料理はちゃんと栄養も考えられていますし、お味も結構なものですけど、時々無性に腕を振るいたくなるので。いっそのこと料理という授業があればいいのに」

いつもは大勢の生徒で賑わっている食堂も、今はひどく静かだった。リィたちの他には同じ補習組の中学二、三年生が数人と、高校生のグループが三つ四つ数えられるだけである。

そこに、新たに人がやって来た。

リィは報告書《レポート》に没頭していて気づかなかったが、シェラは気がついた。

がらんとしているので余計に目立つのだ。

化粧も服装もずいぶん大人びているが、実際にはかなり若い。まだ高校生くらいの少女である。

少女は珍しそうに学食の中を見渡した。

ここに来るのは初めてなのだろう。

その眼が金と銀の天使のような二人を見つけて、驚きに丸く見開かれたのは年相応の反応である。

少女はシェラのテーブルに向かって歩いてくると、唐突《とうとつ》に話しかけてきた。

「あなた、中学生？」

「ええ、一年です」

「あなたと同学年のエドワード・ヴィクトリアス・ヴァレンタインはどこかしら」

シェラは驚いて少女を見返し、リィは報告書《レポート》から顔も上げずに言ってのけた。

「そんな人はここにはいないよ」

「いいえ。この学校にいるはずよ。受付で訊《き》いたら食堂にいると言われたわ」

「だから、そういう人はここにはいないんだよ」

その口調に少女は何か感じたらしい。

「知ってるのね？」

リィは答えない。シェラが微笑して話しかけた。

「わたしはシェラ・ファロット。あなたは？」

「オディール・ラロッシュよ」

「では、オディール。その名前をどこで聞きました。それはこの人の名前ですけど、学校で使ったことは一度もありません。生徒は知らないはずですよ」

これにはオディールが驚いて、リィを見つめた。

「あなたは……女の子じゃないの？」

「よく言われるけど、こんな顔でも一応男」

「顔だけじゃないでしょう。髪も、その服も……」

長い金髪をくくった髪型は立派に女子に見えるし、

今日のリィはピンクのタンクトップを着ていた。

どこから見ても女物である。

「もらいものなんだよ。使わないともったいないない」

リィは寸法が合っていて動きやすい服なら、色や形にはこだわらない。女物でも平気で着てしまうが、オディールはまだ疑わしげに尋ねてきた。

「故郷は惑星ベルトラン、お父さまはコーデリア・プレイス州知事のヴァレンタイン卿？」

「それもちょっと違う」

「どこが違うの」

「おれとアーサーは確かに血がつながってるけど、おれはアーサーを父親だと思ってないからさ」

オディールは黙ってリィを見下ろした。

「お父さまを嫌いなのね」

「まさか。とても好きだよ。あれはいい奴だから」

リィは笑って少女を見上げた。

「——探してるのはおれで間違いないみたいだけど、何の用？　おれはヴィッキー・ヴァレンタイン」

「エドワードではないの？」

「違う。その名前でおれを呼ぶのはアーサー一人でたくさんだ」

オディールはちょっと混乱したようだが、空いた椅子に座って話しかけてきた。

「わかったわ。あなたがエドワードなら……」

「ヴィッキーだよ。何度言わせるんだ」

軽く睨《にら》まれて、オディールは不満そうだったが、素直に言いなおした。

「いいわ、ヴィッキー。わたくし、急いでいるのよ。どういう条件なら応じてくれるのかしら」

「何のこと？」

「とぼけないで。話は聞いているはずよ」

リィはきょとんとなった。

「何の話？」

シェラも訝《いぶか》しげに問いかけた。

「お会いするのは今日が初めてですよね？」

この反応にはオディールが困惑した。

彼女は、この少年は少なくとも自分が何の用件でやって来たかは知っているはずだと思っていた。

手放すのを渋っているだけだと予想していたのに、どうも様子がおかしい。銀髪の少年を見て言った。

「シェラ。悪いけれど少し席を外してくれるかしら。わたくしはヴィッキーに大事な話があるの」

すかさずリィが言う。

「シェラに聞かせられないような大事な話なんか、おれにはないよ」

オディールはやや声を潜めた。

「だめよ。聞き分けてちょうだい。ベルガー宙域にあなたが持っているものについて話がしたいのよ。こう言えばわかるでしょう」

リィはさすがに眉《まゆ》を吊《つ》り上げて驚きを示したが、躊躇《ためら》わずに答えたのである。

「ヴェロニカのこと？　それなら隠す必要はないよ。シェラも知ってる」

「ヴェロニカ？」

「あの星の名前だよ。惑星ヴェロニカだ」

リィは真剣な眼でオディールを見て尋ねた。

「オディールがそれを知っているってことのほうが遥かに大問題だ。誰に聞いた？」

「父よ」

「お父さんの名前と仕事は？」

「ゴーチェ・ラロッシュ。バラムンディの実業家よ。——父もこのことは人づてに聞いたの」

「誰に？」

「ミズ・ジャスミン・クーアに」

「ジャスミン？」

やっと話が通じて納得したリィだったが、同時にますますわからなくなってしまった。ジャスミンが理由もなく、この大事を人に話すはずがない。

「ジャスミンは今どこ？」

「バラムンディにいるわ。パールビーチのホテル・オランピア。このホテルも父の持ち物よ」

宇宙世界史を勉強しているシェラが言う。

「惑星バラムンディというと確か——ここから八百五十光年ほどの、観光中心の惑星ですね」

「ええ。父はその観光事業を指揮している人なの。ここまで言えば、わたくしの用件もわかるでしょう。ヴェロニカの所有権を譲ってほしいのよ」

リィは呆気《あっけ》に取られた。もちろんシェラもだ。

たいていのことではびくともしない金銀天使だが、この時ばかりは驚きに見開かれた眼と眼を見合わせ、リィは半信半疑の口調で確認を取ったのである。

「その話、ジャスミンにはした？」

「もちろん。言い出したのはあの人のほうですもの。どうしてもその所有権が欲しいそうよ。そうしたら、ご主人は父のところで働いてくださる約束なの」

二人の肝《きも》を潰《つぶ》すに充分な答えだった。

シェラが恐る恐るオディールに尋ねる。

「失礼ですが、観光事業をなさっているお父さまの下《もと》で、ケリーがどんな仕事をするというんです？」

「父は豪華客船も持っているの。その船長になっていただきたいのですって」

開いた口が完全にふさがらなくなった二人は再び眼と眼を見交わして、茫然《ぼうぜん》と呟《つぶや》いた。

「ジャスミンが本気でおっしゃっているとしたら、青天の霹靂《へきれき》ですね……」

「でなきゃ天変地異の前触れだぞ……」

突然の珍客に（しかも本人は大真面目だ）リィは嘆息《たんそく》しながら、懇切丁寧《こんせつていねい》に言い聞かせたのである。

「オディールは何か勘違いしてる。あれは名義上はおれのだけど、おれの自由にはできないんだ」

「そんなはずはないわ。所有権があなたにある以上、譲渡する権利もあなたにあるはずよ」

「ないよ。おれはあれを預かってるだけなんだから。あれはもともとジャスミンの持ち物だった。今でもそうだとおれは思ってる。——だからジャスミンがいいって言わない限り、人に譲ったりできないよ」

オディールがリィの言葉をどこまで理解したかは謎だった。まったく表情を変えずに彼女は言った。

「それなら、一緒に来てちょうだい。父があなたと直接お話しするから」

「一緒に来いって、バラムンディに？」

「そうよ」

「いつ？」

「今すぐにでも」

「無茶を言うなあ……」

自分も無茶に掛けては決して人後に落ちないのに、リィは呆《あき》れて言った。

「どうしてそんな遠くまで行かなきゃならないんだ。おれは譲る気はないって言ってるのに」

オディールは少し考えて、戦法を変えた。

無表情を少し緩《ゆる》めて、微笑らしきものを浮かべて、なるべく優しい声で話しかけたのである。

「わたくしはあなたと友達になりたいの。お友達を家に招待するのは普通のことでしょう。今は学校もお休みなんだから、何も問題はないはずよ」

初対面で数百光年の距離を飛んでくれと頼むのは問題が大ありだ。十代の少女が言うからかろうじて許されているだけで、一つ間違えば犯罪である。

この少女を不審人物として報告するのは簡単だが、リィはそうはしなかった。冷静に問題点を指摘した。

「それはちょっと礼儀から外れてるな。おれと話をしたがってるのはお父さんのほうだろう。だったら、そっちから出向いて来るのが筋ってもんだぞ」

「父は来られないわ。入国禁止令が出ているのよ。だから、お願いよ。一緒に来ると言ってちょうだい。わたくしはどうしてもあなたを連れて帰らなくてはならないの……。できなかったなんて言えないわ」

語尾が震えた。すがるようにリィを見つめた顔が力無く伏せられ、肩を震わせてしくしく泣き出した。

ごく普通の十三歳の少年であれば、多少なりとも動揺しただろうが、リィはまじまじとオディールを見つめて、珍しそうに話しかけたのである。

「ひょっとして、それ、泣き落としのつもり？」

「だめかしら？」

顔を上げて、涙に濡《ぬ》れた眼で平然と言う。

「あなたはお金ではうんとは言わないから、いっそ泣き落としてみろって、ミズ・クーアに言われたの。

——泣き落としも通用しないのね」

「そりゃあ、オディールがへたくそすぎるんだよ。もうちょっとうまくやらないと」

論点が違うが、本人はあくまで真面目である。

「第一、おれは今補習を受けてるところなんだから、出かけたりできないよ」

オディールは困惑した様子で黒髪の頭を傾《かし》げると、不躾《ぶしつけ》に尋ねてきた。

「あなた、そんなに頭が悪いの？」

リィは笑って答えた。

「補習を受ける羽目になってるんだから、あんまり成績優秀じゃないのは確かだね」

そう言いながら、ちっとも卑屈なところがない。

オディールは不思議そうにリィを見つめていた。

こんな少年を、彼女は今まで見たことがなかった。

そもそも、どう眼を凝《こ》らしても男の子に見えない。口調も歯切れがよく、四つも年下とは思えないが、生意気というのとは明らかに違う。

「補習が終われば出かけられるの？」

「まあ、理屈ではね」

「では、わたくしが勉強を手伝うわ」

「嬉《うれ》しいけど、見てもわからないと思うよ」

「わたくしは大学を卒業して今は大学院にいるのよ。中学生の課題なら簡単だわ」

しかし、リィが書いた報告書《レポート》を見たオディールは戸惑い顔になった。そこに書かれた内容がまったく理解できなかったからだ。地理と社会のようだが、オディールが知っているものとは全然範囲が違う。

「それは辺境民俗学。こっちは『ショウ駆動機関《ドライヴ》の開発にともなう開拓史』って授業だよ」

「わたくしの中学校にはこんな科目はなかったわ。ここではこれが普通なの？」

シェラが言う。

「基本の授業は同じだと思いますよ。国語や数学、自然科学、社会科、連邦史などは必修科目ですから。この学校では他に選択制の教科を取る必要があって、その種類が百三十種類もあるんです」

「どの科目を取るかは生徒が自由に決められるんだ。おれの場合は出席日数が危ないんだけど、どっちもおもしろくて好きなんだよ。不可は避けたいんだ」

午後の補習が始まる時間が近づいたので、リィは席を立ったが、オディールがそれを引き留めた。

「その補習はいつ終わるのかしら」

「うまくいけば明日」

「よかった。そのくらいなら待てるから、ぜひ明日終わらせて。その後は外出許可を取ってわたくしと一緒に来てちょうだい。——約束よ」

「そんな一方的なのは約束って言わないぞ」

リィの言い分に理があるが、オディールはリィの抗議などものともしなかった。

黒髪の頭を振って、真顔で言い聞かせた。


「わたくしを帰しても、他の人が使いに来るだけよ。父は決して諦《あきら》めないわ。だからあなたはどうしても、わたくしと一緒に来てくれなくてはいけないのよ」

あくまで淡々とした口調で言って、オディールは用件は済んだとばかりに立ち上がった。

「明日また来るわ」


午後の補習は三時間。二教科は報告書《レポート》を提出して、他の一教科は筆記試験だった。

補習を終えたリィはシェラとともに学校を出ると、その足で恒星間通信施設に向かい、バラムンディに通信を申し込んで、ホテル・オランピアに滞在中のジャスミンを呼び出し、開口一番言ったのである。

「何なんだ、あの子?」

画面のジャスミンは笑っている。

「もう着いたのか。速いな」

「速いな、じゃない。今日これから宇宙船に乗って何百光年も離れた星まで来てくれって言うんだぞ。

やることがむちゃくちゃだ」

「きみに無茶を指摘されたのではオディールも立つ瀬がないと思うが——なるほど。そう来たか」

「なるほど、じゃない。いったいどういうつもりで、あの子を寄越したんだ？」

　この質問にジャスミンは質問で返した。

「きみはオディールをどう思った？」

「変わってるね」

　一言で片づけたリィだった。

　アイクラインは中高等学校だから、高校生の女子ならリィは何人も知っている。話す機会も多いが、その少女たちと比べると、どこがどうとは具体的に指摘できないのだが、妙な印象を受けた。

「何だか変だよ、あの子。頭が悪いわけじゃない、話し言葉はずいぶん素っ気ないけど、高慢ちきってわけでもなさそうなのに」

「きみに口のきき方を問えるかどうかは別として、わたしが感じたのもまさにそれなんだ」

　ジャスミンは頷《うなず》いて、言った。

「ジンジャーはあの子のことを『囚《とら》われの姫君』と表現した。本人はそうは思っていないようだがな。だいたい若くてきれいな女の子が自分の好きな服も着ることができず、笑顔も禁じられているなんて、社会の損失だと思わないか」

　リィは後半の大胆な理屈は無視して、純粋に首を捻《ひね》ったのである。

「ずいぶん大人っぽい恰好だとは思ったけど、あれ、好きで着てるんじゃないのか？」

　横からシェラが的確な指摘をした。

「あなたが今着ているものがお好みだと思いますよ。男の子がどうしてこんな服を着ているんだろうと、疑問に思うより羨《うらや》ましがっている様子でしたから。あのお化粧も似合っていませんね。せっかく可愛い顔立ちなのに、わざわざきつく見せています」

「さすがはシェラだ」

　感心したジャスミンだった。

彼女は知る限りのオディールの事情を洗いざらい二人に話して、率直に言ったのである。

「わたしでは正直どうしたらいいかわからないんで、きみたちを見込んで頼ったわけなんだ。何とかしてやってくれないか」

「何とかって、何をどうすればいいのさ?」

「それはわたしにもわからない」

リィがちょっぴり白い眼でジャスミンを見たのは無理からぬ反応と言えるだろう。

赤毛の女王も苦笑しながら大きな肩をすくめたが、その表情には何やら憂いのようなものがあった。

「ただ、放ってはおけない気がするのさ。あの子の母親が本当に事故死したのかどうかも含めて、気になるとしか言いようがないんだ」

要するに丸投げである。

普通なら呆れてものも言えないところだが、このすがすがしいまでの潔《いさぎよ》さに、リィは苦笑した。

「——いいよ。一つ貸しにしとく。文句を言っても、オディールはもうこっちに来ちゃってるんだから、手遅れだよね」

ジャスミンは身を乗り出して熱心に頷いた。

「一つと言わず、きみからならいくらでも借りるぞ。もちろん後で何倍にもして返すからな」

あまりありがたい言葉に聞こえないのが難点だが、力強い保証ではあった。


翌日、オディールはアイクライン校にではなく、朝のうちにフォンダム寮に現れた。

昨日、数少ない他の生徒に、二人がここにいると聞き出していたらしい。

玄関に恐ろしく大きなリムジンが乗り付けたので、寮に残っている生徒たちが眼を丸くしている。

一つ間違えば、寮の舎監が怪《あや》しんで、ここで何をしているのかと、運転手に停車の理由を問《と》い質《ただ》しに行く騒ぎになっていただろう。

幸い、その前にリィとシェラが玄関から出てきて、リムジンを移動させたので、騒動は避けられた。

オディールは自分のしたことが問題だとは少しも思っていない様子だった。車の座席から窓越しに、平気な顔でリィに話しかけてきた。

「乗ってちょうだい。学校まで送るわ」

しかし、リィは車には乗ろうとせずに答えた。

「少し考えてみたんだけど、運良く不可を免れたら、オディールと一緒に行ってもいいよ」

「そう。嬉しいわ」

「ただし、条件がある。その代わり、オディールは今日の昼までシェラにつきあうこと」

変わった注文だが、オディールは素直に頷いた。

「もう一つ、シェラの言うことを何でも聞くこと」

この条件にオディールは怪訝《けげん》そうな顔になったが、シェラが笑って請け合った。

「あなたが頷けないような無体な注文は致しません。その点はどうかご心配なく」

「そういうこと。だから、おれの代わりにシェラを乗せてやって。一回でも『いやだ』って言ったら、バラムンディ行きは止めるからね」

少々脅迫《きょうはく》めいた台詞《せりふ》をリィは笑って言った。

「今日の補習は午前中で終わるはずだから。お昼はおれの知ってる店で一緒に食べよう」

てきぱきと決めてしまう。

かくて、シェラはリィと別れて車に乗り込んだ。

広い——というより馬鹿げて大きな車内である。

動く応接間とはよく言ったものだ。これでは狭い道は入れないだろうにと、妙なことが心配になった。

車内にはオディールの他に屈強な男が乗っていて、護衛だと紹介された。シェラも名乗り、あらためてオディールに挨拶《あいさつ》した。

「よろしくお願いします」

「こちらこそ。——わたくしは何をすればいいのか、言ってちょうだい」

今日も朝からオディールはきっちりと化粧をして、ずいぶん大人びた千鳥格子のスーツを着ている。

その様子をシェラはじっくりと眺《なが》めた。

あの人とは別の意味で実に腕の振るいがいがある素材だ——と満足を覚えて、にっこり微笑《ほほえ》んだ。

「まず、その濃いお化粧を落としていただきます」


午前中の補習を終えて、リィはそれぞれの教師の部屋まで昨日の採点結果を聞きに行った。その結果、すべての教科で合格点をもらうことができたので、ほっとして学校を出た。

シェラと待ち合わせたレストランは、中学生より高校生の姿が多いところだった。

昼時なので、なかなか賑わっている。

シェラとオディールは既に店内で待っていた。

月の天使のようなシェラが周囲に注目されるのはいつものことだが、オディールも店内の男子生徒の視線を一身に集めていたと言っていい。

彼女は今朝とは別人のように様変わりしていた。

お化粧は肌の白さと透明感を活かす薄化粧にして、淡いピンクのチュニックに薄いココアピンクの短いスカートを合わせ、やわらかい白のカーディガン、胸元には小さな銀の首飾り、白い靴《くつ》を履《は》いている。

ラロッシュが言うところの下品極まりない服だが、確実にオディールの魅力を引き立てる服でもあった。

今朝の姿では同じ年頃の少年たちからどうしても敬遠されがちになっただろうが、今は違う。

年相応の、とても魅力的な女の子だ。

他のテーブルの男子たちが熱心に彼女を見つめ、小声でひそひそ囁き合っている。

どこの学校の子だろう。見たことないけど、誰か知ってるか。すっごく可愛い——文句なしの賞賛の嵐である。もちろんリィも満面に笑みを浮かべて、オディールの変身を褒《ほ》め称《たた》えた。

「そっちのほうが断然いい」

シェラも得意そうに言ったものだ。

「ええ。お店の人もお世辞抜きで褒めていましたよ。白とピンクが本当によくお似合いです」

オディールだけはひどく居心地が悪そうだった。

短いスカートをひっきりなしに手でさすりながら、小さな声で呟いた。

「ミズ・クーアもあなたたちも、どうして、こんな服をわたくしに着せたがるのかしら……」

「そりゃあ、そっちのほうが似合うからさ」

「今までのお召し物もとても質のいいお品ですけど、あれなら四十代になっても着られますよ。あなたはまだお若いのですから、その年頃にしか着られない服を楽しむべきだと思います」

「シェラはすごくおしゃれに詳しいんだよ。おれもよく怒られる」

「あれは話が別です。あなたが冬の最中に袖《そで》無しで出かけようとしたりするからでしょうが」

「いいじゃないか。寒くないんだから」

「あなたは平気でも、見ているほうが寒いんです」

「とにかく食べよう。やっと補習が終わったんだ」

リィは自分で言うように旺盛《おうせい》な食欲を発揮《はっき》して、山盛りの料理を平らげた。

オディールも美味《おい》しい料理を食べて、デザートに手をつける頃には、少しは気持ちがほぐれたらしい。

普段とは違う服装で、知らない場所にいることで、解放感もあったのだろう。正面に座ったリィを見て、不思議そうに言ってきた。

「ヴィッキーは女の子に間違えられたりしないの」

リィは苦笑して、顔をしかめてみせた。

「もうしょっちゅうだよ。最近は諦めてる」

「髪を短くすれば、少しは男の子らしくなるのに」

「そうすると約二名から、すごい抗議が来るんだよ。その一人がここに座ってるけど」

「とんでもない。わたしはあなたのすることに異を唱えたりしません。――ですけど、あちらはそうはいかないでしょう」

オディールが首を傾げる。

「あちら？」

「おれの相棒――仲のいい友達のことだけど、このきらきらの髪の毛をことのほかお気に入りなんだよ。下手《へた》に短くすると大変なんだ」

オディールの顔色がちょっと変わった。

「そう……仕方がないのね」

翳《かげ》りのある表情で不思議なことを呟いた彼女は、本来の用件を思い出したらしい。

昨日と同じように、真顔でリィに迫ってきた。

「わたくしはシェラの言うとおりにしたのだから、今度はあなたがわたくしにつきあってくれる番よ」

「それはいいんだけど……」

食後のお茶を飲みながら、リィは思案顔で言った。

「今すぐっていうのはやっぱり無理だ。試験休みはあと五日しかない。補習を受けたばかりなんだから、これ以上、出席日数を減らすわけにはいかないよ」

「五日あれば充分よ。わたくしはバラムンディから三十五時間で来たのだから」

二人は驚いた。

「三十五時間？」

「八百五十光年の距離をですか？」

ジャスミンも速いと感心していたが、速すぎる。旅客船なら四日はかかるはずの行程である。

「よっぽど足の速い船なんだな」

「ええ。乗り心地はあまりいいとは言えないけれど、あの船なら三日でバラムンディまで往復できるわ。だから欠席は心配しなくても大丈夫よ」

「何ていう船？」

「さあ、知らないわ」

こともなげにオディールは言った。

一般乗客ではこうはいかない。自分が乗る予定の船の名前を覚えていなかったら大変なことになるが、彼女の場合、誰かが船まで連れて行ってくれるので覚える必要がないのだろう。

「出航準備はできてる？」

「ええ。万全のはずよ。昨日のうちに出航している予定だったから。後はあなた次第だわ」

リィは少し考えた。

三日で往復できるなら、試験休みが終わる前に、行って戻ってくることは充分可能だ。

オディールの言うように、眼の前に特大の人参をぶらさげられたラロッシュは決して諦めないだろう。それなら、早めに話をつけたほうがいい。

きっぱり断って、さっさと帰る。これに尽きる。

お茶を飲み終えて、リィは言った。

「外泊許可が出るかどうか、聞いてみる」


《ピグマリオンⅡ》は軌道上の宇宙港に入っていた。

短期滞在のため、乗務員は船内に残っていたが、船長のダンは息子に会うために地上に降りていた。

普段は傍《そば》にいてやれないので、仕事の合間でも、なるべく顔を合わせるようにしているのである。

男の子には父親が必要だと、ダンは自らの経験をふまえて思い知っていた。仕事で忙しいというのは親の理屈であって、子どもには関係ないことなのだ。

ジェームスの通うヴェルナール校まで迎えに行き、久しぶりに息子と一緒に過ごす時間を持った。

ジェームスも父親に会えて大いに喜んだ。

息子は授業で習っている操作実習に夢中の様子で、現役の船乗りの父親を質問攻めにしたのである。

ダンも苦笑しながら、わかりやすく答えてやった。

息子を寮に送り届けた後はパーティに出席した。

《ピグマリオンⅡ》が久々に連邦大学に入港したと知られてしまい、顔を出す羽目になったのだ。

「有名人は辛いな」

と、乗組員の三人が揶揄《やゆ》するくらいには、ダンは世間に名前の知られた船長であり、地上には地上の義理があるのである。

その夜は地上に一泊した。出航が延びるようならもう一度ジェームスと会っていくつもりだったが、翌日の昼過ぎになって、ダンの携帯端末が鳴った。

「船長。急だが、夕刻の出航を頼む」

オディールの護衛のバレットである。

「了解した。行き先はバラムンディだな」

「いや、変更があった。今朝ミスタ・ラロッシュと話したんだが、画像を送る」

恒星間通信を録画したものだろう。ラロッシュの顔が端末の画面に映って、忙《せわ》しく言ってきた。

「やあ、船長、直接話せなくてすまないが、予定を変更してほしい。宇宙施設《オアシス》KG153に寄ってくれ。わたしもこれからそこに行く。現地で合流しよう」

再びバレットが言ってくる。

「快速船を雇《やと》って、もう出発したらしい。そこにはラロッシュさんの経営するホテルがあるんだ」

たぶん、娘の帰国を待ちきれなかったのだろう。

せっかちなことだと思いながらダンは尋ねた。

「宇宙施設《オアシス》KG153だな。座標は？」

今や宇宙施設《オアシス》は共和宇宙の至るところに存在する。すべてを網羅《もうら》するのは不可能だが、座標を聞けば、ダンも船乗りだ。おおよその見当はつく。

バレットの告げた座標は《ピグマリオンⅡ》なら十五時間もあれば着ける距離だ。ダンがそう言うと、バレットは満足そうに答えてきた。

「上出来だ。その頃にはラロッシュさんも到着しているだろう」

「では、そこで契約は終了だな」

「いや、追加条項になるが、帰りも頼みたい」

「帰り？」

「ここから一人乗船する。その客を三日以内に再び連邦大学まで送り届けてほしい」

こういう条件の変更は珍しい。何が起きたのかと思いながら、ダンは急いで宇宙港に戻ったのである。

バレットの説明は実際とは少し違っていた。

新たに乗船するのは一人ではなく二人だった。

「どうしてきみたちがここにいる？」

金銀天使を見たダンが眼を見張ったのは当然だが、二人のほうも驚いていた。

「こっちの台詞だよ。船長の船だったのか」

「八百五十光年を三十五時間で飛んだと聞きました。さすがですね」

「さっき聞いたけど、行き先が近いところに変更になったんだって？　よかったよ」

二人とも乗船する気満々である。

かなり旅慣れているのか、恒星間旅行に出るのに、片手で持てる旅行鞄《かばん》を持っているだけだ。

「二人とも、外出と外泊許可はちゃんと取ったのか。明日も授業があるだろう」

「ちゃんと取ったよ。おれの学校は試験休みなんだ。ジェームスの行ってるヴェルナール校は違うけど」

「ですから、三日で往復してくだされば、充分間に合うと思って来たんです。近くなったのでしたら、もっと速く帰れますね」

「《ピグマリオンⅡ》に乗ったなんてジェームスに言ったら、きっと地団駄《じだんだ》踏んで悔《くや》しがるな」

ダンは苦笑して、しかつめらしく言ったのである。

「それでは、乗船許可を出す前に船長の義務として、きみたちに乗船目的を問いたい」

金の天使はあの緑の瞳《ひとみ》でダンを見つめてきた。

「オディールの乗船目的は聞いてないのか？」

「学校見学のためだと聞いたぞ」

「それはついでだよ」

辺《あた》りに人がいないのを慎重に確認すると、リィはそっとダンに囁《ささや》いたのである。

「船長のお母さんのおかげで、えらい迷惑だ」

「それをわたしに言われても困るんだが、あの人がまた何かやったのか？」

「やったどころの騒ぎじゃない」

話を聞いて、ダンも驚いた。

惑星ヴェロニカのことはダンも知っている。

あんな魅力的な資源を、あんな強欲そうな人間の前にぶら下げたら、飛びつかないわけがない。

「だから、おれの乗船目的はその業突張《ごうつくば》りに会って、きっぱり諦めさせること」

シェラが言い添えた。

「そして、わたしはその付き添いです」

ダンは覚えず嘆息した。

「……了解。わたしが謝《あやま》る筋合いではないと思うが、面倒を掛ける」

リィは首を振った。

「あれはもともと船長のおじいさんのものなんだ。いっそのこと船長の名義にしようか？」

「その気持ちは嬉しいと言うべきだろうが、断じて御免被《こうむ》る。そんなものを受け取ってみろ。税金の支払いだけでわたしは破産するぞ」

持ち主であるリィが支払うべきその税金は、現在、ジャスミンが肩代わりしている。

共和宇宙一の巨大財閥の事実上の支配者でもあるジャスミンだからできることだ。

「税金で苦労するのはオディールのお父さんだって同じ条件だろうに」

「彼は地元ではかなり力のある人物のようだからな。管理できる自信があるんだろう」

話をしながら、三人は船の搭乗口に向かった。

搭乗口で新たな乗客を迎えたのは機関士のタキで、彼は二人を見ると眼を丸くして、相好を崩した。

「こりゃあまた、可愛いお嬢さんたちだ」

ダンが顔をしかめてタキを見ながら首を振る。

老練な機関士はすぐに、船長が何を言いたいのか察したようだった。今度は眼を剝《む》いた。

「こいつは参った。男の子か？」

二人はそれぞれ自己紹介して、タキも名乗った。

「他に操縦士と航宙士がいるが、二人とも今は手が放せなくてな」

かくいう自分たちもすぐに操縦室に戻らなくてはならない。船室の場所だけ二人に教えると、ダンは足早に歩き出したが、釘を刺すのは忘れなかった。

「立入り禁止区域以外は自由に歩いてかまわないが、あまり悪戯《いたずら》がひどいと行動を制限するからな」

リィはにっこり笑って答えた。

「やだなあ、船長。子どもじゃないんだから、悪戯なんかするわけないじゃないか」

思わず唸《うな》ったダンだった。

見てくれだけなら極上の天使のような姿なので、実にたちが悪い。

操縦室に入ったダンは念のために、ラロッシュを呼び出してみた。すると、秘書だという男が現れて、丁重に言ってきた。

「ラロッシュはこちらにはおりません。宇宙船内にいるのですが、いつ跳躍になるか予測できないので、通信はつなぐなと申し渡されております。ご用件をお伝えして、後ほどあらためてラロッシュから連絡させるという形でよろしいでしょうか」

「ラロッシュさんの行き先は？」

「宇宙施設《オアシス》ＫＧ１５３です。十一時間後に到着する予定です」

「了解。我々も今からそちらに向かう。お嬢さんを送り届けると伝えてくれ」

《ピグマリオンⅡ》は宇宙港を発進した。

途端、旅客船とは比べ物にならない強烈な振動が襲い掛かってくる。オディールが乗り心地はあまりよくないと言ったのも当然だが、意外にも、彼女はこの劣悪な乗り心地によく耐えていた。

乗馬やヨットをやっているので、揺れには強いと本人は話していた。

リィとシェラも船酔いには縁がない。積極的に、興味深げに船内を見て回った。

特にシェラは宇宙船の台所に興味津々《しんしん》だった。

オディールは自分専用の料理人を連れてきたが、乗務員の食事は基本的に調理器任せである。

確認してみると、人間が立って調理できるだけの設備はちゃんと揃《そろ》っている。食材も豊富にある。

シェラにとってはまさに『腕が鳴る』状況だ。

「お台所をお借りしてもよろしいでしょうか？」

到着まで十五時間。途中でどうしても食事を取る必要がある。短い船旅の間、シェラはオディールが連れてきた料理人とも仲よくやり、乗務員の食事も手際よく調理して供した。乗客が操縦室に立ち入ることはできないので、自動機械に運んでもらったが、これがまた実に美味しい手料理の数々だったので、操縦室の面々は大喜びだった。

航宙士のジャンクがしみじみ言ったほどである。

「もったいねえ。卒業したら、うちに料理人として就職してもらいたいくらいだ」

二度目の食事を取った後、《ピグマリオンⅡ》は目的地の宇宙施設《オアシス》KG153に到着した。

宇宙港にはラロッシュが寄越したリムジンが既に迎えに来ており、ダンは下船するリィに言った。

「《ピグマリオンⅡ》には次の仕事がある。帰りのことも考えると、きみたちを待てるのは十二時間だ。それ以上掛かるようなら、代替船を手配するから、きみたちはそれに乗って帰ってくれ」

「本人に会えれば一時間で充分だよ。おれも時間を掛けるつもりはないから。すぐに戻ってくる」

バレットの案内で、オディールとリィ、シェラがリムジンに乗り込んだ。料理人と召使いは他の車で行くらしい。

それを見届けて、《ピグマリオンⅡ》の乗務員も、買い物に出かけることにした。

宇宙施設《オアシス》の存在意義には憩いの場の他に、船体の修理や資源の補給という重要なものがある。

船乗りの彼らにとって、船は職場であると同時に自分の家でもあるのだ。

清掃や食事の支度《したく》は自動機械がやってくれるが、個人の私物や嗜好品《しこうひん》は自分で揃えるのが鉄則だ。

せっかく賑やかな宇宙施設《オアシス》に降りたのだ。お堅い連邦大学の宇宙港と違って、いろいろとおもしろいものが手に入る。

船を停泊させた操縦士のトランクも、宇宙港からもっとも近い街へ、ふらりと出かけていた。

現地時間は夜だったたし、人通りもまばらだったが、港町は事実上、終夜営業のようなものである。

宇宙施設《オアシス》KG153はラロッシュのホテルがあることからもわかるように、娯楽性の高いところだが、こうして眺める限り、高級感を追求するというより、昔ながらの港町を意識してつくられている。

『お高く止まっている』雰囲気が苦手な船乗りには、ありがたい場所である。剃刀《かみそり》や肌着などの必需品の他にも、珍しい酒や、その肴《さかな》になる珍味をいくつか買い求めた後、トランクは軽い喉《のど》の渇《かわ》きを覚えた。

港町には立ったまま一杯引っかけることのできる便利な食堂がいくつもある。

そこへ向かおうとした、その時だった。

後ろから思い切り頭を殴られた。

身の丈二メートル近い巨漢の彼の頭頂部を狙って振り下ろされたのだから、人間の拳《こぶし》ではあり得ない。

それは彼の命を奪うほどではなかったが、意識を奪うには充分すぎる威力の一撃だった。


その少し前、リムジンの座席に収まったリィは、ちょっと眉をひそめてオディールに話しかけていた。

「その服、自分で選んだのか？」

オディールはまた大人びた赤いスーツに着替えて、きちんと化粧をしていた。再び別人のように印象が変わっている。その変化がいいものか悪いものかは端で見ているリィとシェラには一目瞭然なのだが、本人だけは違う意見のようだった。

「父に会うのにあんな服装ではいられないわ」

「お父さんは可愛い服が嫌いだって、ジャスミンが言ってたけど……」

「ええ。そうよ」

「そこが不思議なんだ。どうしてお父さんの好みに合わせてやらなきゃならないんだ？」

オディールはひんやりと笑った。

「あなただってそうでしょう」

「おれが何？」

「お友達の好みだから髪を伸ばしているのでしょう。それと同じことよ」

「一緒にしないでほしいな。この髪は相棒のお気に入りだから、がっかりさせたくないだけだ」

「同じよ。わたくしも父を失望させたくないの」

「違うよ。根本的なところが決定的に間違ってる。相棒は長い髪が好きだけど、おれの髪が長かろうが短かろうが、そのこと自体は別に気にしない」

「矛盾《むじゅん》した言い分だわ。あなたが髪を切ったら、その人はがっかりするのでしょう」

「だけど、そのことでおれを嫌ったりはしないぞ」

痛いところをついたのは間違いない。

オディールは無言でリィを見つめ、リィは頷いて、言ったのである。

「おれだってそうさ。嫌われたくないから切らないわけじゃない。昔から伸ばしてるから、一種の習慣みたいなもんだ。その証拠に、おれはこの長い髪は全然いやじゃないんだ。寒い時は温《あった》かくて便利なくらいだよ」

「嘘《うそ》よ」

「どうしてそう思う？」

「そのせいで女の子と間違えられるって、あなたは自分で言ったじゃないの」

「言ったよ。それが何？　面倒なのは確かだけど、いやだと思ったことはない」

「……………」

「おれは自分がいやだと思ったら我慢なんかしない。ルーファも、おれがどうしても髪を短く切りたいと言ったら、残念がるかもしれないけど、反対なんかしない。おれが自分の意思で決めたことだからだ。お父さんは違う。自分の好みの服でなきゃ着るのを許さないだなんて、ただの押しつけだ。何でそんな親のわがままを聞いてやる必要があるんだ」

「……………」

「オディールが好きで着てるならかまわないけど、そうじゃないだろう」

「違うわ」

断定的な口調だった。

「わたくしはこれが好きで着ているのよ」

「それこそ嘘だ」

「勝手に決めつけないで」

言い返そうとして、リィは異変に気づいた。

そろそろ街中を走り出していてもいいはずなのに、窓の外に見えたのは宇宙船の巨大な船体だ。

《ピグマリオンⅡ》ではない。先程とは別の埠頭《ふとう》に停泊している船のようだった。

しかも、みるみる正面に迫ったのは、扉の開いた宇宙船の格納庫だ。走り続けるこの車はどう見ても、その中に自ら入ろうとしている。

リィは呆気に取られた。

「何をしてる？」

オディールも急いで運転席に連絡を取った。

「バレット。どうしたの？」

彼は今、助手席に座っているが、答えはない。

シェラが反射的に扉を手で探って、顔色を変えた。

「リィ、扉が開きません」

走行中の車の扉は鍵が掛かる。彼らはリムジンの車内に完全に閉じこめられた状態になっていた。

為《な》す術《すべ》はない。車は宇宙船の格納庫に進入して、停止した。すかさず、リィは扉を開けようとしたが、運転席から施錠しているようで、やはり開かない。

運転席と座席の間には防弾仕様の仕切りがあって、いかなリィでも素手《すで》ではどうしようもない。

巨大な格納庫扉がゆっくりと閉まっていく。

やがて感じた強烈な振動と違和感は、紛《まぎ》れもない、宇宙船が発進する時のものである。

リィにもシェラにもいったい何が起きているのか、まったくわからなかった。

オディールに至ってはなおさらだ。三人とも息を呑《の》んでいると、リムジンの扉がようやく開いた。

外にはバレットが立っており、彼は片手に握った銃の銃口をオディールに向けて言った。

「降りてもらいましょうか、お嬢さん」

8

乗組員が全員船を離れている時に連絡があると、船の感応頭脳がいったん記録してダンの携帯端末に転送する仕組みになっている。

しかし、この時は違った。『至急の連絡です』というので何事かと思って出てみると、突如として、ラロッシュの怒声が響いた。

「貴様は何をしていた！　娘が誘拐《ゆうかい》されたぞ！」

「何ですって？」

完全に予想外の言葉だった。愕然《がくぜん》としていると、ラロッシュはさらにがなり立てた。

「すぐに戻って来い！　犯人は身代金を運ぶ役目をおまえたちに指定してるんだ！」

「戻る？」

混乱するダンの頭に、何かが引っかかった。

何かとても大事なこと——あり得ないことがだ。

「ラロッシュさん。あなたは今どこにいます？」

問いつめるような質問に、前にも増して凄《すさ》まじい罵声《ばせい》が響いた。

「馬鹿者！　自分の家に決まっている！」

一瞬、茫然《ぼうぜん》と立ちつくしたダンだった。

しかし、彼は驚異的な理解力を発揮《はっき》して、大きく息を吸い込むと、努めて冷静を保って言った。

「ラロッシュさん。わたしの船は今、宇宙施設《オアシス》ＫＧ１５３に停泊中です。他ならぬあなたの指示で」

「ふざけるな！　誰がそんな指示を出すか！」

「ええ。まんまと騙《だま》されました。護衛のバレットがお嬢さんを誘拐した犯人の一味だったんです」

「何だと⁉」

「彼はあなたの画像を使って、わたしの船をここに誘導した。よほど周到に用意していたのでしょう。バレットだけではない。お宅の秘書も一味だ。先程、念のために行き先変更を確認したところ、あなたはKG153に向かっている途中だと返答してきた。四十前後、色白で小太りの男です。調べてみなさい。この十五時間の間に姿をくらましているはずです」

「き、貴様、自分の責任を棚に上げる気か！」

ダンは毅然《きぜん》とした口調で言い返した。

「それはこちらの台詞《せりふ》だ。あなたに猛省を促《うなが》したい。身内に二人も犯罪者を抱えながら、気づかなかった監督不行き届きに加え、あまつさえ誘拐犯の一味をお嬢さんの護衛と称してわたしの船に送り込んだ。責任を取らなければならないのはわたしではない。あなたのほうだ」

十七歳の少女が拉致《らち》されたのだ。

こんな醜《みにく》い言い争いをしている場合ではないが、だからこそ、何もかも自分の責任に押しつけられてしまうわけにはいかない。問答無用でラロッシュを黙らせた上で、ダンは問《と》い質《ただ》した。

「犯人の要求は？」

「……まだだ。《ピグマリオンⅡ》が到着したら、あらためて連絡すると言っていた」

「了解。人道的見地から協力するのはやぶさかではありませんが、我々には次の仕事が控えています。その違約金は当然そちらで支払っていただく」

絶句するラロッシュを尻目に通信を切る。

ダンは仲間たちに連絡すると、慌《あわ》ただしく事情を説明し、大至急船に戻るように指示した。

ジャンクとタキはすぐに捕まった。二人ともすぐ戻ると返答してきたが、トランクが応えない。

舌打《したう》ちしながら、ひとまず伝言を残して、ダンは自分の船に駆け込んだ。

トランクの帰りを待っていられないので、自分で発進準備を済ませる。仲間たちが駆けつける前にと、バラムンディのホテル・オランピアに連絡した。

現地は真夜中で、ジャスミンはぐっすり寝ていたらしい。突然叩き起こされて不満顔のジャスミンに一言も言わせる間を与えず、ダンは告げた。

「お母さん。オディールが誘拐されました。恐らくヴィッキーとシェラも一緒にです」

ジャスミンが呆気《あっけ》に取られる顔というのは滅多に見られないが、赤毛の女王はさすがだった。

一瞬で我に返り、要点を尋ねてきた。

「犯人の正体と要求は？」

「不明です。犯人はわたしの船で身代金を運ばせるつもりらしい。これからバラムンディに急行します。あなたたちも今すぐラロッシュのところへ行って、犯人からの連絡に備えてください」

「わかった」

これで向こうはひとまず安心である。

ダンはさらにKG153の管制塔に連絡した。

ここは宇宙施設《オアシス》だ。オディールを攫《さら》った何者かは間違いなく宇宙船で逃げ出したはずだった。

詳しい事情は伏せながら、事件絡《がら》みであることを伝え、《ピグマリオンⅡ》が入港してから今までに出航した船の一覧表《リスト》を渡してほしいと要請すると、管制は快《こころよ》く応じてくれた。

しかし、ここには宇宙港だけで七つある。埠頭《ふとう》はその十数倍。埠頭を離れて停泊していた船も含めて、この短時間に出航した船は客船、貨物船、多目的の作業船も合わせると、実に五十四隻。

絞り込むのは絶望的だった。

そうするうちにタキとジャンクが戻ってきたが、トランクがまだ姿を見せない。後は彼さえ操縦席に座ればいつでも出航できるというのにだ。

「あの野郎、何をやってやがる⁉」

ジャンクが苛立たしげに叫ぶ。その間にも時間は過ぎていく。ダンは決断した。

「やむを得ん。管制に伝言を頼んで出航する」

ダンはトランクの代わりに操縦席に座って、船を発進させた。今は何より時間を最優先すべきだった。

船体に無茶をさせる勢いで果敢《かかん》に跳躍を繰り返し、十八時間後、バラムンディに到着した。

ラロッシュが裏で手を回していたようで、面倒な手続きは全部省略して、すぐに入国許可が下りた。

送迎艇《そうげいてい》で地上に降り、全員でラロッシュの屋敷に向かった。召使いが一番奥の応接間に通してくれる。

そこには既に、ジャスミンとケリーが我が物顔で陣取っていた。

こんな場合ではあるが、ジャスミンを見てタキとジャンクは驚いた。知っている顔だったからだ。

「パピヨン？」

辺境の惑星ブラケリマで盛んに行われている低空競走、命知らずの猛者《もさ》たちが集《つど》うその競走の中でも最高峰の峡谷競走《キャニオンレース》の頂点にたった三週間で上り詰め、あっという間に引退した伝説の女性にまさかこんな ところでお目にかかれるとは——。

船長のダンはその女性と親しげに言葉を交わして、仲間たちに紹介してきた。

「ジャスミン・クーアだ」

その横にいた憎たらしくなるくらいの男前が言う。

「そして俺は亭主のケリー・クーア」

冗談のような名前に、二人とも呆気に取られたが、ケリーはダンの仲間たちを見て首を捻《ひね》った。

「どうした。一人足らなくないか？」

「ええ。連絡がつかなかったので置いてきました」

——何かわかったことは？」

待つ時間というのはただでさえ長く辛いものだが、ケリーとジャスミンは時間を無駄にはしなかった。

まずバレットの身辺調査から始めた。

雇《やと》われて半年の新顔だが、文句のつけようのない履歴書《りれきしょ》と人物証明を携《たずさ》えてきたそうだ。

「その経歴たるや、大統領の護衛も勤められそうな輝かしさだぜ。騙されるのも無理はねえな」

「秘書のほうは？」

「もう十年勤めてるそうだ。家まで行ってみたが、家族ともども姿を消してる」

つまり、手がかりはないわけだ。

「警察に連絡は？」

大柄《おおがら》な二人は揃《そろ》って顔をしかめた。

「父親本人の希望でな。まだ知らせてない」

「金で片がつくなら、いくらでも支払うそうだ」

ラロッシュはさすがに強張《こわば》った顔つきだったが、その点だけは譲るつもりはないらしい。

ダンは椅子に座り込んでいるラロッシュに近寄り、敢《あ》えて事務的に声を掛けた。

「犯人に心当たりは？」

「あるわけがないだろう……」

「《ピグマリオンⅡ》が到着したらまた連絡する。そう言ったのですね？」

「そうだ」

《ピグマリオンⅡ》を呼べと指示した以上、犯人が身代金の受け渡しを宇宙で行うつもりなのは確かだ。

ダンは眼でケリーに合図すると、仲間から離れて、部屋の隅で二人きりで話した。

宇宙施設《オアシス》で渡された船の一覧表《リスト》があることを告げ、秘書の行方ともども、ダイアナなら追跡可能ではと囁《ささや》いたが、ケリーは苦い顔で首を振った。

「それができないから困ってるのさ。あいつは今、休暇中なんだ」

ケリーにしても今この時に《パラス・アテナ》が近くにいてくれないのはいかにも厳しい。

「緊急呼び出しを掛けたんだが、よほど通信状況の悪いところにいるらしくてな、未《いま》だに応答がない」

ケリーはケリーで激しい焦燥《しょうそう》を感じていた。

「あの二人が一緒に攫われたってのは本当か？」

「わたしが見たリムジンは最高級仕様のセイラー・コンチネンタルです。高い防御性能を誇る車種です。遊撃隊《ゲリラ》に襲撃されても持ちこたえられるというのが売り文句のはずですが、見方を変えれば鋼鉄の箱に閉じこめられたようなものです」

「あの二人でも抜けるのは難しいか」

「しかも、バレットは助手席に座りました。車ごと宇宙船に積んでしまえば……」

「今頃は間違いなく宇宙空間のどこかってわけだ」

ケリーは嘆息《たんそく》して、がしがし頭を掻《か》いた。

「ひでえ冗談だ。こんなことがヴァレンタイン卿に知れてみろ。俺も女房もただじゃすまねえぞ……」

「それを言うな」

いつの間にか二人の傍《そば》に立っていたジャスミンが強張った顔で言う。恐いものなどないはずの彼女が、今は予想外の事態の悪化に戦《おのの》いていた。

「今回ばかりは何をどう考えてもわたしのせいだ。あの子たちにもしものことがあったら……」

「悪いほうに考えるのはよせよ、女王」

「そうです。まず向こうの要求を聞かなくては」

何もかもそれからだ。

今から緊張しても始まらない。タキとジャンクは既に見事にそれを実践《じっせん》していた。

応接間の立派な椅子に腰を下ろし、ラロッシュに遠慮なく飲み物など頼んでいる。

「すいませんな。珈琲《コーヒー》か何かもらえますか」

「あ、できれば一杯のほうがありがたいかも……」

ダンも仲間たちを見習って座ったが、ジャンクの要求はやんわりと退《しりぞ》けた。

「酒は止めておけ。いつ出番が来るかわからない」

ラロッシュは珈琲の支度《したく》を内線で召使いに命じ、あらたまってダンに話しかけた。

「船長。さっき言っていた違約金はわたしが払う。その上で別の仕事を頼みたい。娘を連れ戻してくれ。――五日以内にだ」

「五日？」

「そうだ」

ラロッシュは両手をきつく握りしめている。

「娘とデリンジャー上院議員の息子との婚約発表が五日後、議員の家で大々的に行われる予定なんだ。何としても、それまでに間に合わせてもらいたい」

娘の安否ではなく、婚約発表をつつがなく終えることのほうが遥かに大事であるように聞こえるが、ダンはその点には触れなかった。

「違約金だけで結構。この役目の報酬は要りません。最初からそのつもりでした。知人のお子さんたちが、お嬢さんと一緒に攫われたんです」

執事が珈琲を運んできた。加えて中年の召使いが恐る恐る顔を出して言ってきた。

「旦那《だんな》さま。恒星間通信が入っておりますが……」

応接間に一気に緊張が走る。

ラロッシュは硬い声で言った。

「ここへつなげ」

執事と召使いを退出させた後、通信に出る。

画面に映ったのは男のようだった。

よう——というのは、顔の部分にモザイク処理がされていて人相がわからなかったからである。

これでは映像通信にする意味がない。首から下の胴体《どうたい》を見る限り、恰幅《かっぷく》のいい中年以上の男だろうと想像できるが、身につけているものから判断すると、お世辞にもまともとは言えない種類の人間だ。

教養の感じられないどら声が話しかけてくる。

「ゴーチェ・ラロッシュか?」

「そうだ」

「俺はギョーム・ドルジア。《ピグマリオンII》が到着したそうじゃねえか。さすがに速《はえ》えや。ただし、一人足らないはずだぜ。違うか?」

ダン、タキ、ジャンクがいっせいに顔色を変えて、身を乗り出した。

ダンは横から思わず口を出したのである。

「《ピグマリオンII》の船長ダン・マクスウェルだ。今の言葉はどういう意味だ?」

「そっちの操縦士はうちで預かってるって意味さ。心配すんな。まだ生きてるぜ」

さらに詳しいことを訊《き》こうとしたが、そのダンを苛立たしげに押しのけてラロッシュが叫ぶ。

「娘は⁉ オディールは無事か!」

「あたぼうよ。大事に預かってるぜ。あんな若くてきれいな娘を痛めつけたりするかよ。もったいねえ。結構な上玉だからな。ありゃあいい値で売れるぜ」

ドルジアと名乗った男は上機嫌で話していたが、急に口調を変えた。

「まあいいや。その話は後にしよう。あんたに用があるのは俺じゃあねえ。あんたの友達のほうなのさ。──代わるぜ」

画面が切り替わる。新たに登場した男はちゃんと顔を見せていた。

五十年配の痩《や》せた男だ。肌は浅黒く、頬《ほお》はそげて、やや崩れた二枚目といった風貌《ふうぼう》である。

高級そうな三つ揃いの背広を着ているが、どこか退廃的《たいはいてき》な臭《にお》いの漂《ただよ》う男は、ぎこちなく笑って言った。

「よう、ゴーチェ。久しぶりだな」

ラロッシュの顔色は一瞬で灰のようになっていた。土気色に変じた唇《くちびる》が激しくわなないている。

唇ばかりではない。椅子の肘《ひじ》掛《か》けを摑《つか》んだ指も、身体も震えている。幽霊でも見たような顔だったが、ラロッシュにとっては本当にそうだったらしい。

喘《あえ》ぐような声を洩《も》らした。

「き、貴様は……死んだはずだぞ」

「そうさ。危うく死にかけたよ。俺がいなくなって寂《さび》しかったか、ゴーチェ」

気味の悪い猫なで声で男は言った。

「俺が幽霊じゃない証拠に、ちっと昔話をしようや。なあ、ゴーチェ。俺たちはずいぶん長いつきあいだ。この二十年というもの、おまえを肥《こ》やしてやるのに俺はずいぶん力を貸してやったつもりだぜ。おまえ、シェナルを覚えてるか？　あいつの持ってる土地を二束三文で巻き上げるのに、ずいぶんと汚《きたね》え真似をしたよなあ。結局、野郎は首をくくったが、他にもシザース、ワット、ローリンソン、覚えてるだろう。表に出せない揉《も》め事《ごと》は全部、俺が裏から手を回して片づけてやったんだぜ」

間延びしてしゃべる口調はドルジアに似ているが、違うのはこの男には高い知性と教養を感じることだ。

「新しいところだと、おまえの尻尾を摑もうとした警察の若いのを一人始末してやったっけ。事故死に見えるようにするのは大変だったんだぜ。おまえは金を払ってるんだから何とかしろって喚《わめ》けばいいが、その筋の人間も警官殺しとなると尻込みするしよ。しかも、連邦警察官だもんなあ。簡単に買収される地元警察の奴らとはわけが違う。それを、俺の顔で、やばい橋を渡ってくれる人間を捜したんじゃねえか。それをよ、おまえ、そこまで世話になっていながら、大統領の親戚になれそうだからって、いきなり長いつきあいの昔なじみをばっさり切り捨てるってなあ、そりゃあいけねえ。そいつあ道理が通らねえよ」

男はしみじみと首を振っている。

「けどまあ、おまえの立場もわからんでもねえんだ。それなりの手切れ金を払ってもらえれば、おまえに迷惑はかけなかったのによ。その手切れ金が、俺の事務所ごと吹っ飛ばす爆弾ってのはどういう了見だ。え？　ゴーチェ。爆破された事務所跡から黒焦《くろこ》げの死体が出た。おまえはさぞかし安心しただろうな。これですっかりきれいな身体になったって。堂々と大統領の親戚になれるって。――残念だったなあ。俺は見事に真っ黒焦げにはなったが、死ななかった。あの黒焦げは赤の他人さ。カッセル辺《あた》りをうろうろしてる浮浪者の一人だよ」

ラロッシュは完全に凍り付いていた。ぴくりとも動かない――動けないのだ。

幸か不幸か、この場に居合わせた人々は、こんな衝撃的な話を聞かされてもびくともしなかった。

ケリーとジャスミンは無論のこと、ダンもタキも数えきれない修羅場《しゅらば》をくぐってきた人間である。

唯一、ジャンクがちょっぴり複雑な顔になって、居心地悪そうに身じろぎしたくらいだ。

「俺も大変だったんだぜ。何度も整形手術を受けて、どうだい？　やっとこ元通りの男前になったけどよ、まだ顔の筋肉が思い通りに動かねえんだ。そこでだ、治療代と慰謝料、何より、ちゃんとした手切れ金をおまえに払ってほしくてな」

画面の男は自由にならないという顔で、精一杯、にんまりと笑ってみせた。

「おまえは大統領の親戚になりたいんだろう。うん。

いいと思うぜ。邪魔はしねえよ。ただ、なあ、俺は虫けらみたいに踏みつぶされてやる気はねえんだよ。昔なじみにはきちんと筋を通してもらいたいのさ。それにはやっぱり、誠意って奴を、それなりの形で見せてもらわねえとなあ」

「……………」

「おまえに『払わない』って選択肢はないんだぜ。もし手切れ金が支払われなかったら、俺は同じ話を連邦警察にするからな。それも確かな証拠つきでだ。たちまちおまえの手は後ろに回る。ああ、ゴーチェ、おまえが何を考えてるか、手に取るようにわかるぜ。金を払っても俺が黙っている保証はどこにもない、そう思ってるんだろう。そりゃあ確かにその通りだ。けどな、損得を考えてみろよ。警察にたれ込んで、何の得がある？　そりゃあ黒焦げにされた腹いせはできるぜ。おまえを禁固百年の刑でぶちこむだけの証拠を俺は握ってる。が、そんな仕返しの爽快感《そうかいかん》は一瞬で終わっちまうんだ。あんまりばかばかしいぜ。そのくらいなら、おまえからもらうものをもらって、のんびりと優雅な余生を過ごしたいのさ。そしたら娘は返してやるよ。おまえは最初の予定通り、娘を使って大統領の親戚になればいい。——どうだい。誰も損はしない幸せな話だと思わないか？」

　ラロッシュは大きく息を吐き出した。

「…………いくら欲しい」

「おまえが持ってる宇宙施設《オアシス》全部の所有権」

「アドルフ！　貴様！」

「俺は情け深い男だぜ、ゴーチェ。地上のホテルとカジノの権利はおまえに残してやると言ってるんだ。それだけあれば、また稼ぐには充分だろう」

蒼白《そうはく》になっていたラロッシュの顔に再び血の気が戻ってくる。少々戻りすぎたくらい真っ赤になった。

「わたしの所有する七つの宇宙施設《オアシス》全部だと？」

「そうさ。それが手切れ金だ。口止め料でもある。ちゃんと払ってもらえば、俺は二度とおまえの前に顔は見せねえし、余計なことは何も言わねえよ」

「確かか？」

「おまえを売ったら俺だって警察に眼をつけられる。せっかく生き延びたのに捕まるのは御免だからよ。だから、くれぐれも偽物の書類でごまかそうなんて思うなよ。忘れちゃいないだろうが、俺は腐っても弁護士だ。現物を用意するのに時間が掛かるなんて言い訳もなしだ。俺はその書類一式がどこにあるか、ちゃーんと知ってる。おまえは昔から大事なものは手元から離さないからな」

「所有権を渡せば、娘は返してくれるんだな？」

「ところが、そいつはまた話が別なんだな。今のは俺の手切れ金の話。次は娘の身代金の話だ」

　再び話し手がモザイクのドルジアに代わる。

「持参人払いの連邦財務省有価証券とやらで十億。それが娘の身代金だ。兄貴に渡す手切れ金と一緒に、《ピグマリオンⅡ》に持たせろ」

「兄貴だと？」

「そうよ。アドルフ・ボナリーは俺の兄貴だ」

　ドルジアの声にいっそう凄《すご》みが増した。

「一年前のあの時も、俺がたまたま近くにいたから兄貴を助けられたのさ。なあ、フロッシュさんよ。この一年、兄貴は本当に苦労してたんだ。元通りに身体を動かせるようにってな。てめえは、あれだけ兄貴に世話になっていながら、爆弾で吹っ飛ばして殺そうとした。ふざけやがって。兄貴が死んでたら、てめえの娘を同じ眼に遭《あ》わせてやったところだぞ」

「…………」

「今から身代金受け渡しの座標を送る。五時間後、そこで娘と交換だ」

　画面に表示された座標を見てダンの顔が強張った。

　その反応をドルジアは予想していたらしい。モザイクで表情は見えないが、愉快《ゆかい》そうに身体を揺すって笑っている。

「《ピグマリオンⅡ》なら五時間で充分だよなあ。無理だなんて言うんじゃねえぞ、仲間を助けたきゃ、てめえは這《は》ってでも来るっきゃねえんだ」

また画面が切り替わった。

映し出されたのは宇宙船の船室だった。

床に直に座っているオディールが見える。

リィとシェラもいる。

そして寝台にトランクが横になっていた。

映像で見る限り、大怪我《おおけが》をしている様子はない。

意識もあるようだが、身体が自由にならないのか、片手で頭を押さえて、ぐったりと横たわっている。

「見ての通り、みんなぴんぴんしてるぜ。それとな、ラロッシュさん。身代金と手切れ金を運ぶ役は最近あんたの家に出入りしてる赤毛の大女にやらせろ」

「何だと？」

「あんた、その女をホテルの一番いい部屋にただで泊まらせてるんだろ。大事な客なんだろ。そういう女に運び役をやらせれば、警察が馬鹿な動きをすることもないだろうからよ。——ま、やろうとしても、警察のお偉方にも何もできねえだろうがなあ」

ダンは再び横から口を出した。

「だめだ。無関係の女性にそんな危険なことを頼むわけにはいかない」

「何も危ないことなんかありゃしねえよ。身代金と引き替えにちゃんと返してやるさ」

「お嬢さんとうちの操縦士、お嬢さんと一緒だった二人の子どももだぞ」

「ああ、あれなあ。あれはどうしようか考えてる。どっちもとびきりの上玉だからな。こういう小さい子どもが好きな客はいくらでもいるし、いくらでも出すからよ。買い手には不自由しねえんだよ」

「——わかった。彼らの身代金は？」

「一人頭五千万だ。子ども二人の親もそのくらいは出せるだろう。それと、でかい奴の分も五千万だ。あわせて一億五千万。娘の十億と一緒に持ってきな。待ってるぜ」

通信が切れた。

居並ぶ人々の中でもっとも冷静だったケリーが、ラロッシュとダンに話しかけた。

「あんたの昔の悪行はひとまず後回しだ。——船長、ドルジアはどこへ来いと指定したんだ？」

「ディアボロです」

「何？」

「ダクレーズ宙域L９星団に属するM－７太陽系。通称ディアボロ。指定の座標はその外縁です」

タキとジャンクが一気に顔を強張らせている。

「なるほど。トランクの奴を拉致するわけだ……」

「あんなでかくて重くて邪魔なものを何でわざわざ持っていったのかと思ったが……そういうことか」

ラロッシュが叫ぶ。

「何を話してる⁉　五時間で行けないのか！」

「いいえ。一時間後に出発すれば、わたしの船なら充分間に合います。しかし……」

「何だ！　はっきり言え！」

「優秀な操縦士なしで行くには無謀すぎる場所です。ディアボロは、太陽系という名前はついていますが、正しくはそうなりかけている原始太陽系なんです」


原始太陽系の形態は成長の度合いによって違う。

未だ巨大な分子雲の塊《かたまり》にしか過ぎないものや、既に惑星の形を取り始めている大小の微惑星が確認できるものまで様々だが、M－７は非常に活動的な原始太陽系だ。

巨大な円盤状の雲の内部は濃密な星間瓦斯《ガス》が渦《うず》を巻いており、無数の宇宙塵《じん》や微惑星が充満している。

至る所で重力異常が発生し、強い宇宙ジェットも放出されている。地上の気象にたとえるならまさに暴風圏内、超大型台風のようなものだ。間違っても普通の宇宙船が飛べるようなところではない。

宇宙船の性能はめざましい速さで進歩しているが、機械がどんなに優れていても、それだけではこんな難所には挑《いど》めない。その不可能を可能にするには、人間の能力が欠かせないのだ。

それもただの能力ではない。並外れた勇気と度胸、名人の域に達した技倆《ぎりょう》が必要不可欠なのである。

ケリーが訊いた。

「わざわざ操縦士を攫ってその難所を指定するのは何が狙いだ？」

「外縁まで行くだけなら今の我々にも可能ですが、とても自由には動けません。反対にうちの操縦士と同程度にディアボロを知っている操縦士が向こうにいるなら、彼らにとっては極めて有利な状況です。逃げやすい上、攻撃もしやすくなる」

　今度はジャスミンが難しい顔で言った。

「あの男、ひょっとして《ピグマリオンⅡ》に何か恨《うら》みがあるんじゃないか」

「ドルジアという名前に聞き覚えはありませんが、その可能性は否定できません」

「身代金を受け取る意思はあると思っていいのか」

「間違いなく。この座標へ行くだけなら、足の速い快速船ならそれほど難しくありません」

「問題はその後か」

「そうです」

「つまり、身代金を渡しても《ピグマリオンⅡ》が無事に戻れる可能性は低いわけだな」

「そうなります」

《ピグマリオンⅡ》を嬲《なぶ》るつもりで、ディアボロを指定したのだとしたら（その可能性は極めて高いと言っていいが）身代金を届けるだけではすまない。

「ディアボロでは常識は通用しません。重力異常や宇宙ジェットを避けて慎重に飛んでも、いつ危険に見舞われるか、いつ船の制御を失うかわかりません。わたしの船も何度も難破しそうになりました。その危機から逃れられたのは、一にも二にも運が味方をしてくれたからです。そしてなぜ、運が味方をしてくれたかといえば、わたしの船を操縦していたのがとびきり腕の立つ操縦士だったからです」

「操縦士がいればいいんだな？」

　ケリーが言って、まっすぐダンを見た。

「じゃあ、臨時に俺を雇ってくれ、船長」

　ダンは思わず息を呑《の》んだ。

　ジャンクとタキが顔を見合わせ、タキが鋭い声で尋ねてくる。

「あんた、ディアボロを飛んだ経験は？」

「ない」

「だめだ。それじゃあ話にならん」

「どんな腕利きの操縦士でも、最初の一回はみんな素人《しろうと》だ。あんたの船の操縦士だって、最初にそこを飛んだ時はディアボロの初心者だったわけだろう」

ジャンクが顔をしかめて両手を上げた。

「冗談じゃねえ。ディアボロを知らない奴の操縦であそこへ行けってのか？」

「その原始太陽系は知らないが、他のやつなら結構飛んでるぜ。レギオン宙域のBT星団、テューダー宙域のLSR44太陽系、レヴ宙域のMMG5分子雲、一番よく飛んだのがウォーラム宙域のA－21瓦斯《ガス》状円盤だな。最後に飛んだ時は真ん中を突っ切った」

《ピグマリオンII》の機関士と航宙士は眼を剝《む》いた。

船乗りの彼らはそれがどんな場所かを知っている。

どれもこれも第一級の飛行禁止区域である。


接近しただけで重力異常に巻き込まれ、難破する恐れの高い危険極まりない場所だ。まともな船なら決して近寄ろうとしないはずである。

ダンも覚えず唸《うな》った。

普通の人間がそんな真似をしたら、百回は死んでいなければならないところだ。

ジャンクが盛大に喚く。

「とんでもない大ぼら吹きでないとしたら、あんた、正真正銘いかれてるぜ！」

タキも呆《あき》れて言った。

「誇大妄想狂ってわけでもないらしいな」

もちろんケリーは至って正気だった。

「俺の船がいれば、あんたたちと一緒に行くんだが、調整中でな、当分戻りそうにないんだ。——俺には船がない。あんたたちには操縦士がいない。簡単な足し算だろうが」

「…………」

「俺はその太陽系を知らない。あんたと、あんたの船の感応頭脳は知ってる。だから指示をくれ、船長。あんたの言う通りに飛んでみせる」

ダンは嘆息した。

これは至福の夢だろうか。

それとも人生最大の悪夢だろうか。

ほんの少年の頃からどれだけ憧《あこが》れたか……。

連邦警察に追われ、連邦軍に追われながら、互角以上に渡り合って決して捕まらなかった。海賊王《キング》と呼ばれたその人は、ダンにとって絶対の英雄だった。

その人が今、自分の船を操縦するという。

「あなたがディアボロを飛んだことがないとは正直、意外でした」

「名前くらいは知ってるぜ。確かその原始太陽系が発見されたのは二十五年くらい前だろう」

それでは飛んだことがなくて当たり前だ。

その頃のケリーはクーア財閥三代目総帥として、操縦席に着くことなどない生活をしていたのだ。

ダンは苦笑して言ったのである。

「わたしが慣れない操縦にかかり切りになるよりは、初めてのあなたのほうがましだろうな」

話は決まった。当事者でありながら、ある意味、蚊帳《かや》の外に置かれていたラロッシュに全員の視線が集まり、赤毛の女王が厳然と命令した。

「身代金と手切れ金の用意をしろ」

ラロッシュの屋敷はにわかに慌ただしくなった。

ここには恒星間通信機がある。ダンは知り合いを頼ってギョーム・ドルジアなる人物の情報を求めた。

中央の人間はみんな、知らないと返答してきたが、辺境の知り合いには心当たりがあったらしい。

「確か指名手配されてる海賊じゃなかったか」

「本当か？　連邦警察の一覧表《リスト》には入ってないぞ」

「そんな大物じゃない。確かレンピア宙域だ」

この情報をくれた知り合いに礼を言って、ダンはあらためてレンピア宙域の警察に問い合わせた。

中央座標《セントラル》から遠く離れた辺境宙域なので、照会にかなり手間取ったが、やがて返事があった。

ギョーム・ドルジアはレンピア宙域を拠点とする海賊で、十七の罪で指名手配されているという。

タキとジャンクには思い当たることがあったのか、ケリーとジャスミンにそれぞれ説明した。

「八ヶ月前、レンピアで仕事をしたんだが、その時、地元の海賊とやり合う羽目になってな」

「時々いるんだ。積荷を横取りしようとする奴が」

「その海賊がドルジアか？」

「いや、違う。全然別の名前だった。何だっけ？」

「確か、オルコットとか言ったと思うが……」

あまり印象に残っていないらしい。

それというのも、海賊に襲撃されることは彼らにとって珍しいことではない。むしろ日常茶飯事《さはんじ》だ。

《ピグマリオンⅡ》はその海賊船を返り討ちにして、地元の警察に引き渡した。それっきり忘れていた。

タキが考え深げに言う。

「しかし、ドルジアはトランクの顔を知っていた。俺たちがディアボロを飛んでいることも知っていた。その上でこの嫌がらせだからな」

ジャンクも頷《うなず》いた。

「怨恨《えんこん》くさいよな。ドルジアはオルコットの仲間か、子分か。だとしたら、ずいぶん用意周到な奴だぜ」

ジャスミンが言った。

「兄貴のほうは一年がかりで手切れ金を取ることを企むくらいだ。兄弟揃って執念深いんだろう」

そのアドルフが要求した莫大《ばくだい》な手切れ金はすぐに用意された。ラロッシュが自分の書斎の金庫から、自分で取り出して持って来たのである。

「これが書類一式だ」

あれだけまずいことを複数の人間に聞かれたのに、ラロッシュは平然と振る舞っていた。

その面《つら》の皮の厚さと神経の太さだけは感心してもいいかもしれない。

分厚い革の表紙がついているが、中身は最新式の複製不可能な電子書類である。

宇宙施設《オアシス》のような巨大な資産の所有権を移譲するためには専門家による複雑な手続きが必要になるが、あの男はそれを自分でやるつもりなのだ。

ジャスミンはラロッシュの衣類戸棚《クロゼット》を勝手に探り、丈夫そうなボストンバッグを一つ借りて、その中に貴重な電子書類を突っ込んだ。

「アドルフ・ボナリーは本当に弁護士か?」

「場末のな。いかがわしい仕事ばかりを引き受けていた奴だ。一年前に爆死したと思っていたが……」

「あなたがやらせたのか?」

「馬鹿な……やくざ者の揉め事に巻き込まれたんだ。警察の検証でもそう結果が出ている」

「その警察は検死もしなかったのか? 赤の他人の遺体をアドルフ・ボナリーと結論づけるとはな」

「必要ないと判断したまでだ。当時の彼は、厄介《やっかい》な人種との間に揉め事を抱えていたのだから」

ジャスミンはそれ以上は問いつめなかった。今はこの問題を追及すべき時ではなかったからだ。


大手銀行の支店に連絡すると、持参人払いの一億五千万の小切手を三十分以内にラロッシュの屋敷に持ってこいと無茶な要求をしたので、ダンは驚いた。

「ジャスミン。いけません。それは……」

子どもたちの分はともかくトランクの身代金まで彼女に負担させることになる。

仲間の身代金は自分が持つとダンは主張したが、ダンの母親はそれを許さなかった。

「ここは借りておけ、船長。わたしの口座からならすぐに小切手が振り出せる。船長が銀行に出向いて、五千万の額面を揃えるより遥かに早いはずだ」

「それはそのとおりですが、しかし……」

金色の眼がダンを射抜く。

「借りてくださいとお願いしなくてはいけないのか、船長?」

「……つつしんで、ありがたく、お借り致します」

とても逆らえないので、素直に母の愛情(?)に甘えることにする。

身代金の到着を待っている間、ケリーが、そっとジャスミンに囁いた。

「ヴァレンタイン卿に知らせなくていいのか？」

途端、ジャスミンが震え上がる。

「言えると思うか？」

「正直、俺にもその勇気はねえな……」

ケリーも真顔で唸っている。

二人とも、あの若い父親にずいぶん憚《はばか》るところがあるようで、ジャスミンは鬼気迫る表情で断言した。

「ドルジアとやらが何を考えているか知らないが、卿の耳に入らないうちに二人を無事に連れ戻して、何事もなかったことにする。それが最善だ」

むちゃくちゃな最善である。

横で聞いていたダンは再び脱力する思いをしたが、この怪獣夫婦にも恐いものがあるとは意外だった。

やがて二組の銀行の人間が駆けつけてきた。

座ったラロッシュの前には高額の有価証券の束が恭《うやうや》しく差し出され、立ったままのジャスミンにも別の銀行の人間が恐る恐る小切手を差し出してくる。

ジャスミンは片手で小切手を掴み、ラロッシュが受け取るはずだった有価証券を無造作に取り上げて、電子書類の入った鞄《かばん》に突っ込み、肩に引っかけた。

夫と息子、息子の仲間二人を見て声を掛ける。

「行くぞ」

足早に応接間を出ようとした五人の背中を追って、ラロッシュの怒声が浴びせられた。

「いいか、失敗は許さんぞ！　必ず娘を無事に連れ戻すんだ！」

五人はいっせいに振り返ったのである。

ダンが厳しい顔で言った。

「勘違いしてもらっては困るな、ラロッシュさん。我々はあなたの部下ではない」

ジャンクとタキが続ける。

「あんたのために行くんでもない。俺たちの仲間が奴らに捕まってるんだ」

「もちろん、お嬢さんもちゃんと助けるつもりだが、偉そうに命令される覚えはないな」

ケリーとジャスミンは自分たちの言うべき台詞を全部取られてしまい、苦笑しながら肩をすくめた。

長い廊下を玄関に向かって足早に進む。すると、廊下の曲がり角から人が飛び出してきた。

ライナスである。

オディールの身に何があったか、彼らがこれから何をしに行くのか知っていたのだろう。

ケリーを見て、必死の様子で言ってきた。

「ぼくも連れて行ってください」

「足手纏《まと》いだ。おまえに手伝えることは何もない」

「邪魔はしません。ただの荷物だと思ってください。何もしないでじっとしているのはいやなんです」

「俺たちの目的地がどこか知っているのか？」

「いいえ」

「ダクレーズの原始太陽系だ。熟練した船乗りでも命懸けで飛ぶ場所だ。生きて戻れるかどうか保証はできないんだぞ。それでも来たいのか？」

少年はさすがに顔を強張らせた。

きつく唇を噛《か》んだが、それでも引き下がらない。

「オディールがそこにいるんでしょう？　だったら、かまいません。連れて行ってください」

一度も生死の境など経験したことはないだろうに、この決意だけは本物のようだと判断して、ケリーはダンを見て言った。

「船長。連れて行くかどうか、あんたが決めろ」

「きみはオディールの恋人か？」

「友達です。お願いします、船長。船で行くなら、倉庫の片隅でいいですから乗せてください」

「本当に死ぬかもしれないんだぞ」

脅《おど》すつもりはなかったが、友達のためにそこまでするという行き過ぎた友愛の情に水を差すつもりで言うと、少年は不思議に強い眼でダンを見返した。

「船長は生きて戻るつもりなんでしょう？」

「もちろんだ」

「それなら、ぼくだって生きて帰れるはずです」

ジャスミンが吹き出した。

「違いない。問答の時間も惜しい。来い、ライナス。ただし、自分で決めた以上、どんなことになっても文句は言うなよ。わたしも聞かないからな」

ダンは苦い顔でジャスミンを見た。

「乗せるのはわたしの船ですよ。勝手に決めないでください」

「いいじゃないか。船室なら余ってるだろう？」

「ええ。つい最近、ここのお嬢さんのために船室を改装しましたからね。立派な部屋があります」

「ちょうどいい。使わせてもらおう」

六人に増えた彼らは車で宇宙港に向かった。

運転席にはジャスミンが座り、法定速度を頭から無視して猛然と車を飛ばしたので、ライナスは船に乗り込む前に『死にそう』な思いをする羽目になり、ダンは顔が歪《ゆが》まないように平静を保つのがやっとという有様だった。タキとジャンクも震え上がって、（地上に降りてもとんでもねえ女だ！）と、認識を新たにしていたのである。

この運転に平然としていたのはケリー一人だ。

《ピグマリオンⅡ》に乗り込むと、ケリーはダンと一緒に操縦室に向かった。

《ピグマリオンⅡ》の感応頭脳はBRU－SG14。

略称ブルース。感応頭脳には様々な型式があるが、安全を多少犠牲にしても操縦者の要求に応えるのが特徴で、ダンのような運び屋や宝探し屋《トレジャー・ハンター》たちから熱烈に支持されている。現行製品の中でももっとも優秀な感応頭脳の一つだった。

同調装置を頭に装着して、ケリーはこれから組む感応頭脳に話しかけた。

「よろしくな、ブルース。俺はケリー。短い間だが、仲よくやろうや」

「了解しました。よろしく、ケリー」

タキとジャンクは、いつもなら仲間が座る場所に腰を下ろしたその男の挙動をじっと観察していた。いい操縦者は操縦席に座った時からわかる。尻の

収まり具合が違うからだ。この男は本来の操縦士と体型はまったく違うが、同じくらいの背丈がある。

その大きな身体がしっくりと馴染んでいる。

操作盤《コンソール》に触れる指もなめらかで、初めての船とは思えないほど手際よく発進準備を進めている。

これなら使えそうだと安心して、二人とも自分の仕事に没頭することにした。

発進準備が整うまでの間に、ダンは恒星間通信で、連邦警察の知人に連絡を取った。

オディールのことには一言も触れず、ただ仲間がドルジアと名乗る海賊に拉致されたこと、これからディアボロに向かうことを告げた。

「犯人はレンピアで指名手配されている海賊ですが、レンピア警察に応援を要請しても間に合いません。仲間を拉致されたわたしが告発すれば、連邦警察に応援を要請しても問題はないはずです」

通信相手の警察幹部は青くなっていた。

「し、しかし、船長、ディアボロとは……」

《ピグマリオンⅡ》ならともかく、警察の宇宙船はそんな危険な宙域には出張《でば》れないというのだろう。

ダンはもっともらしく頷いた。

「警察の船がディアボロ外縁まで出向いてくるのは得策とは言えません。警戒されて、取引に応じない可能性もあります。今から外縁にもっとも近い安全宙点《ポイント》の座標を送ります。そこで待機してください。うまくすれば犯人一味をおびき出せるかもしれない。その時は協力をお願いします」

「了解しました」

通信を切って、ダンは操縦者に話しかけた。

「ケリー。この船の癖《くせ》を知ってもらうために、まず手動で飛ばしてみてください」

「何です」

「了解。——なあ、船長」

「敬語はいらねえぜ。今の俺はこの船の乗組員《クルー》だ。船長がそれじゃあ、示しがつかんだろう」

「いいえ、あなたはあくまで臨時の操縦士なんです。

お客さま扱いを崩すわけにはいきません」

ケリーは呆れたように苦笑した。

「頑固《がんこ》だな、船長」

「ええ」

（きっと親に似たんでしょう）

口には出せない一言を胸のうちで付け加える。

《ピグマリオンⅡ》は教科書通りのきれいな動きで、埠頭を離れ、跳躍可能域に向かったのである。


船室にいたライナスはその衝撃に驚いて、思わず身構えていた。

「……意外に揺れますね」

同じ室内にいたジャスミンは顔色も変えていない。

「覚悟しておくんだな。この船が本気で飛んだら、もっと揺れるぞ」

「大丈夫……だと思います。さっきのミズの運転でだいぶ鍛《きた》えられましたから……」

この声は運良くジャスミンには聞こえなかった。

窓から見える宇宙空間に眼をやり、ジャスミンは忌々《いまいま》しげに呟《つぶや》いていた。

「まったく、こんな大事な時にうちのぼろ船は何をしてるんだ……」

9

ダイアナはカンプネン宙域に腰を据えていた。

刻々と変化する宇宙空間と中継点を観測・記録し、中継点に設置された観測機の稼働状況をも確認する。

こうした作業には根気と忍耐が必要不可欠だが、機械のダイアナはこの点、うってつけだった。

必要なら一年でも二年でも微動だにせずに観測を続けただろう。

この数日、大きな変化はなかったが、ダイアナの探知機が接近してくる宇宙船を捉《とら》えた。

(あら、珍しい……)

それというのも、この近くには航路がない。

宇宙船は勝手気ままに飛んでいるわけではなく、ちゃんと定められた航路に従って飛んでいる。

特に旅客船や貨物船は、基本的に航路以外を飛ぶことはまずないと言っていい。

航路以外の宙域を飛ぶのは至急の荷物を運ぶ船、宝探しを職業とする船などが代表的だ。

航行中の宇宙船は、自分がどこの誰なのか身元を示すために識別信号を出している。

ダイアナが捕捉した識別信号によると、その船は惑星ポントゥスの測量船《サロメ》。

測量船とは名前の通り、宇宙空間の状態を調べて宙図に反映させるのが仕事である。

ダイアナは停止しているし、探知範囲が違うので、《サロメ》はダイアナには気づかなかった。

だから、ダイアナも声を掛けたりしなかった。

ところが、《サロメ》が去ってしばらくすると、また同じ方向から宇宙船が現れた。

しかも、《サロメ》とまったく同じ軌道を通って、跡を追うように遠ざかっていったのである。

識別信号によるとこの船は惑星アイアスの測量船

《ベアトリーチェ》。

三十分足らずの間に、所属の違う測量船が二隻も通るなんて不可解だと思っていると、三隻目が来た。

またもや測量船である。少なくとも識別信号では惑星スノークの測量船《カルメン》となっている。

《カルメン》もさっきの二隻とまったく同じ軌道を通って、同じ方向へ遠ざかっていった。

ここまで来ると、さすがに気になった。

一般的な感応頭脳とダイアナとの決定的な違いに『好奇心がある』というものがある。

辺境も含めた共和宇宙は広大にすぎるほど広い。測量船が何百隻飛んでいても不思議ではないが、一時間足らずの間に、所属の違う三隻が同一宙点《ポイント》を通過していくというのは確率的におかしい。

第二に（これが決定的だが）この周辺の宙図なら最新版が出たばかりだ。

もしかしたら、あの三隻は測量船ではなく、同じ目的で、同じ場所を目差しているのかもしれない。

それは何だろうと興味を持ったダイアナは追跡を開始した。

リィとシェラはオディールと一緒にリムジンから降ろされ、銃で突《つつ》かれながら狭い通路を歩かされ、一室に閉じこめられた。

二人とも抵抗しなかった。銃を持った男の五人や十人を恐れる彼らではないが、素人《しろうと》のオディールをかばいながらでは思いきった真似はできなかったし、何より場所がまずかった。

航行中の宇宙船の船内では、後ろにいる男たちを一人残らず倒しても、どこにも逃げ場がない。

船橋《ブリッジ》を制圧すれば話は別だが、初めての船内では、到底そこまではたどり着けないだろう。仮にうまく船橋を占拠できても、彼らには操縦ができない。

それ以前に、抵抗したことを船橋《ブリッジ》に気づかれたら、形勢は一気に逆転してしまう。感応頭脳はこちらの居場所を検知して知らせるだろうし、船橋は隔壁《かくへき》を操作して、こちらを一角に閉じこめることもできる。

同じ閉じこめられるなら、下手《へた》に警戒されるのは避けるべきである。今は様子を見たほうがいい。

一言も言葉を交わすことなく、金銀の天使たちは瞬時に同じ結論に達した。バレットや、銃を持った男たちの前ではおろおろと慌《あわ》てふためき、『普通の子どもらしく』振る舞っていた。

三人が入れられたのは狭い部屋だった。

窓はなく、粗末な寝台が一つあるきりだ。

必然的に三人は並んで寝台に座る形になった。

どこかで聞かれているかもしれないので、リィとシェラは顔を近づけ、ほとんど聞き取れないような小声で囁《ささや》き合ったのである。

「バレットが一味だったところからすると、狙いはオディールの身代金かな」

「迂闊《うかつ》でしたね。宇宙施設《オアシス》には身元の確かな船しか入港できないと思っていました」

「いや、事実、お尋ね者は入港できないはずだぞ」

「船籍を偽造したんでしょうか」

当たり前の子どもなら恐怖と不安で生きた心地もしないところだろうが、二人にとってこんな状況は慣れたものである。

ただ一人、オディールだけはそうはいかなかった。寝台に腰を下ろす時も頽《くずお》れるようだったし、今も真っ青になってうなだれている。

十七歳の女の子なら無理もないと思って、リィは明るい声でオディールを励《はげ》ました。

「大丈夫だよ。すぐに助けてもらえるから」

「ええ、そう……そうよね……」

うわの空である。

何となく沈黙した時、電子錠を解除する音がして、部屋の扉が開いた。

オディールは反射的に飛び上がった。

リィとシェラも同じように驚いてみせた。

扉の外には屈強な男二人の姿があった。気絶した男を両脇から支えて入って来る。

「おう、そこをどけ」

言われなくても、三人は既に立ち上がっている。

二人の男は意識のない男の身体を無造作に寝台に放り出した。どさりと倒れた男の顔からは血の気が失せており、額《ひたい》には血《あか》も滲《にじ》んでいる。

運んできた二人は垢じみた粗野な感じの男たちで、うち一人は部屋の片隅に固まった虜囚たちを見て、下卑《げび》た笑いを浮かべた。

「揃《そろ》いも揃って上玉だぜ。そっちの二人はちょっと小さいが、試してもいいかもな」

「よせって。大事な商品だぞ」

「何でだよ。身代金を取るのは娘だろう。子どもはかまわないはずだぜ」

「そこはぬかりねえよ。子どもの親からも身代金を取る手筈《てはず》になってる。そのでかい奴の分もだ」

リィが何とも言えない顔になった。こんなことがヴァレンタイン卿に知れたら一大事である。

卿に知られる前に、何としてもここから脱出して、学校に戻らなくてはと意を決した。

「ディアボロは揺れるからな。具合が悪くなったらいつでも言いな」

「服を脱がせて優しく看病してやるからよ」

そんな下品な台詞《せりふ》を残して二人は部屋を出て行き、再び扉が閉められた。

室内の三人は、一つしかない寝台を占拠した男を茫然《ぼうぜん》と見下ろしたのである。

「この人はどなたでしょう？」

「オディール、知ってる？」

リィの問いに少女は蒼白《そうはく》な顔で首を振った。

血を滲ませ、だらりと手足を投げ出して横たわる男の姿が彼女にはひどく不吉なものに見えたらしい。

震える声で尋ねてきた。

「その人、死んでるの……？」

「まさか、ちゃんと生きてますよ」

彼女の反応があまりに大仰《おおぎょう》だったのでシェラは笑ったが、オディールは強張《こわば》った表情を崩さない。

「……死ぬの？」

「は？」

　思わず問い返した。

　子どもの頃からいやと言うほど『死』を見てきたシェラには、死体が恐いという感覚が理解できない。

　同じように怪我人《けがにん》を恐がる感覚もわからないので、不思議そうにオディールを見つめ返したが、彼女が本当に恐がっていることに気づいて、むしろ驚いた。

「オディール？　どうしたんです」

　一方、リィは男の手首を取り、様子を観察した。

　眼を閉じていても、厳《いか》つい顔つきだった。強面《こわもて》と言ってもいい。年齢は四十代だと思うが、ずいぶん鍛《きた》えられた身体つきの、恐ろしく大きな男である。

　身につけているものや雰囲気から判断する限り、先程の男たちと似た感じがするが、それはあくまで宇宙という場所に馴染《なじ》んでいるという意味でだ。

　気絶した状態で閉じこめられるところから見ても、あの連中の一味ではなさそうである。

「素人判断だけど、脈はしっかりしてるな」

　シェラも、血の滲んだ男の頭をそっと調べてみた。

「頭に傷がありますけど、それほどひどい怪我ではないようです。——大丈夫ですよ。この程度の傷で人間は死んだりしません」

　シェラは意識して明るく言ったが、オディールに聞こえたかどうかは怪《あや》しかった。

　男が本当に死んでしまうと思いこんでいるのか、がたがた震えているのである。

　リィも驚いて、慌ててオディールをなだめた。

「オディール。落ち着いて。ちょっと座ろう」

　床に座り込んだオディールは自分で自分の身体をしっかり抱きしめている。

「わたくしたち……これからどうなるの？」

「どうもならないよ。あの男たちが言ってただろう。オディールのお父さんが身代金を払ってくれれば、ちゃんと家に帰れるよ」

　そう言うと、血の気の失せた顔が力無く伏せられ、茫然と床を見つめながら、オディールは言った。

「お父さまは……身代金を払ってくれるかしら」

リィとシェラは思わず顔を見合わせた。

誘拐《ゆうかい》された少女がこの状況で発するには、極めて奇異な台詞に聞こえたからだ。

「金額的に払えないかもしれないってこと？　でも、オディールのお父さんはお金持ちなんだろう」

「そうですよ。それにあなたは一人娘なんですから、お父さまがお金を出さないはずがありません」

「いいえ、そんなのわからない。お父さまはきっと、身代金を払ってはくれないわ」

二人はますます首を傾《かし》げてしまった。

たいていの子どもは無条件かつ絶対的に、親への信頼と愛情を感じているものなのに、オディールは違うらしい。理由はわからないが、彼女の言葉にはむしろ恐れと不信感がある。

ただ一つわかるのは、オディールが、誘拐された子どもが通常感じる恐怖や不安とは、まったく別の何かに強く囚《とら》われているということだ。

本当はこういうことはルウの得意分野なのだが、リィはなるべくオディールを恐がらせないように、優しく話しかけた。

「オディール。いやだったら言わなくてもいいけど、よかったら教えてくれないか。どうしてお父さんは身代金を払わないと思うんだ？」

「だってお父さまはお母さまを殺したんだもの」

二人とも呆気《あっけ》に取られた。

自分が何を口走ったかに気づいて、オディールははっとした。別の意味でみるみる青ざめる。

リィは鋭く追及した。

「お父さんがお母さんを殺した？」

「いいえ！　違う、違うわ！　そんなはずはない！　お父さまはわたくしを愛しているのよ。お父さまはわたくしを可愛がってくれている。そうよ……」

一生懸命《けんめい》、自分自身に言い聞かせて、その言葉を信じ込もうとしているようだった。

リィは決意した。こんな場所ではあるが、先程の話の続きをすることをだ。

たぶんジャスミンが感じた問題はそこにある。

「オディール。車の中でも訊《き》いたけど、嫌いな服を無理して着てるのはどうしてなんだ？」

「……嫌いじゃないわ、本当よ」

「それは嘘《うそ》だ。いくらオディールが違うと言っても、顔を見ればすぐにわかるよ。我慢してるのか？　お父さんが勧めるから、お父さんの好みだから、
オディールは果敢《かかん》に言い換えた。

「あまり……好きになれないのは本当よ。だけど、わたくしに似合うから勧めてくれているのだもの」

「その髪も？」

「そうよ。まっすぐな黒髪のほうが似合うから」

「だから髪を染めろって？　変なお父さんだな」

「……だって、わたくしのためだもの……」

「じゃあ、わたしはまっすぐな黒い髪が好きだって言ってごらんよ」

「わたくしはまっすぐな黒い髪が好き」

「この服が好きだから着ているって言って」

「わたくしはこの服が好きだから着ているの」

「婚約者のバートラムを愛しているから結婚する」

「わたくしは、婚約者のバートラムを……」

言葉が途切れた。声が出なかったのだ。

オディールは声を求めて、大きく喘《あえ》いだ。必死の眼には涙が滲んでいた。

涙だけではない。張りつめていたものが決壊して流れようとしている。

固い城壁で囲み、無意識に抑えつけていた何かが、彼女の中からあふれ出そうとしている。

混乱したオディールが少し落ち着くまで待って、リィは静かに続けた。

「ジャスミンが言ってた。お父さんはオディールがお母さんに似ることが気に入らないんだって。娘が母親に似るのは当たり前なのに何がいけないんだ」

シェラもそっと言い添えた。

「お父さまは、奥さまを——あなたのお母さまを、そんなに嫌っていらしたんですか？」

「そのことと、オディールが無理をしてお父さんの言うことを聞いているのは、何か関係あるのか？」

オディールは茫然とリィの言葉を繰り返した。

「お父さまの言うことを聞かないと……」

「………なに？」

もう一押しだった。リィは根気よく待ち、そしてオディールはとうとうその言葉を口にしたのである。

「いい子でいないと、お父さまの望む娘でいないと……わたくしもお母さんを殺した理由は——やっぱり、お母さんが運転手と浮気したから？」

「お父さんがお母さんを殺したように殺されてしまう」

途端、オディールは顔を上げた。熱を帯びた眼でリィを見つめ、堰《せき》を切ったように語り出した。

「お母さまはポールおじさまと愛し合っていたの。浮気なんかじゃない。真剣に愛し合っていたのよ。お母さまはわたしに話してくれたわ。お父さまとは別れるって。お父さまには申し訳ないけど、ポールおじさまを好きになったから、それが一番いいって。おじさまもライナスと兄弟になるのはいやかいってわたしに笑いかけてくれたわ。いやじゃない、全然いやじゃなかった。嬉《うれ》しくて、ライナスもそのこと知ってるのって訊いたら、おじさまは今夜話そうと思ってるって。お母さまも今日帰ったらお父さまにお話しするわって、二人は車で買い物に出かけたの。そうしたら……そうしたらそれっきり、お母さまとおじさまは帰ってこなかった！」

七歳の少女にはさぞかし衝撃的な事件だったろう。痛ましさを覚えながらも、リィは冷静だった。

「お父さんが二人を殺した証拠は？」

オディールは力無く首を振った。

「ないわ、何もない。警察も事故だって」

「オディール、それじゃだめだ。お父さんが本当にお母さんを殺したかどうかわからないよ」

涙に濡《ぬ》れた眼で、オディールは引きつった笑いを浮かべてみせた。

「お母さまが亡くなってから、お父さまは少しずつ、わたしの服を入れ替えていったの。わたしはそれがいやでいやでたまらなかった。あなたの言う通りよ。こんな服、大嫌い！　お母さまはいつも、きれいな楽しい服をわたしに着せてくれた。お花の刺繍《ししゅう》や、キャンディやケーキの形のアップリケがついていて、色とりどりのフリルやリボン。だけど、お父さまはお母さまが生きている頃から、いい顔はしなかった。そういう服は幼稚だって言うのよ」

「オディールがいくつの時の話？」

「五歳くらい」

二人は呆《あき》れて言ったのである。

「幼稚で当たり前じゃないか」

「そのくらいのお嬢さんでしたら、もっと派手でもいいくらいですよ」

「お母さまは、いつもお父さまをなだめて、可愛い服を選んでくれたの。でも、お母さまが亡くなって——お母さまに買ってもらった、大好きだった服がどんどんなくなっていって、代わりに、お父さまの好きな無地のワンピースやスカートばかりが増えて、ある日、わたしは大きな声で泣いたのよ。あの服はどこ？　ピンクの兎《うさぎ》さんのあのスカートが履《は》きたい。そうしたら……お父さまがこう言ったの。『馬鹿なことを言うんじゃない。おまえもお母さんのようになりたいのか』——」

「…………」

「何も……何も言えなかった。恐くて……」

シェラが多大な同情を顔に載せて嘆息《たんそく》した。

「お気の毒に……」

リィも深い息を吐《つ》いて首を振った。

「オディール。何でもっと早く……十年も我慢して。もっと早く誰かに相談できなかったのか？」

「話したって何にもならない。証拠はないんだもの。誰もわたしを助けてくれないわ」

「違うよ。助けてくれる人はちゃんといる」

オディールは反射的に顔を上げた。

涙に濡れた眼は半信半疑ながらすがりつくような表情を浮かべていた。恐ろしく真剣な顔で訊いた。

「どこに？」

「ここに」

同じくらい真剣な顔で答えたリィが指さしたのはオディール自身の胸だった。

「今まで、えらかったね、オディール」

「…………」

「オディールは賢《かしこ》かった。それにとても強かったよ。十年もくじけないで本当によく頑張った」

「…………」

「だけど、もう、そのままじゃだめなんだ。七歳の女の子ならそれでもいいけど、十七歳なんだから。今が苦しいんなら、助けてほしいんなら、ちゃんと声に出してそう言わなきゃいけないんだよ。それができるのはオディールだけなんだ」

「…………」

「まず、オディールが自分で言うんだ。お父さんが恐い、お父さんから逃げたい、助けてって。言葉にして言わないと、他の人には伝わらないんだよ」

「…………」

「それをして初めて、手を貸してくれる人が現れる。今のままじゃ本当に誰もオディールを助けられない。助けないんじゃないよ。助けられないんだ。だから、まず他の人に言おう。そうしたらきっと誰かが手を貸してくれる。少なくともジャスミンは大喜びで、オディールの味方をするはずだよ」

オディールは呆気に取られたようだった。

宝石のような緑の瞳《ひとみ》をまじまじと覗《のぞ》き込んでくる。

リィも薄い茶色の瞳から視線を逸《そ》らさなかった。

励ますように微笑《ほほえ》んで、短く尋ねた。

「それも恐い？」

「恐いわ」

オディールは反射的に答えて、しかし、しばらく沈黙した後、ぽつりと呟《つぶや》いた。

「ライナスに謝りたい……」

「ポールおじさんの息子の？」

「お父さまに殺されたのはお母さまだけじゃない。ポールおじさまもよ。ライナスはそれを知らないで、お父さまを恩人だと思って感謝している……」

「………」

「申し訳なくて、ずっと謝りたかった。ライナスはお母さまとポールおじさまが愛し合っていたことも知らないのよ。わたしが聞いたんだから、わたしが伝えなきゃいけなかったのに……」

「今からだって遅くないよ」

リィは力強く言ったのである。

「それはぜひ言わなきゃいけないよ。そのためにも、まずここから無事に帰らないと」

「……帰れるかしら」

「身代金のことは心配しなくていいよ。お父さんがお金を出し渋ったら、きっとジャスミンが代わりに払ってくれるから」

「ミズ・クーアが？」

「そうだよ。ジャスミンは間違いなくオディールのお父さんよりお金持ちだからね」

オディールは泣き濡れた顔で眼を見張った。

そんな人がこの世にいるなんて、想像したこともなかったという顔である。

「わたしたち……本当に助かるの？」

「絶対に。特におれは出席日数が懸かってるんだ。何が何でも休み明けには戻ってみせるぞ」

シェラが真面目くさって頷《うなず》いている。

「切実な問題ですよね」

オディールの顔にちょっと微笑が浮かびかける。

その時、寝台で呻《うめ》き声がした。

「あんの……どちくしょう野郎が！」

眼を覚ました男は少々品のない罵声《ばせい》を張り上げて、身体を起こそうとしたが、痛みに呻いて再び倒れた。

ずいぶん威勢のいい怪我人である。

呆れながら、リィは男に話しかけた。

「眼が回るようなら、もう少し寝てたほうがいいよ。どのみち、暴れてもどうにもならない」

男は瞬《まばた》きしてリィを見つめ、横のシェラを見つめ、オディールの姿を見て面食らったようだった。

「うちのお客さんたちじゃないか?」

リィたちは直接顔を合わせる機会はなかったが、トランクは船内撮影機《カメラ》で二人の顔を見ていたらしい。

リィも驚いて尋ねた。

「おじさん、《ピグマリオンⅡ》の人?」

「ああ、操縦士のトランクだ。——ここは?」

「宇宙船の船室」

「等級《クラス》は?」

さすがに船乗りの質問だが、リィは肩をすくめた。

こっちは素人である。答えようがない。

「何とも言えないな。ジェームスならわかったかもしれないけど……」

トランクは再び眼を見張った。

「そいつは、ダンの息子のジェームスのことか?」

「そうだよ。同じ寮なんだ」

「へええ、こりゃあ奇遇だ」

トランクは今度は慎重に身体を起こして、室内に眼をやった。船の情報を得ようとしているようだが、この部屋には見事に何もない。

「この船はKG153から飛んだのか?」

「そうだよ。おれたちの乗ったリムジンを収容してすぐに発進したみたいだ」

思わぬ道連れが子ども二人に十代の少女とあって、中年男のトランクはどうもやりにくそうだったが、情報収集の努力は怠《おこた》らなかった。

「この船がどこを飛んでるか、どこに向かってるか——何か聞いてないか?」

「誘拐犯の一人がディアボロは揺れるって言ってた。意味わかる?」

わかる段ではない。

トランクは顔色を変えて身を乗り出した。

「ディアボロって、あのディアボロか?」

リィには答えようがないことだ。逆に質問した。

「連中の狙いはオディールの身代金らしいんだけど、トランクが攫《さら》われたのは何でだ？」

「目的地がディアボロなら、たぶん、その身代金を《ピグマリオンII》に運ばせるつもりなんだろう」

話しながら、トランクは顔をしかめている。

相当、傷が痛むらしいが、彼は同時に強い懸念《けねん》と不快感を感じていた。その理由を三人に説明して、トランクは真剣な顔で唸《うな》った。

「操縦士だけじゃない。ディアボロは船長、航宙士、機関士、誰一人欠けても飛べない危険宙域だ。俺をぶん殴って、わざわざそこへ来させるとは……」

リィが首を傾げながら言う。

「《ピグマリオンII》に対する嫌がらせかな」

「そんな可愛い次元じゃすまないぞ。下手をすれば俺の船は宇宙《うみ》の藻屑《もくず》になる」

シェラが言った。

「船長はご自分の船をそんな眼には遭《あ》わせません。ですけど、あなたの身代金を要求されているのに、ディアボロに来ないという選択もなさいません」

「その通りだ」

リィも頷いた。

「《ピグマリオンII》は必ずディアボロに来るよ。そして《ピグマリオンII》が来るなら、《パラス・アテナ》もきっと来る」

トランクは驚いた。

「《パラス・アテナ》だって？」

「知ってるの？」

「ああ。前にちょっとな。金髪の別嬪《べっぴん》の船だろう」

しかし、リィは今《パラス・アテナ》がケリーと別行動を取っていることは知らない。

当然、トランクにもそうした事情はわからないが、船乗りの彼はある意味、極めて現実的な人間だった。

今の自分がどんな状況に置かれたかを呑《の》み込むと、無駄な抵抗は諦《あきら》めて、現状に倣《なら》うことにしたようで、本気で心配する口調で言った。

「……あの連中、一日三度の食事とは言わないが、二度くらいは飯を出してくれるといいんだがな」

「目的地はそんなに遠いの？」

「ああ。ディアボロまで丸一日掛かる。今のうちに少し寝ておいたほうがいい」

そう言うと、トランクは寝台から起き上がった。

彼は意外にも紳士で、若いお嬢さんをさしおいて、大の男が寝台に寝るわけにはいかないと言うのだが、リィがその大きな身体を押し戻した。

「怪我人が優先だ。おれたちは床で寝る。いいよね、オディール」

「もちろんです。どうぞお休みください」

傷が痛むのは本当だが、こう言われて素直に引き下がったのでは男が廃《すた》る。

「いいや、そんなみっともない真似は……」

渋い顔になったトランクの耳元で、リィが素早く囁いた。

「いいから、ぐったりしてて」

「なに？」

「ここの連中が一番警戒してるのはトランクだから。あんまり元気なところは見せないで、反撃の機会が来るまで頭が痛くて動けないふりをするんだよ」

トランクはびっくり箱でも開けたような表情で、まじまじとリィを見返した。

天使のような顔でおもしろい（恐ろしい）ことを言う少年である。それでも果敢に反論しようとしたトランクだったが、少年は子どもをなだめるような眼つきと笑顔でやんわりとこちらを封じてくる。

その横の銀髪の少年も、オディールも、あなたは怪我人なのだからと、いたわりの視線を向けてくる。

トランクは深いため息とともに寝台に転がった。

《ピグマリオンⅡ》がディアボロに跳躍した途端、異様な振動が船体を襲った。

ここはまだ太陽系の外縁だというのに、探知機がいっせいに異常を告げている。

スクリーンいっぱいに赤やオレンジ、黄色、緑の華やかな雲が広がっている。その正体は星間瓦斯《ガス》と宇宙塵《じん》が高密度で充満する巨大な分子雲だ。

ケリーは思わず声を上げた。

「こりゃあすげえ……」

原始太陽系ならずいぶん数多く見てきた。

それぞれに特徴があるが、これほど色鮮やかで、通常空間との境目がくっきりしているのは珍しい。

《ピグマリオンⅡ》が跳躍した宙点《ポイント》は、性能のいい船なら、まだ何とか飛べる程度には安定しているが、警察の船にここまで来いというのは確かに酷だった。

通常の感応頭脳であれば盛大に危険を警告して、ただちに離れるように指示してくるはずだ。

もっと安全基準の厳しい感応頭脳なら跳躍座標を指示しただけで『跳躍・不能域です』と言い返してくる可能性が大である。それを考えると《ピグマリオンⅡ》のブルースがこの状況で何も言わないのは、むしろ異常事態と言っていい。

そのことに感心して、ケリーはダンに話しかけた。

「よくまあ、こんなところへ突っ込めるもんだ」

「あなたに言われたくありません」

そんな危険を冒してまでこの雲の中に入る理由は、意外にも、この雲の中に跳躍可能域があるからだ。

ところどころに、重力異常も宇宙塵もない静謐《せいひつ》な空間がぽっかりと出現する。雲の大きさからすれば針の穴よりもまだ小さな宙点《ポイント》であるが、その宙点をうまく捕まえられれば便利な近道になるのだ。

航宙士のジャンクが操縦席のケリーに言った。

「俺たちはそいつを『凪《なぎ》』って呼んでる。今までに発見した凪と、俺たちが飛んだ経路《ルート》をそっちに送る。参考にしてくれ。ただし、ディアボロは気まぐれだ。今もそこが安全とは限らない。忘れるなよ」

「了解」

送られた情報を見て、ケリーは微笑した。

こんな無謀は普通の船は絶対やらない。やろうとしても決してできない。少しでも速く飛ぼうという意欲に燃え、なおかつ恐怖に負けない挑戦心を持つ船だけが可能にしていることだ。

しかし、それは何も、《ピグマリオンⅡ》だけの専売特許というわけではない。

ディアボロを飛べる船は他にも存在する。

今、その一隻が姿を見せた。

かなり大きい。二十万トン級である。

船の識別信号を受信して、ダンは舌打《したう》ちした。

「惑星ツァイスの観測船《オフィーリア》だと？」

ジャンクも唸った。

「ふざけやがって」

タキが敢《あ》えて冷静に言う。

「本物にしか見えないが、偽造した信号だろうな。田舎《いなか》海賊にしてはしゃれた真似をするもんだ」

ケリーが感心したように締めくくった。

「同感だな。今時の海賊がこんな小細工をするとは知らなかった」

《オフィーリア》から通信が入った。

ダンはその映像をスクリーンに映したが、画面に映った男は相変わらず顔にモザイクを掛けている。

ドルジアだった。

「時間通りだな」

「人質は？　そこにいるのか？」

「ああ。金と書類を女と一緒に送迎艇《そうげいてい》に乗せて出せ。こっちも人質を乗せた送迎艇を出す。交換だ」

話が早いのは非常にありがたい。

しかし、ダンは一応、抵抗を試みた。

「ここで送迎艇を出すのは危険すぎる。第一、金と書類を送迎艇に積むなら、女性を同行させる必要はないだろう」

「そうはいかねえ。おまえたちが約束を守る保証はどこにもないからな。いわば保険ってわけだ。金と書類を確かめたら女は帰してやる」

この言い分こそ信用できない。そちらこそ約束を反故《ほご》にする気ではないかと、声を大にして言いたいところだが、ダンはそれ以上は逆らわなかった。

実のところ、彼も言葉による交渉で取引を有利に進めるつもりはなかったのである。

受け渡しについて細かい手順を決めると、ダンは船室のジャスミンとライナスに連絡した。

ライナスには急いで宇宙服を着るように指示し、決して船室から出ないように言い含める。

一方、ジャスミンは、たった一人で海賊船に乗り込むことに関してはまったく抵抗を示さなかった。

その代わり、格納庫へ向かって歩きながらもっと現実的な問題を指摘してきた。

「送迎艇の頭脳はこの宙域で発進を容認するのか」

「発進するだけなら可能です。この船で使う以上、通常仕様では話になりません。向こうの指示ですが、何もせずに、ただ浮いていろとのことです。互いの船が動いて、同時に相手の送迎艇を収容します」

「了解。準備が終わり次第出る」

その時、ケリーが言った。

「船長。この船は砲を積んでるな」

「ええ、それが？」

「女王。聞こえたな。奴らが正直に人質を帰すとは思えない。向こうの送迎艇に何人乗ってたか、砲の数で知らせる」

「わかった。一人なら一発、二人なら二発だな」

「そうだ。四人全員が乗っていたら四発撃つ。逆に空っぽだったら何もしない。いいな？」

「了解」

何を物騒なことを勝手に決めているのだ——と、船橋《ブリッジ》の一同は呆れ顔になった。

「兄さん。いくら何でもそいつあ……」

最年長のタキがたしなめる口調で言ってきたが、ケリーは平然たるものだ。

「人質が全員戻ってきたら——まあ、そんなことはあり得ないだろうが、その瞬間、戦闘開始だ。いい先制攻撃になるぜ。逆に人質が一人も戻ってこない場合は、向こうの出方を見なきゃならん」

ダンは呆れて言ったのである。

「一理あると言えますが、人質が全員戻ってきたら、四発、《オフィーリア》を撃つんですか?」

「そうさ。そう言っただろう」

「念を押さなくてもちゃんと聞こえています。何か忘れていませんか。その時には《オフィーリア》にジャスミンが乗っているんですよ」

「そうさ。だから、あの女の仕事をやりやすくしてやろうって言ってるんじゃねえか」

　タキとジャンクが眼を丸くしている。

　ついて行けない会話である。

「金の運び役にこの女を指名してくれたことだけは不幸中の幸いだ。――頼むぜ、女王」

「ああ。行ってくる」

　ジャスミンの乗った送迎艇が宇宙空間に出る。

　同時に、向こうからも送迎艇が出た。

《ピグマリオンII》と《オフィーリア》は、互いの送迎艇をその場に残して、ゆっくりと動き始めた。

　途中、ほとんどすれ違うように位置を入れ替える。

《ピグマリオンII》の探知機は、向こうの送迎艇をずっと捕捉していた。やがて肉眼で見える位置まで、送迎艇が近づいてくる。

　一方、《オフィーリア》も、ジャスミンの乗った送迎艇の間近まで迫っている。

　今のところ、おかしな動きは見られない。

　二十万トン級の《オフィーリア》がジャスミンの乗った小さな送迎艇を収容した。

　やや遅れて《ピグマリオンII》も同様にする。

　すぐに、待機させていた自動機械に調べさせたが、案の定、送迎艇は空っぽだった。

《オフィーリア》でも金と書類を確認したようで、再びモザイクの男が連絡してきた。

「確かに本物だ。ありがたくいただくぜ」

「どういうことだ。人質を帰す約束のはずだぞ」

　ダンの言葉など、ドルジアは聞いていなかった。

　首から下の胴体《どうたい》を楽しげに揺すっている。

「さてと、ここからが俺の用事だ。正確に言やあ、俺たちのだ」

そう言うと、モザイクのかかった鬱陶《うっとう》しい顔を、画面いっぱいに近づけてくる。

「なあ、《ピグマリオンII》さんよ。おまえたちゃ、八ヶ月前のことを忘れちゃいないだろうなあ」

ダンは平然と答えた。

「忘れたな。何かあったか？」

「オルコットをやりやがっただろう。オルコットは俺たちの同業者だった。そいつがやられたもんで、オルコットの持ってた縄張りがぽっかり空いたのさ。誰がその縄張りをもらうか、俺と他の連中との間でちょいとばかり揉《も》める羽目になっちまってよ。けど、同業者とは持ちつ持たれつ、うまく住み分けるのが海賊の掟《おきて》だからよ。そこで、厳密な話し合いの結果、《ピグマリオンII》を見事沈めた奴にオルコットの縄張りを受け取る権利があるって決まったわけよ。いわば敵討ちってわけだ。行くぜ、野郎ども！」

その掛け声と同時に、また船が跳躍してきた。


十万トン級が二隻、十五万トン級が一隻。《サロメ》《カルメン》《ベアトリーチェ》である。

そして主要《メイン》が《オフィーリア》だ。名前だけならそうそうたる美女軍団のお出ましである。

「四隻にエネルギー反応！」

「発進！　方位6－2－5！」

ジャンクの悲鳴とダンの指示はほぼ同時だった。

ケリーはダンの声が耳に飛び込むより先に操作に入っていた。敵は四隻、しかもその四隻の位置から判断すると、逃げられる方向は極めて限られる。

分子雲の中だ。

一気に加速して分子雲に突入した。

途端、警報が鳴り響いた。スクリーンに映るのは星間瓦斯《ガス》と宇宙塵、激しく動き回る無数の微惑星だ。

航宙士のジャンクは進路予想域の情報を割り出し、ダンは背後の四隻の動向を窺《うかが》い、タキは船の状態を最善に保ちながら、厳しい顔で言ってきた。

「やばいぞ、ダン」

「ああ、やばいな」

自分たちではない。トランクがだ。

身代金をせしめたからには、少年少女はともかく、あんなむさ苦しい大男を生かしておく理由がない。

《ピグマリオンⅡ》に恨《うら》みがあるならなおさらだが、絶体絶命の危機《ピンチ》なのは自分たちも同じことである。

追っ手の四隻も分子雲に突入してきた。

ドルジアの高らかな声が響き渡る。

「なめんなよ。レンピアの海賊はな、原始太陽系を飛んで一人前よ！」

ここを飛べる自信があったからこそ、ドルジアはディアボロを指定したのだろう。その度胸も技倆《ぎりょう》も認めるが、困った方向に腕を磨《みが》いてくれたものだ。

ケリーはブルースとの同調感度を最大限に上げた。

ここから先は一瞬の操作の遅れが命取りになる。

自分の動きを、これからやろうとしていることを、瞬時に汲《く》み取ってもらわなくてはならないのだ。

四隻が猛然と砲撃してきた。

宇宙塵と微惑星が高密度で充満する宙域だから、それが煙幕となって直撃は避けているが、こちらも決定的な打撃を相手に与えられない。

ケリーは言った。

「どうする、船長？　現状では勝ち目は薄いぜ」

平然と話しているが、慣れない船で原始太陽系を飛んでいるのだ。内心、冷や汗ものである。

しかし、その思いを決して表には見せることなく、綱渡りのような操船を続けている。

ケリーに言われるまでもなく、タキとジャンクもダンの決断を待っていた。

《ピグマリオンⅡ》がこの状況から逃れるためには、跳躍可能域まで逃げて跳躍するのが最善だ。

だが、それはできないのである。それをやったら《オフィーリア》の人質には二度と会えなくなる。

ダンは言った。

「連中の自滅を待つしかない」

ジャンクが不満げに言う。

「けど、こいつら結構動きがいいぜ」

タキも顔をしかめている。

「ディアボロを指定するんだ。ある程度は飛べると思っていたが、奴ら、障害物を躱《かわ》すんじゃなくて、砲撃で吹き飛ばしながら追ってきてる」

再びジャンクが吐き捨てるように言った。

「海賊のくせに、大層な武装をしてやがる」

「そう簡単には自滅しちゃくれないぜ」

二人は再びダンに視線を向け、ダンは思案の末、言ったのである。

「ケリー、乱流域に入れますか」

「あんたが入っていいって言うならな」

即座に答えて、ケリーはちょっと笑ってみせた。

「自滅を待つんじゃなくて誘おうってのか？」

「ええ。あなたが飛んでくれるなら」

「了解。ただし、船室の坊やに身体をしっかり固定するように言え。口から内臓が飛び出るぞ」

ライナスにあたふたと支度《したく》を急がせ、とりあえず命を守れる状態にすると、ケリーは船の感応頭脳に向かって、大真面目に話しかけた。

「ブルース、今からちょっとばかり無茶をやるから、おまえは船体の維持に専念しろ。舵《かじ》は俺に寄越せ。いいな。邪魔はするなよ。命に関わるからな」

本来、その命を守るために感応頭脳があるのだが、常識の通用しないこんな異常な宙域では感応頭脳《自分》の判断より、人間の無茶のほうが遥かに確実であると、ブルースは経験則から判断していた。

しかも、この感応頭脳は本来なら当然求めるべき最優先順位者の船長への許可も求めなかった。危険宙域の航行に関しては、その許可は省略してよしと、船長本人がかねがね言っていたからである。

こんな場合は、実際に舵を握っている人間の勘と感覚がもっとも優先されるべきなのだ。

「了解、ケリー。よろしくお願いします」

「おう、確かにお願いされたぜ」

ディアボロ太陽系の中でも、もっとも激しい宇宙ジェットの吹き荒れる場所――どんな命知らずでもここだけは注意深く飛ぶのを避けるはずの宙域に、《ピグマリオンⅡ》は頭から突っ込んだ。

途端、横殴りの衝撃が襲いかかってくる。

大小の微惑星が、《ピグマリオンⅡ》を粉砕する猛烈な勢いで目前に迫る。

ケリーはめまぐるしく船を操作し、数え切れないそれらの障害物を瞬時に、次々に躱していった。

竜巻の中に放り込まれた木の葉のように、船体がきりきり舞をする。操縦室の面々は覚えず唸った。

これはもはや揺れという代物ではない。熟練した船乗りの彼らが『船酔い』に襲われそうになるなど、誇りに懸けても認められないが、内臓が口から飛び出しそうという言葉は決して大げさではなかった。

追っ手の四隻にケリーほどの操縦技術はない。

さすがに一瞬追うのを躊躇《ためら》ったが、ここで諦めてたまるかとばかりに、無謀にも突っ込んできた。

障害物を端から撃破して追跡してくる。

このやり方では重力異常や宇宙ジェットには対応できない。いずれ巻き込まれて船体に異常を来《きた》す。

問題は、それまでこちらが逃げ切れるかどうかだ。

そして他の船が木《こ》っ端《ぱ》微塵《みじん》になるのはいいとして、人質を乗せたままの《オフィーリア》が無事でいてくれるかどうかだが、連中も馬鹿ではない。船体が致命的な打撃を受ける前に安全圏に離脱するはずだ。

こんなふうに逃げるだけの戦いしかできなくても、海賊王《キング・オブ・パイレーツ》は海賊王《キング・オブ・パイレーツ》だった。

ケリーの操縦を間近に確かめた三人は、ケリーの正体を知らないタキもジャンクもそれを身をもって感じていた。声を出す余裕などなかったが、

（初めてとは思えねえ……）

と舌を巻いていた。

彼らも船乗りである。だからこそこんな状況にも拘《かか》わらず、彼らの命をつなぐ操縦に見惚《みほ》れていた。

ダンに至っては言うに及ばずだ。初めての宙域で、初めて組んだ感応頭脳でこれだけの操縦をするなら、

本来の相手と組んだら、どんな神業《かみわざ》を披露《ひろう》するのか。

命懸けの舞踏《ダンス》を続けている《ピグマリオンⅡ》に通信が入った。

追っ手の四隻からではない。

もっと離れた位置――外縁からだった。

人間たちにはこれに応対する余裕などなかったが、ブルースが言った。

「緊急通信です。つなぎます」

画面に映ったのは金髪の美しい顔だった。

青い眼がまん丸に見開かれている。

「ケリー！　そんなところで何してるの⁉」

「ダイアン！」

満面に笑みを浮かべてケリーは叫んだ。

「どうしてここがわかった⁉　いや、そんなことはどうでもいい！　大至急こっちに来てくれ！」

ダイアナがますます眼を丸くして叫ぶ。

「無理よ！　あなたがいないのに！」

そうだった。


無茶を専売特許にしているダイアナではあるが、安全基準を遵守《じゅんしゅ》するという意味では彼女も立派な感応頭脳である。

原始太陽系への突入は彼女の仕事ではない。

それこそ本来ケリーの為《な》すべきことなのだ。

痛烈に舌打ちしたケリーだった。引き返そうにも、追っ手の四隻が邪魔をする。

「ダイアン、後ろの二十万トン級が見えるか」

「ええ、かろうじて捕捉できるわ」

「その船には女王が乗ってるんだ。リィとシェラも、一般市民のお嬢さんもだ」

ダンが素早く付け足した。

「うちの操縦士もです」

「その二十万トン級を攻略して外縁まで向かわせて、何とか彼らと合流できないか？」

「やってみるわ」

ダイアナはしばらくその作業に没頭したようだが、やがて苦い顔で首を振った。

「だめだわ。宙域の状態が悪すぎる。微惑星と星間物質が邪魔をして、わたしの指示が届かないのよ」

再び舌打ちしたケリーだった。

慣れ親しんだ自分の船が、距離的にはすぐ近くにいるというのに、合流することができない。

忙《せわ》しい作業に追われながらも、何とかこの難題を解決する方法はないかと猛烈に知恵を絞る。

意外にも、その提案はダイアナがした。

ダンを見て、真剣な顔で話しかけたのである。

「船長。その船の操縦士さんも《オフィーリア》にいるって言ったわね」

「ああ、そうだ」

「それなら、一つ思いついたことがあるわ」

ダンとケリーの声が揃った。

「何だ？」

「わたしの指示が向こうに届かないのはこの距離が問題なのよ。もっと近づけば《オフィーリア》一隻だけならたぶん攻略できると思うの。だから全員を送迎艇に乗せてジャスミンの操縦で出てもらうわ」

ケリー以外の三人が絶叫した。

「馬鹿な！」

「自殺行為だ！」

「この乱流域に送迎艇で出るだと⁉」

ケリーが大胆不敵に断言する。

「忘れるなよ。あの女はパピヨンルージュだぞ」

「そうよ。彼女次第だけど、わたしもすぐ傍《そば》にいる。何とか収容してみせるわ」

「その後は？」

再び、ダイアナの青い眼がダンを見た。

「マクスウェル船長。あなたの船の操縦士さんは、この宙域で連結橋を接続できるかしら？」

ダンの顎《あご》が落っこちた。

他の二人もだ。タキは一瞬の油断もならないのに操作盤《コンソール》から思わず手を浮かせかけたし、ジャンクは、しっかり固定したはずの座席から飛び上がった。

「こ、この宙域で連結橋を接続⁉」

「ケリーならできるわ。だから質問しているのよ、船長。あなたの船の操縦士にはそれが可能かしら」

ダンは外れそうになった顎を無理やり戻した。

この金髪美女はクレイジー・ダイアン。

海賊王《キング・オブ・パイレーツ》と呼ばれたその人の持ち船である。

数十年前のこの二人がどんなふうに飛んでいたか、その様子がまざまざと眼に浮かぶようだった。

感動すら覚えながら、ダンは言った。

「連結橋を接続する相手が《ピグマリオンⅡ》なら、うちの操縦士がしくじるはずはない」

「いいわ。筋書きはこう。今からわたしが分子雲に突入して、《オフィーリア》をなだめて言うことを聞かせて、ジャスミンたちを脱出させて収容する。そうしたらもうちょっとおとなしい宙域に移動して——どこにあるのかわからないけど……」

開いた口がふさがらないでいたジャンクが言った。

「方位4－1－0だ。この乱流域からは出られる」

「ありがとう。航宙士さん」

「ただし、状況はたいして変わらないんだぞ」

「あなたが今いる宙域よりは遥かにましなはずよ。そこで連結橋を接続して、ケリーはこっちに、その船の操縦士さんはその船に戻る。どうかしら？」

ダンは呆れるのを通り越して苦笑を浮かべた。

「要するに、《パラス・アテナ》側の連結橋操作を、うちの操縦士にやらせようと言うんだな？」

「ええ。これればかりは経験がものを言う作業だから。ケリー以外の人を操縦室に迎えるのは、あまりいい気持ちはしないけど、それは《ピグマリオンⅡ》も同じはずよ、その船だって本来の操縦士を首を長くして待ってるはずだわ。だから一刻も早くお互いの操縦士を交換しましょう」

その意見には《ピグマリオンⅡ》の船橋《ブリッジ》も異存はなかった。問題はそれができるかどうかだ。

ダイアナの正体を知っているダンは不安を隠して、敢えて力強い口調で言ったのである。

「無事を祈る」

「ありがとう。――今から突入するわ」

ケリーは依然として綱渡りの操船を続けていたが、通信が切れる直前、画面のダイアナを見た。

「愛してるぜ、ダイアン」

「わたしもよ、ケリー。あなたも無事を祈って」

ダイアナは猛然と加速を開始した。

本来あるべき操縦者を欠いた状態では、まともな回避行動も取れない。

致命傷を受けることだけは避けながら、ひたすら《オフィーリア》を目差した。

10

ジャスミンが送迎艇《そうげいてい》を降りると、物騒な男たちが出迎えた。武装した男が五人、場違いな三つ揃《ぞろ》いの背広を着たのが一人。合わせて六人だ。

三つ揃いの男はアドルフ・ボナリーである。

「書類を渡せ」

ジャスミンは素直に彼に鞄《かばん》を渡し、全身の感覚をとぎすまして待ったが、砲撃の衝撃は来ない。

やはり、ここから出た送迎艇は空っぽで、四人はまだこの船内のどこかにいるのだ。

アドルフは身代金には見向きもしなかった。

恐ろしく真剣な顔で電子書類を確かめ、不気味《ぶきみ》に笑った。

「確かに本物だ。――この女を連れて行け」

こんなことになるだろうと思っていた。

普通の女性なら話が違うと抗議するところだが、ジャスミンはなるべくしおらしく言ってみた。

「その前に、人質に会わせてくれないか」

「焦《あせ》らなくてもすぐに会えるさ。――ただし、一人足らなくなってるかもしれないがな」

ダンの懸念《けねん》はまさしく正しかった。

格納庫からの連絡で、身代金が手に入ったことを知ったドルジアは、邪魔な荷物を今すぐ放り出せと部下に命じたのである。

リィたちは、ずっと一室に閉じこめられていた。

ここまで来る間、粗末な献立《こんだて》ではあったが、一応食事も振る舞われたので、みんな比較的元気である。

トランクももう横になってはおらず、寝台に腰を下ろしていたが、彼はひたすら、オディールを床に寝かせていることを恐縮していた。

リィとシェラも、気の利かないこの船の男たちに大いに憤慨《ふんがい》していた。

「女の子を男三人と同じ部屋で寝起きさせるなんて、ここの連中には繊細《デリカシー》さってものがないのか」

「ご婦人はもっと丁重に扱いませんと」

金銀天使はぷりぷり怒っているが、オディールは楽しそうに笑っている。

最初に会った時の仮面のような表情とはまったく違う。まだ少し元気に欠ける感じはするが、普通の十七歳の少女らしい顔だった。

「本当にいいのよ。床で寝るのは慣れてるの」

「お嬢さんがどうして床で寝るんだ？」

「クラシック・バレエを習っているから。お稽古《けいこ》がとっても厳しいの。夜中まで掛かることもあるのよ。着替えるのも面倒で、そのまま床に倒れて……気がついたら朝だったり……よくあるのよ」

「もしかして、バレエもあんまり好きじゃない？」

「ええ。――習い事の全部がいやなわけじゃないの。ピアノとフルートは好きよ。お料理も好きだけど、バレエと射撃は楽しくない。できればやめたいわ」

「それもお父さんの趣味なんだ？」

「そうよ。それに釣りと狩猟《ハンティング》、フェンシングも。全然好きじゃないのに……」

リィは眼を丸くしていた。

「それだけたくさん習い事をやってて、もう大学を卒業したのか？」

「だって成績が悪いなんて一番よくないことだもの。お父さまが不機嫌になるわ」

父親のことを話す時は、せっかくほぐれた表情がまた仮面に逆戻りする。父親に自分の心を見せてはならない、決して不満を悟られてはならないという防衛本能がさせることだろう。

シェラもため息を吐《つ》いた。

「あなたは本当に頑張り屋さんなんですね。でも、少し頑張りすぎですよ」

トランクもしみじみと頷《うなず》いた。

「お嬢さんにはお嬢さんの苦労があるんだな」

そんな話をしていると『荷物を放り出す』役目の男たちが現れたのである。

トランクは屈強な男だから、ドルジアも用心して、がっちりした男二人に銃を持たせていた。監視役の男までつけている。

部屋の扉が開いて、この物騒な男たちの姿が扉の外に見えた瞬間、室内には緊張が走った。

不吉な予感にトランクは思わず身構えた。

オディールも青くなり、そして銃を見たシェラが飛び上がって悲鳴を上げた。がたがた震えながら、部屋の隅に逃げて頭を抱えたのである。

「こ、殺さないで……助けて！」

オディールは驚いてシェラの傍《そば》に行こうとしたが、その腕をリィが摑《つか》んで引き止めた。

すすり泣く子どもの泣き声に男たちは顔をしかめ、一人が苛立たしげにシェラに言った。

「やかましい。騒ぐな。おまえを殺しゃあしねえよ。――おい、でかいの。外へ出な」

そう言われて素直に従うには、男たちの雰囲気が剣呑《けんのん》すぎる。トランクは身体が動かない振りをして、ちょっと肩をすくめて見せた。

「てこずらせんじゃねえ」

舌打ち《したう》した二人が銃を構えながら入ってきたので、シェラは怯《おび》え、ますます甲高い悲鳴を上げた。

「いや！　来ないで！」

「やかましいって言ってんだろう。このガキゃあ。ほんとに殺されたいか！」

男の一人が苛立ってシェラに近寄った。ちょっと痛い眼に遭《あ》わせて黙らせるつもりで、頭を摑もうと手を伸ばした。その瞬間、シェラの指先が無防備な男の喉《のど》を突いて、たちまち失神させていたのである。

同時にもう一人の男の脇腹にリィの拳《こぶし》が入った。意識を奪うのに充分な一撃である。さらに、その男が倒れるより先に、突っ立っていた監視役の男に襲いかかり、一声も発させずに床に薙《な》ぎ倒した。

眼を見張ったのはオディールとトランクだった。

特にトランクは、自分も同じことをするつもりで、機会を窺《うかが》っていたのだが、これでは出る幕がない。

シェラは気絶した男から銃を取り上げて、呆気《あっけ》に取られているオディールを見て真面目に言い諭《さと》した。

「いいですか。泣き落としというものは、こういうふうにやるんです」

リィが呆《あき》れて反論する。

「全然違うだろうが。今のは泣き落としの邪道だ。真似しちゃだめだぞ、オディール」

気絶した男の銃を取り上げてトランクに渡すと、リィはそっと通路を窺った。人の気配はない。

オディールにも一緒に来るように促《うなが》して、四人は船室から抜け出したのである。

トランクが言った。

「格納庫がどっちかわかるか？」

「こっち」

リィとシェラは、ここまで連れてこられた順路をちゃんと覚えていた。足早に格納庫を目差す。


そうして逃げ出した四人は、二人の男に挟まれたジャスミンと、通路でばったり顔を合わせたのだ。

ジャスミンが眼を丸くする。

リィも眼を見張った。

「あっ！」

「こいつら！」

二人の男は人質が逃げ出したのを知って、罵声《ばせい》を張り上げ、すかさず四人に銃を向けようとした。

が、この二人が銃口を上げるより、ジャスミンの手刀が振り下ろされるほうが遥かに速かった。

右手で右側にいた男の、左手で左側にいた男の、それぞれ首筋の急所を正確に狙って打つ。

ジャスミンはこの男たちよりずっと背が高い。

つまり、かなり上から、ものすごい威力の手刀を食らったわけだ。ひとたまりもない。

二人はくたくたとその場に頽《くずお》れたのである。

両手でその二人を一度に片づけたジャスミンは、銃を取り上げると、四人ににっこり笑いかけた。

「探しに行く手間が省《はぶ》けてよかった。オディール、大丈夫か？」

意外な場所で意外な人の姿を見て、オディールも驚いていた。

「ミズ・クーア。どうしてあなたが……。あなたもあの男たちに捕まったのですか？」

「まあ、そうだ。きみたちの身代金を持ってきたら捕まった」

一方、トランクは仲間たちと同じくジャスミンの顔に見覚えがあったので、やはり驚いて尋ねていた。

「あんた、パピヨンか？」

「ジャスミン・クーアだ。今のうちに逃げるぞ」

否《いな》やがあるわけがない。五人は格納庫を目差して走り出した。

ところが、その途端、ものすごい揺れが来た。

とても立って歩くどころではない振動に襲われて倒れそうになったオディールを咄嗟《とっさ》にリィが支え、トランクが叫んだ。

「ディアボロに入ったぞ！」

ジャスミンも舌打ちした。いくらジャスミンでも、ただの送迎艇で原始太陽系は飛べない。

こうなったら、《ピグマリオンII》が何か手段を講じてくれるのを期待するしかないが、その前に、自分たちの安全を確保しなくてはならなかった。

リィとシェラにとって幸いだったのは、宇宙船に詳しいトランクとジャスミンがいてくれたことだ。

彼ら二人だけだったら、非戦闘員のオディールをどう守ったらいいかもわからなかっただろう。

現にジャスミンとトランクは二人に予想できない兆候に気づいて叫んだのである。

「いけねえ！　来るぞ！」

「何かに摑まれ！」

「きゃっ！」

オディールの身体が浮いた。重力が切られたのだ。

リィとシェラは咄嗟に持ち前の運動神経を発揮《はっき》し、壁の手摺《てすり》を摑んだ。こんな時のために、宇宙船には身体を固定するものがいくつも設けられている。

さもなければ、頭と言わず身体と言わず、盛大に天井や壁にぶつけて、最悪の場合、自分の船の中で死ぬことになる。

オディールももう少しでそうなるところだったが、間一髪、ジャスミンが腕を伸ばして、片手で彼女の細い身体を抱きかかえた。

トランクが通路の先を指して喚《わめ》く。

「こっちだ！　避難所がある！」

その誘導に従って、無重力に振り回されながら、みんな必死でそちらを目差した。

『避難所』とは慣性相殺《そうさい》を効かせた小部屋で、外の揺れがあまり中には伝わらないようになっている。

特にこの船は海賊船だから、戦闘時に避難できる場所をわざわざつくってあるのかもしれなかった。

五人はひとまずそこに潜り込んで、一息吐いたが、状況は最悪だった。この船が原始太陽系内を飛んでいるということは、事実上、脱出は不可能だ。

加えて、気絶させた男たちが息を吹き返したら、彼らが逃げ出したことはすぐに船橋《ブリッジ》に伝えられる。監視装置を使えば、居場所はすぐに知れる。

この避難所にしても、外から鍵を掛けられたら、こっちはお手上げである。

ディアボロを知っているトランクは、特に焦慮に駆られていたが、こんな時でも、彼は何より自分の船が気がかりだったらしい。

後から入って来たジャスミンに尋ねた。

「外に《ピグマリオンⅡ》がいるのか？」

「ああ。この船は二十万トン級《オフィーリア》。この船が追っているのが《ピグマリオンⅡ》だ」

「ディアボロだぞ。誰が飛ばしてる？」

「わたしの夫だ」

この女性が既婚者と聞いてトランクは驚いた顔になったが、大真面目に質問した。

「あんたの亭主は、どのくらいの腕だ？」

大事な船の操縦を他人に預けている彼としては、

当然の質問と言えた。

揺れる小部屋に難儀しながら、ジャスミンは男の顔をまっすぐ見つめて答えたのである。

「トランク。現役の——、それも超一流の操縦士に向かって言うのは申し訳ないんだが、わたしの夫は共和宇宙一の船乗りだぞ」

論理的とは言えない説明だが、彼女の顔も真剣で、トランクは厳《いか》つい顔に苦笑を浮かべた。

「パピヨンの保証なら信用するぜ」

後はひたすら辛抱する羽目になった。

重力が切られていても、慣性相殺が効いていても、凄《すさ》まじい衝撃が連続して襲いかかってくる。

海賊の男からも、トランクからも、ディアボロは危険な宙域で激しく揺れるとさんざん聞かされたが、リィとシェラは内心、眼を剝《む》いていた。

これは揺れるという次元を通り越している。

危険な宙域に慣れているトランク、人間離れして頑丈なジャスミン、そしてリィとシェラはともかく、十七歳の少女がいつまでも耐えられるはずがない。

オディールはずっと青い顔をしていたが、ついに限界が来た。がくっと頭が崩れて気を失った。

その身体を金銀天使が急いで支える。

この状況に真っ先に音《ね》を上げそうな少年たちが、まだ平気な顔をしているのが不思議に見えたらしく、トランクが怪訝《けげん》そうに二人に訊いた。

「おまえたちは何ともないのか？」

「ないわけがない。内臓がでんぐり返ってるよ」

顔をしかめてリィは言い、気絶したオディールをそっと窺った。

「いっそ気絶していたほうが楽かもしれないな」

「はい」

ジャスミンが厳しい顔で首を振る。

「いや、このままでは危険だ。オディールの身体のほうが保《も》たなくなる」

その時、誰もいじっていないのに、内線が勝手に起動した。美しい顔が現れて、魅力的な声が響く。

「ジャスミン、お待たせ！」

「ダイアナ！」

満面に喜色を浮かべてジャスミンは叫んだ。

「こんなにおまえが美人に見えたことはないぞ！」

「ありがとう。肝心《かんじん》な時にいなくてごめんなさい。こんなことになっているなんて知らなかったのよ。格納庫まで何とか自力で行ける？」

「行くとも。——あの男と合流したのか？」

「それがまだなのよ。そこに《ピグマリオンⅡ》の操縦士さんはいるかしら？」

ダイアナから、これからやろうとしていることを聞かされて、トランクは目玉を剝き出した。

「連結だと⁉ ディアボロで！」

正気の沙汰《さた》ではない。

無茶に掛けては誰にも負けないジャスミンでさえ、この時ばかりは賛成しなかった。

「ダイアナ。そんな危険を冒さなくても、わたしがクインビーで出れば、すぐに片がつく。その後で、安全宙域まで離れて連結したらどうなんだ」

「あなたたちの乗った送迎艇を収容するとなると、クインビーを発進させるのに少々時間が掛かるわ。——それにね、これは気分の問題なのよ」

機械の彼女にそんなものがあるはずはないのだが、ダイアナは真顔だった。

「わたしは一刻も早くケリーを取り戻したいのよ。——あなたは違うの、トランク。一刻も早く自分の船に戻りたいとは思わないの？」

「痛いところをついてくる別嬪《べっぴん》さんだ」

トランクは観念して苦く笑った。

「連結する相手は《ピグマリオンⅡ》だ。それなら、俺がしくじるわけにはいかないな」

「マクスウェル船長もそう言ったわ」

話がまとまりかけたその横でジャスミンがなおも不満を唱える。

「しかし、ダイアナ。それこそ気分の問題なんだが、あの男以外の人間をその船の操縦席に座らせるのは、わたしは少々おもしろくない」

「わたしだってそうよ。――ごめんなさい。気分を悪くしないで、トランク。決してあなたを軽んじるつもりはないの。辺境最速の《ピグマリオンⅡ》の操縦士が超一流の技倆《ぎりょう》の持ち主であることくらい、もちろん知ってるわ。ただ、それとこれとは、全然別だと思ってほしいの。だからお願い。副操縦席で我慢してもらえないかしら」

トランクは腹を立てるより、感心して言った。

「健気《けなげ》だな、別嬪さん。ちゃんと船を動かせれば、正でも副でも俺は構わない。仕事はきっちりやるが――その幸せ者はあんたの彼氏か？」

「いいえ。ジャスミンの彼氏よ」

気絶したオディールはジャスミンが抱きかかえて、彼らは避難所から出た。大揺れの船内を、文字通り這《は》うようにして格納庫を目差す。

幸い、途中で誰にも出くわすことなく、格納庫にたどり着くことができた。ジャスミンが乗ってきた《ピグマリオンⅡ》の送迎艇に潜り込んで、全員の身体をがっちりと座席に固定する。

オディールの両脇にはリィとシェラが座った。

この先、何が起こるかわからない。

その時、一番弱い彼女を守るためだった。

ジャスミンは発進を渋る感応頭脳を叱《しか》り飛ばして、強引に発進準備に入っている。

小型機を操縦するジャスミンの腕は知っていても、トランクは生きた心地がしないのだろう。青い顔で言ったものだ。

「送迎艇でディアボロに出る？　地方報道《ローカル・ニュース》の最上段《トップ》記事になるぞ」

「わたしにとっても貴重な体験だ。――ダイアナ、いいぞ、開けてくれ」

格納庫扉が開いていく。途端、大量の星間瓦斯《ガス》と宇宙塵《じん》が盛大に飛び込んでくる。

まさに暴風域だった。

こんな乱流に見舞われたら、ちっぽけな送迎艇は格納庫から出ることさえままならない。

下手に発進しようとしたら、そのまま格納庫内に叩きつけられて大破してもおかしくない。

しかし、操縦席に座った人はまさに神業《かみわざ》と言える技倆を発揮した。

紙一重のところで制御を保ち、どこにもぶつけず、送迎艇を宇宙空間に出すことに成功したのである。

視界は瓦斯《ガス》と塵《ちり》で霞《かす》んでいる。それでもすぐ傍に《パラス・アテナ》の巨大な船体が見える。

互いに乱流にもみくちゃにされている状態ながら、ダイアナは果敢に格納庫扉を開いたのである。

ジャスミンはありったけの技《わざ》と集中力を発揮して、その中に飛び込んだ。

慣れない《ピグマリオンⅡ》の操船に神経をすり減らしたケリーが、さすがに疲労も限界かと密かに舌打ちした時、待ちに待った連絡が来た。

「ジャスミンたちを収容したわ。みんな無事よ！」

「了解！　方位4－1－0だ！」

ケリーが《ピグマリオンⅡ》を回頭させる。

後方から《パラス・アテナ》も追いついてくる。

見違えるように動きがいいのは腕のいい操縦者を迎えたからだ。操縦士が操縦を引き受けてくれれば、ダイアナはこの劣悪な宙域でも、一時的に海賊船に、攻撃をやめさせるくらいのことはできる。

《パラス・アテナ》と《ピグマリオンⅡ》は揃って乱流域を出た。速度を同調させ、軌道を合わせて、船体が接触するほど、ぴったりと並んで飛んだ。

ケリーが《ピグマリオンⅡ》の操縦室で、そしてトランクは《パラス・アテナ》の副操縦席に座って、相手に向かって連結橋を伸ばし、接続する。

接続を確認した途端、ケリーは立ち上がった。

「ブルース、後ほんのちょっとだけ辛抱しろ！」

操縦室を飛び出す寸前、ダンが言ってきた。

「お見事」

ケリーも言った。

「あんたたちのおかげだ。いい船だぜ」

二人の操縦士は自分の船に向かって全力で走り、ちょうど連結橋の途中ですれ違った。

慌《あわ》ただしく走り抜けながら、トランクはケリーに、にやりと笑ってきた。

「やるな」

ケリーも笑い返した。

「そっちもな」

やっと自分の船の操縦席に戻ってきたケリーは、安堵《あんど》の息を吐く間もなく状況を確認した。

思った通り、《パラス・アテナ》の外装はかなり痛んでいる。

ケリー抜きでこんな宙域を飛んだからだ。

「大丈夫。痛んだのは外装だけよ」

顔をしかめているケリーを気遣って、ダイアナが言ってきたが、そういう問題ではない。あらためてレンピア海賊に対する怒りがこみ上げてきた。


それは《ピグマリオンⅡ》も同様である。やっと本来の操縦士が（頭に傷をつくってはいるものの）戻ってきたのだ。

さあ、これであのふざけた連中を一気に片づけてやると《パラス・アテナ》も《ピグマリオンⅡ》も意気込んだのだが、残念ながら彼らの分はほとんど残っていなかった。

クインビーで出撃したジャスミンが、《サロメ》《カルメン》《ベアトリーチェ》の砲撃を黙らせてしまったからである。

ジャスミンはこの三隻を撃沈したり、推進機関《エンジン》を潰《つぶ》したりはしなかった。この危険宙域で完全に足を奪ったら、その船は遅かれ早かれ難破する。

それは避けたかった。だから、ほんの少し外装を傷つけて、ほんの少し推力に異常が生じるように、手加減してやったのである。

攻撃された側としてはたまったものではない。万全ではない船体で、こんな宙域を飛ぶのは自殺行為以外の何物でもない。

三隻はジャスミンの思惑通り、大慌てで太陽系の外縁を目差したのだ。

ディアボロを自由自在に飛ぶ深紅の機体を見て、ジャンクが感嘆の声を上げている。

「すげえや、パピヨン！」

タキもトランクもこの離れ業には驚いた。

「たまげたね。ありゃあ無重力対応機だってのに」

「宇宙でもパピヨンはパピヨンってわけか」

感心して言ったトランクの言葉に、ジャスミンの運転を思い出して、ジャンクが補足する。

「地上でもだぜ」

そのクインビーから通信が入った。

「あと一隻、《オフィーリア》は任せたぞ。あれはそちらの獲物だろう、船長」

「感謝します。——聞いたな、トランク」

「ありがてえ」

殴られた恨《うら》みも相まって、物騒な顔でトランクは笑ったが、ジャスミンが釘を刺した。

「ただし、撃沈はしないでくれ。あの船には貴重な書類が積まれている。他にも、連邦警察が眼の色を変えて欲しがる重要な証人が乗っているんだ」

「わかった。自力で外縁までたどり着けるように、加減すればいいんだな」

「そうだ。今頃は連邦警察の諸君が手ぐすね引いて待っているぞ」

「了解」

本来の場所に戻って来たトランクも、仲間たちの協力を得て、水際《みずぎわ》だった働きを見せた。

縄張り争いの的にするはずだった相手に逆襲され、さんざんあしらわれ、あげくに船体を傷つけられて、《オフィーリア》も這々《ほうほう》の体《てい》で外縁に逃げ出した。《オフィーリア》を追い払うようにして《パラス・アテナ》と《ピグマリオンII》も巨大な分子雲から脱出したのである。

やっといくらか静かな宇宙空間に戻れて、一同、ほっとした。本来なら、風呂にでも入ってのんびりしたいのが人情だが、ダンは《パラス・アテナ》に連絡して言ったのである。

「ケリー。相談ですが、船室で気絶している坊やを引き取ってくれませんか。今からなら、我々はまだ次の仕事に間に合うんです」

この船長の言葉に、操縦室の三人は思い切り顔をしかめた。しかし、眼は笑っている。

応対したケリーも苦笑した。

「度はずれた商売熱心だな、船長。違約金は払ってもらえるんだろう?」

「信用は金では買えませんよ。——一度引き受けた仕事を断ったという不名誉な実績を残すくらいなら、多少の無茶は覚悟の上です。幸い、操縦士も無事に戻って来ましたからね」

その操縦士がぼやく。

「ちょっとはいたわってほしいもんだ。思いっ切り殴られたんだぞ」

タキがそんなトランクをからかった。

「どんな得物でぶん殴ったのか、ぜひ知りたいな」

ジャンクもすかさず調子を合わせる。

「俺もそれは気になってる。おまえの石頭を一発で気絶させるなんざ、たいしたもんだ」

「てめえら、他人事《ひとごと》だと思いやがって!」

和気藹々《わきあいあい》とした(?)操縦室を微笑《ほほえ》ましく眺《なが》めて、ケリーはライナスを引き取ることを承知した。

その後、タキとジャンクはライナスを運ぶために操縦室を出て行き、トランクも傷の手当てのために席を立った。操縦室には偶然にもダン一人が残され、彼はあらためて、ケリーに話しかけたのである。

「《パラス・アテナ》は、いい船ですね」

「ああ、最高だぜ」

「ですけど、ああいう台詞《せりふ》は本当ならジャスミンに言うべきでしょうが」

ケリーはちょっと考える顔になった。

それから首を捻《ひね》った。

「そういや一度も言ったことはねえなあ。あの女も聞きたがらないしな」

　この二人が世間一般の夫婦の実態から懸け離れていることは重々承知しているが、それでもさすがに呆れて、ダンはそっと呟《つぶや》いた。

「よくまあわたしが生まれたもんだ……」

「何か言ったか？」

「いいえ、何も」

　二隻はそこで二手に別れ、《ピグマリオンⅡ》は次の仕事先、《パラス・アテナ》はバラムンディを目差して跳躍した。


　眼を覚ますと、オディールはちゃんとやわらかい寝台に寝ていた。

　あの凄まじい揺れも、恐ろしい音もしない。

　静かな室内にほっとして枕に頭を沈め、もう一度眼を開けると、ライナスの顔があった。

　オディールはぽかんとなった。夢かと思ったが、ライナスは屈託《くったく》なく話しかけてくる。

「気がついた？」

　彼も何やらぐったりしているようだが、それでも、オディールを気遣っているのがわかる。

「大丈夫かい。ぼくもさっきまで気絶してたんだよ。すごい揺れだったよね」

　ライナスは寝台の横の椅子に腰を下ろした。

「ここはミスタ・クーアの船の中だよ。もうじき、バラムンディに着くそうだから。すぐにラロッシュさんに会えるよ」

　よかったね——と笑顔で言われて、オディールの眼にみるみる涙が盛り上がった。

　両手を差し伸べる。まったく無意識の動作だった。

「ごめんなさい、ライナス、ごめんなさい！」

　自分の首にしっかりとしがみついて泣きじゃくるオディールに、ライナスは仰天《ぎょうてん》した。

　彼にとってはまさに青天の霹靂《へきれき》である。

「ど、どうしたんだよ、オディール」

「ごめんなさい……」

「何で謝るんだよ。大丈夫……大丈夫だよ。きみはもう助かったんだから」

「ごめんなさい……」

ライナスは何が何だかわからない。

おろおろしながらオディールを抱きしめていた。

11

ラロッシュは大喜びで娘を出迎えた。

「オディール！　一時はどうなることかと思ったぞ。怪我《けが》はないか？」

「ええ、お父さま……」

「ミスタ・クーア！　奥さん！　よくぞ娘を無事に連れ戻してくださった。感謝しますぞ！」

ケリーは相変わらずラロッシュとは口をききたくなさそうなので、ジャスミンが代わりに答えた。

「マクスウェル船長は既に次の仕事に向かいました。ですから、違約金は要らないそうです」

「おお、それはそれは……」

ここはラロッシュの屋敷の、最初にジャスミンが通された可愛らしい応接間だった。

オディールがここで父と話すと言ったのである。

娘が戻った喜びに、ラロッシュは日頃は足を踏み入れないこの部屋まで駆けつけてきたのだ。

この応接間は亡くなった妻が好んでいた部屋で、ラロッシュの趣味からは懸け離れている。

しかし、ここを改装して潰してしまうと、死んだ妻を粗末にしていると世の人に思われかねないので、仕方なくそのままにしてあるだけだ。

オディールにとっては母親を偲《しの》ぶことのできる、数少ない思い出の場所だったのである。

「これで一安心だ。今からなら婚約発表に充分間に合うからな。向こうには何も知らせていないから、安心して出席するといい」

すっかりはしゃいでいる父親に比べて、娘は硬い表情だった。いや、硬いどころの騒ぎではない。

その顔は激しい恐怖に強張《こわば》っている。

それでも——そこまでの恐怖に襲われていても、今のオディールは逃げようとはしなかった。

彼女の横にはライナスが立っている。

痛ましそうに、そして励《はげ》ますように、ライナスはオディールを見つめていたが、口は出さない。

これは彼女自身がやらなければならない、彼女が自分で解決しなければ意味がない問題だからだ。

「お父さま……お話があります」

「その前に少し休みなさい。ひどい顔だぞ。そんな顔ではバートラムががっかりする」

「今、お話があるんです」

梃子《てこ》でも動きそうにない娘の様子にラロッシュは眉《まゆ》をひそめた。

「何だね、早く言いなさい」

大きく息を吸って、オディールは言った。

「わたし、髪を染めるのをやめます」

「何?」

「元の赤毛に戻して、これからは好きな服を着ます。それに……それにバートラムとの結婚もやめます」

ラロッシュは呆気《あっけ》に取られた。従順なはずの娘が何を言い出したのか、理解できない顔つきだったが、すぐに真っ赤になって娘を叱《しか》りつけた。

「馬鹿なことを言うんじゃない！　おまえは自分が何を言っているかわかっていないんだ！　おまえもお母さんのようになりたいのか！」

オディールが息を呑《の》んだ。

もともと青白かった顔からさらに血の気が引く。彼女が卒倒しなかったのは、ひとえに、その手をライナスがしっかりと握っていたからだ。

(大丈夫……)

ライナスは声に出さずに頷《うなず》くだけで励ましたが、他の面々は違う。

ジャスミンの陰に隠れていたリィは前に進み出て、大いに呆《あき》れた顔で言ったのである。

「こりゃあ、きついな」

シェラも眉をひそめている。

「――こんなひどいことを、実のお父さんにずっと言われていたんですか?」

ライナスもオディールの手を握る手に力を籠《こ》める。

「オディール。きみは本当によく頑張った。だけど、もう一人で我慢しなくてもいいんだよ」

ラロッシュだけが話についていけない。訝《いぶか》しげに問いかけた。

「ライナス。この子どもたちは何だ？」

リィは悪戯《いたずら》っぽく笑って言った。

「おじさんが欲しがってるものの持ち主」

ラロッシュが眼を剝《む》いた。

美少女にしか見えないリィの姿を上から下まで、孔《あな》の開くほど眺めて、満面の笑みを浮かべる。

「……き、きみが、エドワード・ヴィクトリアス・ヴァレンタインか！　ありがたい、やっと会えたな。さあ、奥へ来てくれ。きみとはぜひ一度、じっくり話したいと思っていたんだ！」

リィは蔑《さげす》みとからかいの眼を相手に向けた。

「そんな名前でおれを呼んでる段階で、もう失格。だいたい連邦大学に入国禁止措置を執られるような怪《あや》しげな人間に大事なものを譲れると思うのかな。今度誰かを寄越したりしたら、こっちもそれなりの手段を取るからね。そこのところは忘れないように。——はい。これでおれの用件は終わり」

面食らっているラロッシュに、リィは問いかけた。

「おれのことなんかより、今の言葉のほうが問題だ。馬鹿なことを言うんじゃない。おまえもお母さんのようになりたいのか。これってどういう意味？」

「ど、どういう意味とは？」

「だから、『おまえの母親はわたしが殺したんだぞ。言うことを聞かないと、おまえも母親と同じように殺してやるぞ』——そういう意味？」

ラロッシュは大きく眼を剝いて、リィの言い分を笑い飛ばしたのである。

「いやはや、きみは実に愉快な少年だな！」

「笑えないよ。おれにはそう聞こえたから。そして、オディールにもずっとそう聞こえてたはずだ」

その通りだった。

「お父さま……」

　震える声で、今にも倒れそうな様子で、それでも、オディールはこの十年間、考えることすら無意識に自分に禁じていた疑問を父親にぶつけたのである。

「お母さまを……殺したの？」

　ラロッシュは明らかに娘の質問を本気で考えてはいなかった。煩《わずら》わしいとばかりに手を振った。

「何を言うんだ。オディール、おまえ、頭は確かか。そうか、恐ろしい経験をしたショックで、一時的におかしくなっているんだろう。早く休みなさい」

「おかしくなんかないわ」

「いいや、おかしい。だから休むんだ」

「お母さまはわたしに言ったの。ポールおじさまを愛している、だから、お父さまとはお別れするって。おじさまもお母さまと結婚するつもりだと言ったわ。そのことを、お父さまは……知っていたの？」

　ラロッシュは忌々《いまいま》しげに舌打《したう》ちした。

「子どもにそんな話をするとは、何て愚《おろ》かな女だ。そもそも、わたしを捨てて運転手を選ぶような女がまともであるわけがないが、いいかね、オディール。わたしはおまえに、あんな愚かな女に似てほしくはないんだ。おまえにはもっと賢《かしこ》くなってもらいたい、何よりも、お母さんにはなかった分別を身に着けてほしいんだよ。お母さんのようになってくれるなというのはそういう意味だ。もっと分別のある女性になってもらいたい。それだけの意味だよ。わたしの言うとおりにしていれば間違いはないんだ」

　父親の言葉などオディールは聞いていなかった。涙に濡《ぬ》れた顔で叫んだ。

「お母さまを……殺したの？　答えて！」

「まだそんな馬鹿なことを言うのか⁉」

　嚙みあわない父と娘の会話に焦《じ》れて、再びリィが横から口を出した。

「ちっとも馬鹿なことじゃないと思うぞ。奥さんを殺したか、殺していないのか。それだけだ。簡単に答えられる質問だと思うけど」

「同感だ」

ケリーだった。皮肉っぽい眼でラロッシュを見て、からかうように問いかけた。

「それとも、答えられないのか?」

ジャスミンも同調する。

「はっきり答えない限り、お嬢さんの疑念が晴れることはないでしょう。あなたはこの十年、実の娘に、妻を殺した男だと思われていたわけだ。その誤解を解こうとは思わないのかな」

「誤解も何も、わたしは妻を殺してなどいない」

オディールが叫んだ。

「嘘《うそ》!」

ここでジャスミンが方向を変えて、ラロッシュを攻めた。

「あなたにはお嬢さんを虐待《ぎゃくたい》している疑いもある」

「虐待?」

父親はせせら笑った。

「わたしは娘に一度たりとも手を挙げたことはない。それどころか常に最高のものを与えてきたんです。住まいも、衣服も、食物も。教育も。一流のものを厳選して与えてきました。それを虐待だと?」

「ただ一つ、自由は与えなかった」

「は!」

またも鼻で笑う。

「娘には運転手付きの車を与えてあります。自分の意思でどこへでも好きなところへ行けるんです」

「放し飼いと自由は違いますよ」

「何ですって?」

「放し飼いの動物は、飼い主の思惑の外には決して出て行かれません。自分の意思ではね。お嬢さんがまさにそれです。びくびくしながら飼い主の機嫌を窺《うかが》って生きている。見ていると痛々しくていけない。どうしてこんなことになったのか不思議だったが、そもそもの原因は奥さまの死にあるらしい」

そうしてジャスミンは話を戻した。

「あなたは、奥さまとポール・キーガン氏の関係を知っていたんだな？」

苦り切った顔でラロッシュは頷いた。

「……確かに。うすうす気づいてはいました」

「それにも拘《かか》わらず、キーガン氏が亡くなった後、ライナスをこの家から遠ざけようともせずに面倒を見続けた。——なぜです？」

「オディールのためです。ライナスはオディールの一番親しい友達でしたから。母親を失って、その上、仲のいい友達まで取り上げるわけにはいきません」

「なるほど。そう聞くと立派な美談のようですが、実際には後ろめたさからではないのかな。キーガン氏を手に掛けた罪滅ぼしのおつもりでは？」

「馬鹿馬鹿しい！　いい加減にしてもらいたい」

ラロッシュにはさっきから眼の前の人たちが何を問題にしているのか、さっぱり理解できていない。

「奥さん、いったいこれは何の言いがかりですか。大概にしないと、あなたといえども勘弁なりません。名誉毀損《きそん》で訴えますぞ」

「その前に、お嬢さんがあなたを奥さん殺しの罪で告発したいそうです。誤解しないでもらいたいが、これはわたしの意見ではない。あなたのお嬢さんがあなたに対して思っていることだ」

ラロッシュは知らないものでも見るような眼で、我が娘を見つめたのである。

完全に度肝《どぎも》を抜かれた様子で、呆気に取られて、ラロッシュは初めて真剣に娘の意見を求めたのだ。

「おまえ、本気でそんなことを思っているのか？　わたしがお母さんを殺したと？」

「そうよ」

硬い声で、だがはっきりと、オディールは言った。

「この十年間、ずっと思っていた……。お父さまに逆らったら、わたしも殺されてしまうと思っていた。だから、学校を決める時も、選択教科も、友達も、全部お父さまの言うものを選ぶしかなかった」

「それの何がいけない？　おまえには最高の教育と最高の友達を用意してやったんだぞ」

「わたしは、そんなもの欲しくなかった。バレエも狩猟も、釣りも、ちっとも楽しくない。お父さまの勧める友達は、お父さまのお金目当ての人ばかりよ。ガイたちのようにね。あんな人たちが友達だなんて、口をきくのもいやだった」

ラロッシュは不思議そうに尋ねたのである。

「そんなにいやならなぜそう言わなかったんだ？」

オディールの眼に怒りが閃《ひらめ》いた。

「言わせてくれなかった！　一言も！」

両手を握りしめ、こみ上げるものを堪《こら》えながら、オディールは積年の想いを父親に訴えた。

「わたしが何か言うとすぐ、『おまえもお母さんのようになりたいのか』。いつもいつもそう言ったわ。『お母さんのように殺されたいのか』――わたしは、そういう意味だと思っていた。違うなら――本当に何もしていないなら、お母さまを殺していないなら、お願いだからそう言って！」

必死な娘に対して、父親は呆れていた。

「ああ、いいだろう。それでおまえの気が済むならいくらでも言ってやるとも。いいか、オディール。おまえのお母さんはな、車の事故で亡くなったんだ。キーガンの奴も一緒にだ。これでいいのか」

恐ろしくふてぶてしい態度だが、嘘やごまかしを言っているようには聞こえなかった。

リィとシェラはちょっと意外そうな顔になったし、ジャスミンとケリーも首を傾《かし》げた。

そこに新たな声が割り込んだのである。

「殺そうとしたことは事実ではありませんか？」

声の主は地味な背広の、中年の男だった。

いつの間にここまで入って来たのか、連邦警察のマッケイ警部と名乗った彼は、慇懃《いんぎん》にラロッシュに話しかけたのである。

「ミスタ・ラロッシュ。十年前、あなたは奥さまとキーガン氏の関係を知り、二人に殺意を抱き、殺害計画を立てた。しかし、その計画を実行に移す前に、二人は本当に事故で亡くなってしまった。あの当時、そんな話がわたしの耳にも聞こえてきましたよ」

ラロッシュは、痩《や》せて小柄《こがら》な、どちらかと言えば貧相なこの警部をとことん見下す態度を取った。

「マッケイ警部。残念ながら、わたしには敵も多い。その中の誰かが根も葉もない悪辣《あくらつ》な噂《うわさ》を流すことも多いのだよ。そんな讒言《ざんげん》をまともに信じるのかね」

警部はラロッシュの反論は無視して、優しい声でオディールに話しかけた。

「あなたのお母さんは、お父さんに殺されそうにはなりましたが、実際にはそれより先に本当の事故で亡くなったのです。それだけは信じてもいいですよ。これであなたの気持ちが軽くなるとは思いませんが、事実は事実です。お母さまは誰に殺されたわけでもありません。お気の毒なことでしたが、あの不幸な事故に犯人はいません。それが真実です」

オディールは呆気に取られた顔でマッケイ警部を見つめていた。思ってもみなかった意外な言葉を、もう一度、自分に言い聞かせるように繰り返す。

「母は……本当に事故で亡くなったのですか?」

「そうです。当時の地元警察もそう結論しています。あなたは、お父さまが警察に、事故だという結論を出させたと思ったのかもしれませんが、違います。調べればすぐわかります。加害者の車の状態、事故当時の状況、目撃証言、すべて記録が残っています。何一つ、怪しむべきところはありません。あなたがご覧になるには辛い記録でしょうから、おすすめはできませんが、お望みならいつでも閲覧《えつらん》できます」

憑《つ》き物《もの》が落ちたような顔で、オディールは頷いた。茫然とライナスを見る。ライナスもオディールを見つめ返すと、そっと頷いてみせた。

オディールはライナスに抱きつき、その胸に顔を埋《うず》めてすすり泣いた。

ラロッシュが皮肉な顔で言う。

「マッケイ警部。きみはそんなくだらない話を娘に聞かせるために、わざわざ人の家を訪ねるのかね」

「いいえ、わたしの用件はここからが本番なんです。

ミスタ・ゴーチェ・ラロッシュ。ご同行願います」

「何？」

「一昨年、わたしの部下が事故で亡くなりました。優秀な警察官でした。事故として処理されましたが、つい最近になって、あれは事故ではない、あなたが関与したと証言する人間が現れたのです」

　誰のことかは言うまでもない。

　ラロッシュは灰のような顔色になっていた。

「その人物は他にもいろいろと話してくれましてね。我々連邦警察としても、どうしてもあなたにお話を伺《うかが》わなければならない必要が生じたのです」

　ご同行ください——と穏やかな口調で言われて、燃え尽きたはずの灰がみるみる火を噴いた。

　負けを認めることを知らない男は、自らの優位を信じて憤然《ふんぜん》と言ったのである。

「失敬な！　わたしを誰だと思っている！　こんな不当な捜査は断じて許さんぞ！　連邦警察にも知り合いは大勢いるんだからな！」

「そうですか。では、その知り合いの名前もぜひ、聞かせていただきたい」

　ラロッシュはそれでも猛然と抗議を繰り返したが、連邦警察相手にそんなことをしても無駄だ。下手《へた》に抵抗すれば公務執行妨害を問われるだけである。

　同行を拒んだラロッシュは最後は警察官に挟まれ、ほとんど連行されるように警察車両に乗せられた。

　その様子をオディールは呆気に取られて見つめていた。

　マッケイ警部は最後に、申し訳なさそうに彼女に向かって頭を下げたのである。

「すみません。しばらくお父さんをお借りします」

　警部が去ると、急に静かになった。

　オディールは軽い放心状態に陥《おちい》っている。

　それも無理はない。母の死の真相、父の逮捕と、あまりにも衝撃的なことが立て続けに起きたのだ。

　応接間の椅子に崩れるように座り込んで、茫然《ぼうぜん》と天井を見上げて、小さく呟《つぶや》いた。

「お母さまは、お父さまに殺されたのではなかった。ポールおじさまも……」

「そうだよ」

隣に座ったライナスが力強く言う。

「だから、もう気にしなくていいんだ」

「ごめんなさい」

「謝るなよ。この間から一生分くらい謝ってるぞ」

「少なくとも十年分は謝らないといけないわ」

「オディール……」

ため息を吐いて、ライナスは尋ねた。

「父さんとおばさんが結婚するつもりだったって、いつ聞いたんだ?」

「最後の日よ。二人が車に乗る前」

「そうか……」

ライナスには何か思い当たることがあったらしい。

「父さんがさ、新しいお母さんが欲しくないかって、俺に聞いたんだよ。忘れてたけど、あの前の日に」


「……ライナスは、何て答えたの?」

「おばさんがいるからいいって。おばさんは本当のお母さんみたいだったから」

「おじさまはわたしにもライナスと兄弟になるのはいやかいって、聞いてくれたわ」

「きみは何て答えたの?」

「全然いやじゃない、嬉しいって。ライナスだってそうでしょう」

「うん。あの頃はね。でも……今は兄弟はちょっと困るかもしれないな」

邪魔をするつもりはなかったが、ジャスミンは、無意識にライナスの手を握っているオディールに、静かに話しかけた。

「——余計なことをしたかな」

「いいえ」

オディールはまた涙の滲《にじ》んだ顔で首を振ったが、その顔に微笑を浮かべて、はっきり言ったのだ。

「ありがとうございました。ミズ・クーア。本当に……このご恩は忘れません」

「お父さんはしばらく戻ってこられない。よしんば戻ってきたとしても、きみのお父さんは残念ながら、人の親になる資格のない人だ。わたしには、きみの親代わりはできないが、後見人が必要ならいつでも引き受けよう」

ライナスも立ち上がってジャスミンに握手を求め、ジャスミンはその手を強く握り返した。

「あの厄介《やっかい》な父親がいなくなったんだ。これからは、きみが彼女の傍《そば》にいてやるといい」

「そうします」

ライナスは再び椅子に座ってオディールを見つめ、オディールもライナスを見つめて微笑《ほほえ》んでいる。

ずいぶん長い時間が掛かったが、二人はこれからうまくやっていけそうだった。

オディールを縛っていた気味の悪い呪縛がやっと消えたことで、ジャスミンも満足していた。

ケリーも、お節介で世話焼きの妻に苦笑混じりの笑みを浮かべていたが、その時、リィが遠慮がちに二人に話しかけたのである。

「一つ頼みがあるんだけど……いいかな？」

「もちろんだ」

「きみの頼みなら何でも聞くぞ。何だ？」

大きな夫婦は喜んで小さな少年を見下ろしたが、金の天使は珍しくも頼りなげな口調で言った。

「あっちこっちに飛んでいたせいで、現地の時間がちょっとわからなくなってるんだけど……。学校がそろそろ休み明けじゃないかと思うんだよ」

ジャスミンの顔が引きつった。

ケリーは苦いものでも呑み込んだような、何とも言えない顔になった。

シェラは慎ましく沈黙を守っているが、その実、身の置き場がないような風情《ふぜい》である。

リィ自身、ひどく悪い予感に襲われているような、複雑な表情で恐る恐る言ったのだ。

「補習を受けたばっかりで、また授業を欠席って、いくら何でも……まずいと思うんだ」

さすがにアーサーに顔向けできない——とリィが続ける前にジャスミンが叫んだ。

「急げっ！」

「ダイアン！　発進準備だ！」

ケリーも腕の通信機に叫び、四人は幸せな二人を応接間に残して、脱兎のごとく駆け出していた。

あとがき

ずっと以前、こんな感想をいただいたことがあります。

「独《ひと》り立《だ》ちしたミニラも頑張ってますね」

意味がわからず、首を傾《かし》げました。

——独り立ちしたミニラ？　そんなのいたっけ？

結構、長い時間、何のことだろうと考えていたと思います。ようやく、はたと気づいて、一人で笑い転げました。あれか！　なるほど、独り立ちしたミニラ！

すっかりこのフレーズが気に入ってしまい、いつかはちゃんと、独り立ちしたミニラの独り立ちっぷりを書いてやれたらいいなと思っていました。

残念ながら、ミニラだけではなかなか一本の話になってくれないので、実際に活《い》かせる話が用意できるまで、ずいぶん時間がかかってしまいました。

おまけに、どうしても、最初に考えていた時のような話にはなってくれません。

もっとも、これは作者の場合、いつものことですから、既に諦《あきら》めるしかありません。

今回にしても脇役です。後半からちょっと顔を出した程度ですが、おもしろいもので、そういう時のほうが、結構味のある、いい動きをしてくれるようです。

お知らせが一つあります。

作者はこのところ定期的に本を刊行してきましたが、ちょっとお休みをいただこうかと思っています。

久しぶりに漢字の名前の話を書いてみようかと思い立ったのがきっかけです。

しかし、いつもいつも編集さんに多大なご迷惑を掛けまくる実績からも明らかな通り、とことん書く手が遅いので、このシリーズを書き続けながら、新しい話も——というのは（それでも一応、やってみようとはしたのですが）無理、無謀、不可能の三拍子であると、すぐに思い知る羽目になりました。

そこで、ひとまず来年の三月の刊行はお休みします。

次の刊行もいつになるか、正直なところ、まだわかりません。

でも、いつか必ず、こっそり戻ってくるつもりですので、そのうちどこかで見かけたら、またお手に取っていただければ、この上なく幸いに思います。

茅田砂胡

ご感想·ご意見をお寄せください。

イラストの投稿も受け付けております。

なお、投稿作品をお送りいただく際には、編集部
(tel:03-3563-3692、e-mail:mail@c-novels.com)

まで、事前に必ずご連絡ください。

〒104-8320　東京都中央区京橋2-8-7
中央公論新社　C★NOVELS編集部

オディールの騎士《きし》

──クラッシュ・ブレイズ

2009年11月25日　初版発行

著　者　茅《かや》田《た》 砂《すな》胡《こ》

発行者　浅 海　　保

発行所　中央公論新社
〒104-8320　東京都中央区京橋2-8-7
電話　販売 03-3563-1431　編集 03-3563-3692
URL http://www.chuko.co.jp/

印　刷　三晃印刷（本文）
大熊整美堂（カバー・表紙）

製　本　小泉製本

Published by CHUOKORON-SHINSHA, INC.
Printed in Japan　ISBN978-4-12-501093-9 C0293

応募規定

❶プリントアウトした原稿＋あらすじ、❷エントリーシート、❸テキストデータを同封し、お送りください。

❶プリントアウトした原稿＋あらすじ

「原稿」は必ずワープロ原稿で、40字×40行を1枚とし、90枚以上120枚まで。別途「あらすじ（800字以内）」を付けてください。

※プリントアウトには通しナンバーを付け、縦書き、A4普通紙に印字のこと。感熱紙での印字、手書きの原稿はお断りいたします。

❷エントリーシート

C★NOVELS公式サイト[http://www.c-novels.com/]内の「C★NOVELS大賞」ページよりダウンロードし、必要事項を記入のこと。

※❶と❷は、右肩をクリップなどで綴じてください。

❸テキストデータ

メディアは、FDまたはCD-ROM。ラベルに筆名・本名・タイトルを明記すること。必ず「テキスト形式」で、以下のデータを揃えてください。

ⓐ原稿、あらすじ等、❶でプリントアウトしたものすべて

ⓑエントリーシートに記入した要素

応募資格

性別、年齢、プロ・アマを問いません。

選考及び発表

C★NOVELSファンタジア編集部で選考を行ない、大賞及び優秀作品を決定。2011年2月中旬に、C★NOVELS公式サイト、メールマガジン、折り込みチラシ等で発表する予定です。

注意事項

- 複数作品での応募可。ただし、1作品ずつ別送のこと。
- 応募作品は返却しません。選考に関する問い合わせには応じられません。
- 同じ作品の他の小説賞への二重応募は認めません。
- 未発表作品に限ります。ただし、営利を目的とせず運営される個人のウェブサイトやメールマガジン、同人誌等での作品掲載は、未発表とみなし、応募を受け付けます（掲載したサイト名、同人誌名等を明記のこと）。
- 入選作の出版権、映像化権、電子出版権、および二次使用権など、発生する全ての権利は中央公論新社に帰属します。
- ご提供いただいた個人情報は、賞選考に関わる業務以外には使用いたしません。

締切

2010年9月30日（当日消印有効）

あて先

〒104-8320　東京都中央区京橋2-8-7
中央公論新社『第7回C★NOVELS大賞』係

（2009年10月改訂）

主催・C★NOVELSファンタジア編集部

多崎 礼の本

〈本の姫〉は謳《うた》う

〈本の姫〉は謳う1

滅日により大陸中に散らばった、世界を蝕む邪悪な文字〈スペル〉を回収するために、少年は旅に出る！――第2回C★NOVELS大賞受賞作家・多崎礼の新シリーズ、満を持して登場!!

〈本の姫〉は謳う2

病に倒れた母のため、一度は捨てた故郷へ
〈姫〉と帰るアンガス。町を覆う不吉な病に
文字〈スペル〉の気配を感じる二人だが……。
一方、彼の帰りを待つセラは、
彼の負う運命を聞かされ――!!

〈本の姫〉は謳う3

「世界を蝕む文字は、私の意志なのではないのか？」
記憶が戻るに連れ沈む〈姫〉、
世界の滅亡を望むレッドの野望、
声を取り戻したセラ、破滅の幻影を見るアンガス――
旅の行方は？

〈本の姫〉は謳う4

文字〈スペル〉による世界の崩壊は止まらない。そして、アンガスと〈俺〉という語り手によって紡がれたもう一つの「物語」が交錯する時、世界は……。多崎礼の紡ぐ物語これにて終幕！

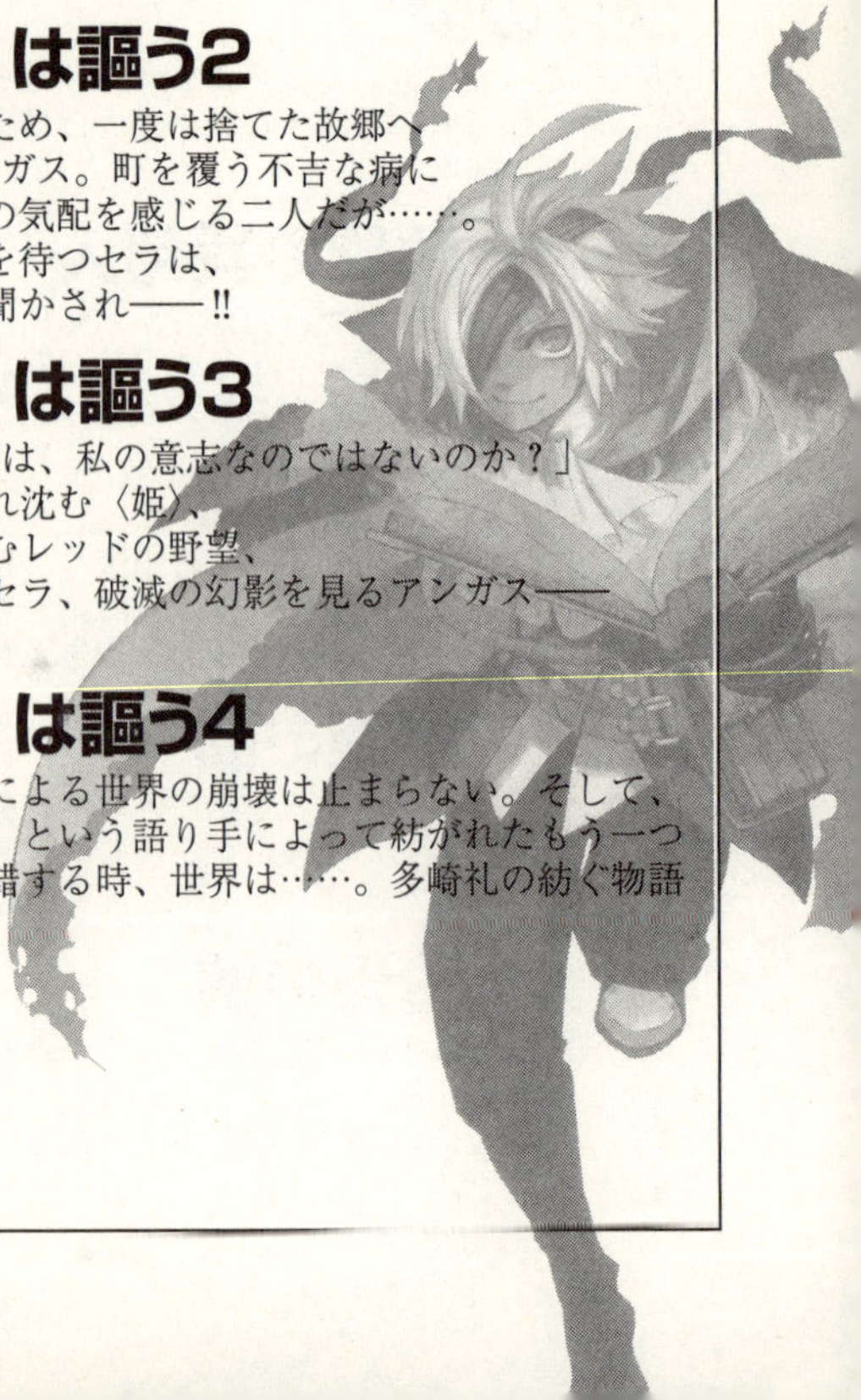

イラスト／山本ヤマト